兒童文學

林文寶・陳正治
徐守濤・蔡尚志
合著

五南圖書出版公司 印行

原序

林文寶

什麼是兒童文學？

我們是否有兒童文學？

兒童文學是屬於兒童自己的文學。在這個解釋裡包括兩個因素，即兒童與文學。組合兒童與文學成爲兒童文學：一方面要有兒童的特色；另一方面要有文學的意義。因此，我們認爲兒童文學在本質上是「遊戲的情趣」之追求；而在實效上則是才能的啓發。是以，兒童文學作品乃是經過設計的，這種設計，不論在心理、生理或社會等方面，皆以適合兒童的需要爲主。

在台灣，兒童文學似乎一直被認爲是邊緣課程。就以師範學校而言，始於四十九年七月省師範學校陸續改制爲師專，在師專的語文組開設有「兒童文學」選修課程。六十二年度，廣播電視曾播授師專「兒童文學」課程，由市北師葛琳教授主講。兒童文學於是深入各個國小，曾蔚爲寫作的風氣。

直到七十六年七月一日起，九所省市師專一次改制爲師範學院。在新制師院的一般課程，列有兩個學分的「兒童文學」，且是師院生必修科目。

今年，適逢空中大學人文系擬開「兒童文學」供學生選修，於是找了幾位朋友，共同來負責撰寫的工作。

從成長、了解與求知的立場言，成人有必要選讀兒童文學。一般說來，兒童文學的學習目標有：

一、了解兒童文學的意義與價值，及其與兒童的關係，並啓發研究兒童文學的興趣。

二、了解兒童文學的發展、類別及重要讀物的內容。

三、了解兒童文學製作的原理，並期能編寫兒童文學。

四、培養欣賞與解讀的能力。

而今，從通識、親職或成人教育的觀點視之，本課程的學習，不以理論、歷史爲主，而是以實用、有趣爲重心。全書除總論一章（內含兒童文學的意義、特性與製作的理論）外，主要以兒歌、兒童詩、兒童故事、神話、寓言、童話、兒童小說、兒童戲劇等八種文類爲學習對象。其中總論由本人撰寫，兒歌、童話、兒童小說由陳正治執筆，兒童詩、兒童戲劇由徐守濤負責，至於兒童故事、神話、寓言則由蔡尚志撰寫。每種文類爲一章，每章又分：意義、特質、寫作原則、作品欣賞等四節。概言之，文類不同，其人物、內容、情節與重點也會有所不同。古人所謂論詩文當以文體爲先，其實文章就是依「體」而「裁」，「裁」而合「體」。了解文類、文體或體裁的差異與特質，自能有助於寫作與欣賞。

總之，本課程的目的是爲通識、親職與初學者而設。因此在每章後面列有參考文獻，其目的除印證行文有依據外，亦可作爲自我學習之用。

最後，我禁不住要說：寫給兒童看的書，不是爲了教訓兒童；只是爲了引起他們的注意力和好奇心。同時，更盼望選讀本課程的成人，能從其中尋回已逝的童心，並獲得些許的乳香。

一九九三年四月于台東

新版序

本書原是空中大學人文系開播「兒童文學」課程的用書，其間曾開播兩次。去年出版合約已屆滿，經空大同意收回出版權利。

收回出版權利之際，曾兩度與合夥執筆者商討有關再版事宜。首先，重新細讀並提供需要修正或補足之處；其次，決定修改期限。當時議決以半年為限，然而，由於各人工作忙碌，忽忽一年已過，幾經催促，修訂完成，並議決交由五南圖書公司出版。

本書能夠出版與修訂再版，最該感謝的是當時空大人文系林益勝主任的推薦與信任；其次，要謝謝合夥執筆者的合作，以及五南圖書公司能應允出版。當然，更大的感謝是：知音者對本書的賞愛。

林文寶

一九九六年八月于台東

作者簡介

林文寶（第1章）
- 現任國立台東大學兒童文學研究所教授兼人文學院院長
- 著有《顏之推及其思想述要》、《柳宗元「永州八記」之研究》、《笑話研究》、《歷代啟蒙教材初探》、《兒童文學故事體寫作論》、《兒童詩歌研究》、《朗誦研究》等

徐守濤（第3、9章）
- 現任國立屏東師範學院語文教育學系副教授
- 著有《兒童詩論》、《王安石詩研究》等

陳正治（第2、7、8章）
- 現任台北市立教育大學中語系、政治大學中文系、中國文化大學中文系兼任教授
- 著有《聰明小童話》、《小朋友寫童話》、《兒歌ㄅㄆㄇ》、《有趣的中國文字》、《猜謎識字》、《童話寫作研究》、《兒童詩寫作研究》、《修辭學》、《兒歌理論與賞析》、《全方位作文技巧》等

蔡尚志（第4、5、6章）

・現任南台科技大學通識教育中心教授

・著有《兒童故事原理》、《兒童故事寫作研究》、《童話創作的原理與技巧》、《安徒生故事全集》（校訂）等

目錄

第1章 總論

學習目標

——研讀本章後，學習者應能達成下列目標：

一、了解兒童文學的源流、意義及其分類。

二、了解兒童文學的四項特性：1.兒童性，2.教育性，3.遊戲性，4.文學性。對兒童文學有更進一步的認識。

三、了解兒童文學的製作是以「遊戲」和「情趣」爲特色，並深入了解其目的是爲滿足兒童「遊戲的情趣」之追求和不違反教育爲原則，並以此作爲製作時的理論基礎。

摘要

一、兒童文學是起源於教育的需要。
二、考據各國兒童文學的源頭有三：
1.口傳文學
2.古代典籍
3.歷代啓蒙教材
而早期外國兒童文學作品的翻譯，也刺激了我國兒童文學的發展，因此也算是我國新時代兒童文學的源頭之一。
三、早期，兒童文學常常被歸納爲次等文學，至二十世紀之後方有改善。
四、兒童文學有廣、狹二義：廣義是指適合兒童閱讀的文學作品；狹義則是認爲兒童文學應是特別爲兒童而寫的文學創作，需有其一定的特質。
五、兒童讀物因傳達媒介之不同，可分爲文字與圖畫；亦因爲寫作目的之不同，分爲非文學類和文學類。
六、兒童文學最重要的基本屬性是文學性和兒童性，引申地說，其特殊屬性有四：
1.兒童性

2. 教育性
3. 遊戲性
4. 文學性

七、兒童文學製作的理論建立在「遊戲的情趣」上，也就是因「遊戲」和「情趣」而產生兒童文學，若缺少此二者，則不能成爲兒童文學作品。

八、對兒童而言，兒童文學是一種遊戲的項目，因此，兒童文學的閱讀和寫作之目的是以滿足兒童遊戲的情趣爲主，並以不違反教育原則爲輔。

第一節　兒童文學的意義

本節包括兒童文學的緣起、定義與分類三部分。

一、緣起

我們相信兒童文學的產生是肇始於教育兒童的需要。當然，或許我們不能說自有兒童教育之始，便有兒童文學產生；但也不能說兒童文學作品的客觀存在是在兒童教育出現之後。因為從現存的歷史資料看，兒童文學作品幾乎是跟遠古的民間口頭文學同時產生，但那只是兒童文學的最原始型態，可以說並未完全具備兒童文學的特點與作品的雛型。因此，我們可以說，隨著社會的發展，兒童教育觀念的改變，兒童文學的編寫態度，往往也隨著改變，只有社會精神文明發展到一定階段，兒童教育需要兒童文學來作為教育兒童的工具時，兒童文學才應運而生，並從文學中分化出來，成為一門獨立的學科。

在人類文化沒有達到產生「學校教育」的階段之前，教育是早已存在的了。不過，它的方式和後來的有些不同。在那個時期裡，知識教育的傳授只留給特殊階級的小孩；社交禮儀教育的對象亦只限於貴族階級；但是品行、道德教育的對象卻是所有的小孩。而施教者是社會全體，特別是其中一部分富於經驗的長老者，他們所教育的信條和教本，就是那些風俗習慣和民間文學。民間文學在人類的初期或對現在未開發地區和文化國度裡的不文民眾而言，可以說是他們立身處事及一切行為的經典準則。一則神話可以堅固團體的向心力；一首歌謠能喚起大部分人的美感；一句諺語能阻止許多成員的犯罪行為。在文化未開或半開的民眾中，民間文學所盡的社會教育功能是令人驚奇的。

因此，兒童文學的歷史並不僅是八十年或一百年。我們不用遺憾古代沒有童話文體，如果我們肯去披閱古書，自會有不可思議的收穫。

總之，我國有優美的文化，自不至於沒有兒童文學。不過由於對兒童教育觀念的不同，在傳統的時代裡，都是以成人為中心，對於兒童，只要求他們學習成人的模式，以為將來生活的準備。這種現象在外國亦是如此。以西方而言，直到十八世紀以後，兒童文學的創作才開始以兒童的興趣與教育並重，英人紐伯瑞（*John Newbery, 1713–1767*）是第一個在他為兒童出版的書頁中，寫上「娛樂」字眼的人。從此，成人承認孩子應享有童年，並在文學上表現他們那個階段的特質和趣味；進而探討那個階段的生活和思想型態。而我國，在新文化運動之前，各種書籍都是用文言文撰寫，是屬於雅的教育，也就是所謂士大夫的教育。這種知識分子的士大夫階層所用的傳播媒體（語言、文字）有異於大眾，可是他們卻是主導者。他們認為書籍是載道的，立意須正大，遣詞應典雅，必如此才能供人誦讀而傳之久遠。對於兒童所用之教材，由於「蒙以養正」的觀念，都是以修身、識字為主，而百姓送子弟入學，目的亦僅是在認識少許文字，能記帳目、閱讀文告而已。兒童教育的目標既是如此，所以教材便以選擇生活所必須的文字為主，如姓名、物件、用品、氣候等，均為日常生活所不可少者，於是就有所謂「三、百、千」等兒童讀物出現，而所謂的兒童故事，亦僅能附存其間而已。考各國兒童文學的源頭有三：

1.口傳文學；

2.古代典籍；

3.歷代啓蒙教材。

就我國兒童文學的發展軌跡而言，第二和第三兩個源頭，由於教育觀念的不同，以及「雅」教育的獨尊，再加上舊社會解組時期的揚棄，致使在發展的承襲上隱而不顯。

至於口傳文學的源頭，事實上，傳統的中國由於教育不普及，過去百分之八、九十以上的中國人，都生活在民間的文化傳統之中，他們的教育來自民俗曲藝、戲劇唱本等；他們也許不用念《三國志》，但他們對《三國演義》卻耳熟能詳。

此外，早期大量介紹和翻譯的外國優秀兒童文學作品，對我國的兒童文學發展而言，無疑起了積極的作用；同時，也給作家創作帶來一定的啓發和借鏡。因此，外來的翻譯作品也是我國新時代兒童文學的源頭之一。

二、定義

我國新時代的兒童文學發軔於何時？這是個有趣且爭議甚多的問題。一般說來，兒童文學一詞是自民國九年起才較廣為流行。

在西方，兒童文學也常被歸為次等文學、邊緣文學或模糊文學，甚至有人認為專為兒童所寫的作品，不應該稱之為文學。直到十九世紀兒童文學始逐漸被人承認為正當的文學創作。進入二十世紀以後，專業的兒童文學作家才漸漸出現，而學科也因此成立。但對於「兒童文學」的界定，則仍有各種不同的說法。

「兒童文學」一詞，就文法結構而言，是屬於組合關係的「詞組」，也稱「附加關係」或「主從關係」。其間「文學」是詞組中的主體詞，稱為「端詞」；「兒童」是附加上去的，稱之為「加詞」。它最簡單而又明確的解釋是：兒童的文學。

但由於文法結構的限制，它只是由兩個名詞組合而成的專有名詞，其文義並不周延，且由於對「兒童」、「文學」有各種不同的解釋，於是有了各種不同組合的定義。

就主體詞「文學」而言，無論中外，皆有廣義、狹義之分。廣義的兒童文學即所謂的兒童讀物；而狹義的「兒童文學」則著重在「文學性」，不包括非文學性的作品，亦即所謂「想像文學」或「純文學」類。就加詞「兒童」而言，以成長年齡分，「兒童」一詞亦有不同的說法。不論對兒童時期如何劃分，一個兒童能欣賞文學作品，在心理、生理、社會等方面，總要在三、四歲以後。依民國六十二年一月二十五日經立法院三讀通過的《兒童福利法》第一章總則第二條謂：「本法所謂兒童，係指未滿十二歲之人。」因此，一般人所謂的兒童是指：自入托兒所至小學畢業（三歲—十二歲）止的一段時期，若延長可至初中畢業（十五歲）。是以，有人從發展的角度，將兒童文學細分為：幼兒文學（三歲—八歲）、兒童文學（六歲—十二歲）、少年文學（十歲—十五歲）。

又就「兒童」主體與客體「文學」之間的歸屬而言，仍有兩種不同的說法：

第一種說法是：所謂兒童文學就是指適合兒童閱讀的文學作品，無論是兒童自己的寫作、成人作家特為兒童而寫的作品，或是成人文學作品之改寫、刪節，甚至直接選用介紹給兒童閱讀者，全在範圍內。這種說法最為普遍。

第二種說法是極端的狹義：認為「兒童文學」應是特別為兒童而寫的文學創作，需有其一定的特質。這種說法興於「兒童文學」已有頗具規模的成長，且逐漸自成文學的一種之後，通常是在教授兒童文學之創作與批評時所採用的說法。

其實，各種界定劃分都只為便於解說，雖有十分清楚的分界。在兒童文學演進的初期，兒童與成人文學間的界限顯然模糊不清，然而就研究與教學的立場而言，兒童文學一方面要有兒童的特色；一方面要有文學的意義，因此我們認為兒童文學在本質上乃是在於「遊戲的情趣」之追求；在實效上則是在於才能的啓發，而其終極目的則是在於人文的素養。是以，這種屬於兒童的文學作品，乃是經過一種的設計；這種設計，不論在心理上、生理上與社會上等方面而言，皆是適合於兒童的需要。

至於普遍的說法，「兒童文學」、「兒童讀物」兩個用詞，則屬互通的同義詞，有時兒童文學一詞，亦包括創作、鑑賞、整理、研究、討論、出版、傳播與教學在內。

三、分類

在未談到兒童文學分類之前，我們必須對兒童讀物一詞有所說明。我們一般所說的讀物是指書籍、雜誌與報紙而言，因此「兒童讀物」即是指專供兒童閱讀、欣賞、參考或應用的各種書報雜誌，這種屬於兒童的讀物，是經過一番精心設計而成，也就是說是為適應兒童時期的需要所編印的。

兒童讀物一詞，廣義的說法是：凡適合兒童閱讀的、欣賞的、參考的或應用的書報、雜誌，甚至幻燈片、電影片、電視劇、電子書皆是；而狹義的是：僅供兒童課外閱讀的書報與雜誌。

一般說來，兒童讀物因其傳達媒介的不同，可分為文字與圖畫；又因寫作目的的不同，可分為非文學性的和文學性的，因此我們認為兒童讀物可以表分類如下頁。非文學性的讀物亦稱為知識性的讀物，重在傳達各種知識；而文學性的讀物，則重在傳達美感或遊戲的情趣。至於圖畫性的讀物，則是一種視覺的藝術，而且是最具特殊色彩的一種形式。以兒童的立場來說，圖畫性的讀物可說是給幼兒的一種思想媒介，可以引導幼兒領會語言的聲音及意義。嚴格說來，凡是兒童讀物皆不離圖畫，只是圖畫多少的不同而已。從學習心理的立場來說：知識性的讀物屬於直接學習；文學性的讀物是屬於間接學習；而圖畫性的讀物，則是屬於啓蒙性的學習。

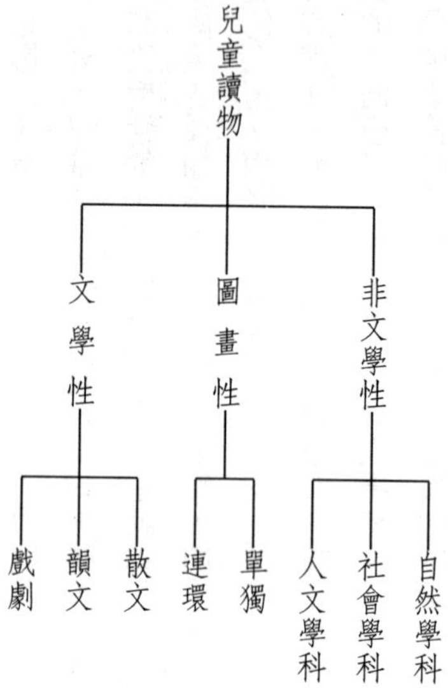

直接學習是一種正規的教育，而我們這兒所要說的則是屬於間接學習的文學性讀物，也就是所謂的兒童文學。兒童文學與兒童畫、兒童音樂，在某種意義層次上是相同的。兒童文學的目的，並不是在灌輸文學家最基本的文學訓練，而是在透過兒童文學來培養出一個富有創造能力，同時在理智與情感皆能達到平衡的健全國民為目的。更簡單地說，亦即是透過遊戲的情趣來達到智慧啓發的目的。兒童文學的內容包括至廣，依據前面兒童讀物裡對文學性的分類再以表細分如下頁。對兒童文學做分類，事實上是吃力不討好的工作，因此我們勢必做某種程度上的說明。表中所列散文包括：敘事、抒情、說理、寫景四種，這是涵蓋式的分法。至於日記、書信、遊記、傳記、笑話、謎語皆可包括在此四種裡面，而不做其他種類的排列。至於故事、寓言、神話、童話、小說原則上不論其材料來源如

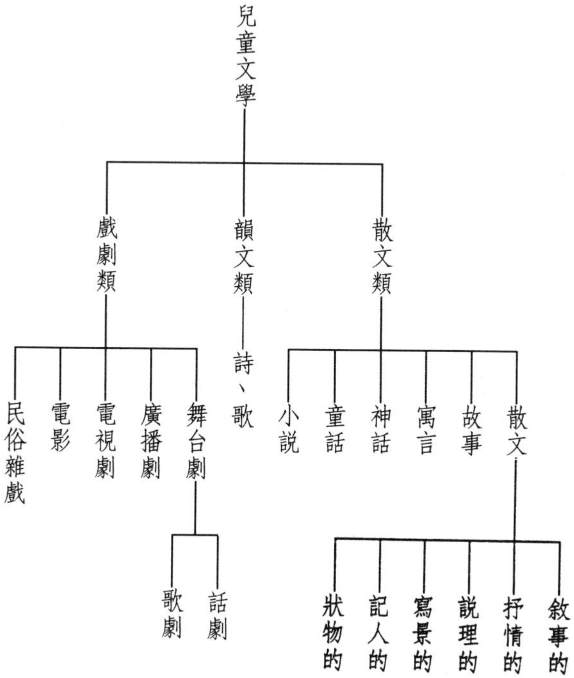

何，就其本身來說，皆含有故事性，其差異只是故事性的偏向有所不同而已，而我們把這些類型歸之於散文類，乃是採用傳統的分類法。

第二節　兒童文學的特性

「兒童文學」一詞，就文法結構而言是「主從關係」的詞組，從其中可見組成的基本或先決條件。反之，就修辭觀點而言，則可見其特點所在。由此可知，文學性與兒童性是兒童文學最重要的兩種屬性。兒童文學的基本條件是「文學性」，這是共性，也是共同規律，兒童文學也要遵循這種文學創作的規律。至於「兒童性」，則是兒童文學的特殊性或特點所在，也是它異於成人文學之處。兒童文學當然是文學，兒童文學的共性和文學的一般規律應當是一致的，如果單講特點而不講共同規律，兒童文學就會偏離藝術創作的軌道，成為一種缺乏藝術特質的東西；如果單講共同規律不講特點，兒童文學又會失去自身存在的價值。

兒童文學的特殊性是由其特定的讀者對象所決定的。兒童文學本身就是文學上的年齡特點，三歲至十五歲的兒童，他們的生理、心理與社會發展狀況有明顯的特徵，而其中又以教育性、遊戲性最為顯著。至於兒童文學的文學性雖是必然條件，但亦有異於成人文學的文學性。總之，兒童文學的基本屬性是兒童性與文學性，引申來說，其特殊屬性有四，試分述如下：

一、兒童性

所謂「兒童性」亦即承認兒童的「主體性」，這種觀點也是近代以來兒童文學觀的特點。兒童文學之所以能自立門戶，是因為它有特定的服務對象。一般說來，是以三歲至十五歲為讀者對象的文學。這是它的特點與特殊性之關鍵所在。兒童文學最大的特殊性在於：它的生產者（創作、出版、批評）是具有主控權的成年人；而消費者（購書、閱讀、接受）則是被照顧的兒童。因此，從某種意義上來說，一部兒童文學發展史，就是成人「兒童觀」的演變史。兒童文學的發現來自兒童的發現，兒童的發現直接與人的發現緊密相連，而人類對自身的發現，則是一段漫長的探索歷程。

儘管自古以來就有兒童的教育問題，可是把兒童當做完整個體看待的觀念，卻直到二十世紀初期才逐漸形成。在此之前，兒童被視為「小大人」，他們沒有自己的天地，只是成人社會的附屬品。二十世紀以後，由於發展心理學蓬勃發展，以及教育理念的演進，各界對兒童的獨特性才加以肯定，認為從發展的觀點看，兒童不是小大人，而是有他們自己的權利、需要、興趣和能力的個人。聯合國於一九五九年通過「兒童權利宣言」，可說正是這種潮流的具體反應。

在一段很長的時間中，童年並沒有什麼特性。根據歷史學家的研究，歐洲各國在十六世紀以前，根本就沒有同「童年」這個觀念，在那個時代，小孩子只是具體而微的成人，正因為「兒童」這觀念是逐漸產生的，所以對於兒童文學有意識的創作，在十六世紀以前也就成為不可能的事了。

從「童年」這觀念的認清到兒童文學的受到重視，其間約有二百年的時間。大概在十八世紀末以後，小孩子才不再是大人的縮影。在教育家眼裡，小孩子是獨立存在的，兒童需要一種特殊文學的觀念也因而產生，於是兒童文學的創作，才開始以兒童的興趣及教育並重。

兒童的特殊性受到承認，當首推十七世紀捷克教育家夸米紐斯（*Johann Amos Comenius, 1592–1670*），他最主要的貢獻就是把孩子看成一個個體。而英人洛克（*John Locke, 1632–1704*）也認為教育必須配合孩子的天份和個人的興趣。其後盧梭（*Jean Jacques Rousseau, 1712–1778*）在《愛彌兒》中首揭兒童教育的基本主張。在《愛彌兒》一書中才能找到以孩子特別的本性為出發點的教育原則。在很確切的目的下，不論求取知識方面、禮貌教育或品德教育方面，大家開始為兒童寫作。盧梭掀起了兒童研究的狂潮，兒童也拜盧梭、洛克之賜，開始從傳統權威中掙脫出來。此後，「自然兒童」的呼聲響徹雲霄；而後裴斯塔洛齊（*Johann Heinrich Pestalozzi, 1746–1827*）更步其後塵，將「教育愛」用在兒童身上；又福祿貝爾（*Friedrich Wilhelm August Froebel, 1782–1852*）更身體力行，致力於學前教育；二十世紀以來，蒙特梭利（*Dottoressa Maria Montessori, 1870–1952*）以醫學和生理學眼光來探究兒童心靈的奧秘，提倡「獨立教育」，並創辦「兒童之家」；而杜威（*John Dewey, 1859–1952*）則是進步主義運動的推動者；又皮亞傑（*Jean Piaget, 1896–1980*）更以認知心理學的層次來開墾兒童心智上的沃土。他們都將教育的重點建立在兒童身上，是「兒童中心」學說的反映。

所謂「兒童中心」的教育主張，就是尊重兒童的獨立自由性。在這種新觀念的主導下，「注重啓發」、「摒棄教訓」及「兒童本位」便成為二十世紀兒童教育思想的主流。傳統教育以「小大人」為目的的兒童讀物已不符合新的兒童教育觀念，因為它們是從大人的角度來編寫的，在內容上通常只考慮到文字的淺顯，並未顧及兒童的興趣與需要。真正的兒童讀物應該是以兒童為考慮中心，它的目的是在幫助兒童的發展。因此，如何創作一些可以抓住兒童的好奇心、幽默感和挫折感的文學作品，正是現代兒童文學作家所要努力的。申言之，兒童文學要站在兒童的立場，用「兒童的心理」、「兒童的語言」來創作。兒童文學在形式上和內容上，都是受到限制的，當一個作家在為兒童寫作時，必須意識到：兒童特有的感覺、兒童特有的論理思考、兒童特有的心理反應，以及兒童特有的價值觀等。換言之，現代的兒童文學要以兒童發展為考慮基礎。這是我們在談論現代兒童文學時所必須有的基本認識。

二、教育性

兒童讀物的產生可說是緣於教育兒童的需要，因此，教育性文學在所有的國家中，都是兒童文學的第一個階段，如貝洛爾（*Charles Perrault, 1628–1703*）在每一則童話後，仍不忘對孩子說教一番。文學當然具有教育性，否認教育性的文學自然是不完善的文學。其實所謂的教育性，亦即是接觸到文學世界裡最古老的一個論題：文學與道德。我們知道文學與道德或教育，就是在題材、作者、作品及讀者之間所構成的複雜關係。總之，文學與道德或教育，是極為複雜的多層次、多樣式、多性質的關係，任何化約的單純想法，都有自我謀殺的可能。

申言之，教育是人類才有的活動，也是永遠需要的，尤其是對於兒童。兒童期是人生發展過程中的一個階段，也是人生的基礎時期，人生早年所建立的態度、習慣與行為組型，是決定個體長大後對生活適應的主要因素。

這個時期的兒童需要成人的保護，且由於生理及神經結構的可塑性，所以較其他動物容易學習，及容易發展出許多不同種類的適應型態。這種「可塑性」的特質，即是「教育性」之前提，因此，兒童期總是和教育連繫在一起，是一生中集中受教育的一個階段。文學寓道德或教育在歷史上所占勢力最長久，但在近代卻也是最為人所唾棄。就以成人文學而言，在中國，從周、秦一直到近代西方文藝思潮的輸入，文學都被認為是道德或教育的附庸，也就是所謂的「載道」；而西方，從古希臘直到十九世紀，文藝寓道德、教育是歐洲文藝思想中的主流，到了十九世紀，它才受到動搖。

這種文學與道德或教育性的關係，歷來爭議不休，或許我們可以以文學與教育關係為標準，將作品分成三類：

1. 有教育目的者；
2. 一般人認為有反教育傾向者；
3. 有教育影響者。①

所謂有教育目的者，是指作者有意在作品中寓教育。這類作品中有極具藝術價值的，如班揚的

（*John Bunyan, 1628–1688*）《天路歷程》（*Pilgrim's Progress*），但我們不能因為作者有教育目的，就斷定他的作品好或壞。

一般人所謂具有反教育傾向的作品，其定義非常難下，通常大多是指材料或內容中有不道德的事蹟。

至於有教育影響與有教育目的應該分清。有教育目的是指作者有意宣傳一種主義，拿文學來作為工具。有教育影響是指讀者讀過作品之後，在氣質或思想方面有較好的變化。有教育目的的作品固然有時可生教育性影響，如所有的喜劇或諷刺小說都不免有幾分教育目的，這類作品如果在藝術上是成功的，無形中都可以產生教育性的影響。概略說來，凡是好的文學作品大半都沒有教育目的但卻有教育性影響。

其實，教育性應當是一切藝術、文學的共同特點，只不過兒童文學在要求「教育性」的程度和方式上與成人文學有所不同罷了。由於「教育性」的強調，導致不少人自覺或不自覺地忽視和否定了兒童文學的「文學性」，從而人為的給兒童文學造成了很大的侷限性，嚴重地束縛了兒童文學的發展。

又由於對「教育性」本身存在著種種不正確的理解，以致於常常會產生一些反效果。如有人把「教育性」解釋為「教化」或向孩子灌輸某種思想，就使得不少的作品擺脫不了公式化、概念化的毛病；又如把「教育性」演化為「主題明確」，使得許多作品在不同程度上都存在著「直、白、淺、露」的弱點；更有人把「正面教育」絕對化，只能寫「正面形象」，即只能寫優點不能寫缺點，更不能揭露陰暗面。

申言之，所謂教育性並不意味著教訓性、道德性、倫理性，也就是說它不是指狹隘的教化，也不是指直接性、有意的、有形的、組織的、系統的、制度化的有形教育；而是廣義的、無形的教育，它是漫長的、漸進的。它的特點是經由耳濡目染而使人能夠潛移默化。其實，所謂教育性只是成人單方面考慮的事。從兒童的立場來看，兒童文學應該滿足兒童的需求，也就是藉著成人的幫助，在他們的理想世界裡，實現正確的人生觀，以及正當的生活態度。我們知道傑出的文學作品會對讀者發生影響。但是「說教」的作品卻不容易成為文學傑作，因為文學是「訴諸感覺」，所以「沒有感覺的思想」、「不可感的思想」，不管那思想性多具有教育性，如果不是用文學的方法來寫，就不是文學作品。

兒童文學是教育兒童的文學，是兒童心靈的食糧，必須滿足他們在心理、生理與社會等發展的全面需要，這種需要是德、智、體、羣、美的全面性教育。我們相信兒童文學的先決條件應當是文學；同時也要具有「教育性」的目的，缺乏「教育性」的作品，根本不可能是兒童文學。當然，我們也了解要充分發揮兒童文學的「教育性」功能，「寓教於趣」是不二法門；而其效果則是一種潛移默化的過程。

三、遊戲性

兒童文學的另一特性，一般稱之為「趣味性」，本文則易之為「遊戲性」，這是因為取其較具豐碩的內涵。兒童文學之所以需要遊戲性，不僅因為它是達到教育目的的一種手段，同時也因為它在某種意義上即是目的。

遊戲本是個古老的名詞，是人類的本能活動。人類與其他動物同樣具有遊戲的本能，所以會自然地發明各種遊戲來消磨時間。因此喜愛遊戲乃是兒童的天性，也是他們的第二生命。對兒童來說，遊戲是一種學習、活動、適應、生活或工作。

透過遊戲，兒童不僅能獲得大小肌肉的發展，也能使語言的發展、思考、想像、解決問題等能力獲得提升，更能幫助他們了解個人與環境的關係、淨化其負向情緒、促進社會行為的發展，同時兒童的創意更能藉著遊戲而發揮得淋漓盡致。遊戲是提供兒童在認知、社會化、情緒等各方面發展上極有價值的催化劑。

沒有人能夠強迫兒童去閱讀他們不感興趣的書籍，儘管教育文學在所有的國家中都是兒童文學的第一個階段。為了達到種種不同的目的，教育文學具有一般屬於消遣文學的各式各樣的文學型態，因此，教育書籍寫得很吸引人是一個很古老的傳統。在兒童本位新觀念的主導下，兒童不再只是被教育的對象而已，從此之後，他們擁有做夢，也有嬉戲的權利。

其實，遊戲乃是人類的本能行為，它是一種無條件、與生俱來的生存方式。對於遊戲本質或起源的研究，歷代有之，但因所持立場或觀點不同，而有多種說法。追溯根源，遊戲說乃是康德（*Immanuel Kant, 1724–1804*）所提示的，當時康德的遊戲說乃是為追尋藝術起源而立。而光大此說的人，則是詩人席勒（*Schiller, 1759–1805*），其後又有人另外加以修正。一般說來，文化中原有的遊戲因素，隨著現代文明的崛起，逐漸地在沒落中，直至後現代狀況（一九六〇年以後）顯現後，對遊戲又有了全面性且深入的研究。

啓其端者，當以懷金格（*Johann Huizinga, 1872–1945*）最為著名。②懷金格是荷蘭的歷史學者，他於一九三八年寫下《人類——遊戲人》（*Homo Ludens*）一書。這是他唯一的一本論述遊戲的著作；也是當代被引用最多的遊戲理論著作。在人類遊戲理論的研究史上，他樹立了一塊重要的里程碑——開創了遊戲現象本質的研究，啓迪了神奇的遊戲現象與人類文化之間奧秘的探查，並為「遊戲世界」與「真實世界」之間錯綜複雜的交互關係，導引了新的研究模式。他寫作《人類——遊戲人》的動機乃是緣於他對於文化理論的一貫研究；對當時遊戲研究方法的反動，並呼籲人們對遊戲現象本質的研究；另一方面則是反應和批評當時的政治情況及生活方式。他發現文化的源頭乃是遊戲，人類以遊戲而始，文化因遊戲而生。因此他的結論是：人類文化源於遊戲，拯救人類文明危機有賴純真遊戲精神受到重視。

有關懷金格對於遊戲現象的描述，可分為三個部分：遊戲的形式特質、遊戲的功能特質、遊戲的根本特質。試分述如下。

遊戲的形式特質是由純粹遊戲現象的直觀而來，也是著重在遊戲本身的形式而言。其形式特質有三：

1. 自由性：遊戲本身就是自己喜歡做的事，而非被命令才去做的事。
2. 非日常性：遊戲已非日常生活或是原本就存在的生活方式。換句話說，遊戲逐漸從日常生活中脫離。

3.時空限制性：遊戲得在一定時間、空間的界限內進行，或者是在制度上具有限定性。

又遊戲的功能特質則考慮到遊戲所具有的、不可磨滅的文化功能或社會功能。懷金格將遊戲的功能特質分為二個基本觀點，即競爭與表現。此二者皆有助於文化的成長與茁壯。

至於遊戲的根本特質則在於樂趣。遊戲永遠必須具有樂趣因素，它永遠無法被省略，也不受分析及所有邏輯解釋的影響而簡化，它是遊戲的根本要素，永遠伴隨遊戲而至。沒有樂趣的遊戲，就不是真的遊戲。

懷金格的著作特別注重於提升精神文化原動力的遊戲，對於極為通俗的大眾化遊戲（如柏青哥、賽馬等）卻漠不關心，這也是羅傑．凱窪（*Roger Caillois, 1913–1978*）指摘的原因所在。

凱窪是法國學者，③他應用結構主義的方法更深入探討人類遊戲的重要性，主要著作有《遊戲、比賽與人》（*Man, Play and Gamers*），該書架構源於懷金格的著作。由於凱窪的著作更為明確、清晰，且帶有科學味道的行文，因此較容易為讀者接受。

凱窪一再宣稱，他所要研究的並不是遊戲社會學，而是相信社會的整個基石根本就是從遊戲而來。他採用結構主義的方法研究遊戲現象，並將遊戲現象分成表層結構與深層結構。

就遊戲的表層結構分析而言，可分三部分：

㈠遊戲的特質

凱窪心目中的遊戲所包括的範圍甚廣，舉凡小孩的遊戲到大人的遊戲，高競技運動或一般的比賽，甚至賭博等機運性遊戲均包括在內，他認為遊戲有六個重要的特質：自由的、分開的、不確定性、非生產性、規則引導的、虛構的。

㈡遊戲的範疇

凱窪將各種不同的遊戲歸類，並分成四個基本的範疇，即競爭性的遊戲（*agon*）、機運性的遊戲（*alea*）、模仿性的遊戲（*mimicry*）、暈眩性的遊戲（*ilinx*）。每個範疇裡的遊戲又可以排列成從單純孩童般的遊戲，到複雜、有組織的遊戲所形成的連續體，他認為這樣的分類可以包括各文化間所有智力性及體力性的遊戲。

㈢遊戲的連續性特質

凱窪認為每一類的遊戲可依其組織化、精鍊化或複雜化的程度，排列成一個如光譜的連續體，這個連續體的一端，可以用「單純」來表示，意謂著幼稚、混沌、喧鬧、無秩序的狀態；另一端可以用「精緻」來表示，意謂有秩序的、有組織的、有規則的、複雜的狀態。

凱窪對遊戲的研究並沒有停留在遊戲的表層，他真正要探究的是，人類的文化現象在本質上和遊戲是不可分割的。換句話說，他要找出隱含在遊戲的現象裡，或他在遊戲結構的分類裡，某種穩定卻不能立即感知的脈絡。那種脈絡發端於人類先天、無意識的構造能力，而形之於遊戲，進而隨時影響著文化的發展。

凱窪在對遊戲現象做深層結構分析時，其方式是將四個遊戲範疇還原成二元對應的關係，並將它們一一相配，共得六對，六對中又劃歸成三組：即互斥關係組、偶發關係組、基本關係組。配對方式，如下表。

對別	配對方式	組別	組名
一	競爭　暈眩	一	互斥關係組
二	機運　模仿		
三	競爭　模仿	二	偶發關係組
四	機運　暈眩		
五	競爭　機運	三	基本關係組
六	模仿　暈眩		

他認為「競爭——機運」和「模仿——暈眩」兩對屬於基本關係組。從基本關係組中顯現出對立

與相互依存關係，並揭露遊戲對整個社會文化發展所隱含的意義，進而指證遊戲是文化發展的基石。

其後，後現代狀況顯現第三波的新時代來臨，所謂的新人類亦已出現。④新時代一般稱之為資訊化社會、後現代社會。新時代是屬於感性與大眾通俗的時代，新人類則被稱為遊戲人，他們對單調乏味的日常生活感到厭煩，開始在生活的各個層面中注入遊戲，追求有朝氣的生活。在「遊戲化社會」裡，所有的資訊都應該具備遊戲的功能，「遊戲」成為最重要的關鍵字。人與物的關係是以滿足快樂需求為存在的前提；人與人的關係亦以快樂為主。所以，在生活的每個領域內，人類都積極尋求「遊戲」或「擬似遊戲」的愉快感覺。其所謂遊戲性或遊戲化的觀念有：

1. 追求愉快遊戲心的「愉快遊」，即追求有趣、好玩的慾望。
2. 追求快樂遊戲心的「樂趣遊」，即追求興奮、有期待的生活樂趣的慾望。
3. 追求驚奇遊戲心的「驚奇遊」，即滿足好奇、追求新鮮生活的慾望。⑤

面對強勢遊戲概念的侵襲，個人認為遊戲性非但是兒童本身的特色，更是兒童文學特點之所在。如何把遊戲性注入兒童文學之中，或許是我們應當省思的課題。

我們知道，遊戲對成人而言，或許只是一種消遣、娛樂或逃避例行事務的方法，但對兒童而言，遊戲就是工作、學習，也是生命的表現；遊戲是兒童獲取經驗、學習與實際操作的手段。當兒童玩扮演醫生或建築師的遊戲時，他不僅是為了好玩而已，因為他就是醫生或建築師。在遊戲中，他嘗試扮演練習，並從四周環境中觀察到一些工作與技巧。

申言之，「從遊戲中學習」是最有效的學習方式，因為其中具有創意、歡笑、美感與人性。我們相信只要是好的文學作品，多半都具有刺激人們的遊戲精神，令人覺得興奮。所謂「文化始於遊戲之中」絕非空談或無稽之言。

四、文學性

兒童文學應當是文學，這是不容懷疑的事實。而文學雖是個常見的名詞，但自有這個名詞以來，它的涵義即不確定。

從歷史上看來，文學一詞所代表的是當時的人對於文學的整個觀念，而且各個時代的觀念也不盡相同。因此，文學一詞的涵義也隨著時代而嬗變。

其實，在浪漫主義時期開始之後，我們對於文學的總概念才開始有所發展；而「文學」一詞的現代意義則是到了十九世紀才真正開始流行。然而對於何謂文學，迄今可能仍有各種不同的意見，但文學是語言的構組則是無人能予以否認的。所謂構組是指它在組織結構方面別具匠心。語言是文學的藝術媒介，並非單單為了傳情達意，無論用什麼靈感、理論來探討，文學語言都不是即興的產物。日常對話方式產生不了文學語言，即使某些文體是用特種語域的方式也產生不了文學語言。因此，我們可以說文學是語言的藝術。這種構組語言的文學，在《語言學與文學》一書裡，認為其特徵有三：

1.作家創作時，在選擇特定的話語框架時的興趣。
2.引來了一個被賦予過許多解釋的名詞「想像」。
3.運用特殊技巧，通過制定模式來增強語言行為的效果。⑥

文學作品的語言與日常語言或科學性語言的用法不同。科學性語言是概念的、定向的與認知的，語言本身是透明的，其目的在於認知意義，並力戒情緒的干擾。文學性的語言恰好相反，它是多向的、意象的、情感的，它可能有所指涉，但也可能沒有指涉，只表現一種情緒感受，只為了聲韻文字的美感而存在。它是一種更有力的、不平凡的語言表達。

申言之，文學語言因需要知解、想像、感情等構成要素的充實而發生，也因這些要素的崩潰而死亡。但在這些要素中，有些可知解而不可想像的，在作為文學的語言時，則仍屬於半死或全死狀態。造成這種狀態的重要原因在於使用頻繁，亦即「濫用」，濫用的結果便磨損了它的想像感情的重要性，使意象的語言變成概念的語言，這種非文學的語言雖便於知解，但與審美的經驗、審美的快感則不相連接。因此，一篇作品愈傾向於脫離純粹認知作用、愈注重文字本身的揑塑，就愈可能是文學作品。所以，文學作品與非文學作品之不同不在於文字的組織，而是在於作者的寫作態度與表達方式。文學家知道文學只能喚起讀者的想像與美感，這些想像與美感最多只能達到抽象行動的功能，使人淨化。是以，王夢鷗先生給藝術、文學的界說如下：

我們所謂藝術，一向還沒有個較深刻而扼要的定義。有之，就是最近韋勒克‧華倫在其《文學論》中所說的：「藝術是一種服務於特定的審美目的下之符號系統或符號的構成物。」這裡所謂符號，當然是指一切藝術品所應用的符號，如聲音、色彩、線條、語言、文字，以及運動姿勢等等。倘依此定義來看，則所謂文學也者，不過是服務於特定的「審美目的」下之文字系統或文字的構成物而已。它之不同於其他藝術，在於所用的符號不同，但它所以成為藝術品之一，則因同是服務於審美目的。是故，以文學所具之藝術特質言，重要的即在這審美目的。反之，凡不具備這審美目的，或不合於審美目的，縱使有個文字系統或構成，終竟不能算做藝術的文學。⑦

文學是語言的藝術，基本上，文學當然以成就美感價值為主，亦即透過語言以完成獨立自存之美的藝術結構，完成一美的價值，這就是它自身主體性的完滿實現。對作品而言，它即是一切。當我們閱讀一篇文學作品時，作品中有作者所欲傳達、作品所欲體現的意義。所以，文學作品的美感與意義是密不可分的。

有關美的範疇或藝術的類型，姚一葦先生認為有：秀美、崇高、悲壯、滑稽、怪誕與抽象等六類，⑧而屬於兒童文學的美感，個人認為似乎應以「滑稽」為先。

第三節　兒童文學製作的理論

一般說來，兒童文學的製作，不外蒐集、翻譯、改編、創作等四種，本節將略述其製作理論，及對兒童文學應有的認識。

一、兒童文學製作的理論

從前一節的論述中，我們知道兒童文學與成人文學的相異之處，乃在於「兒童」一詞。兒童無論在心理、生理與社會等方面的需要都與成人有差異。林良先生認為兒童文學的特質是：

1. 它運用「兒童語言世界」裡的「語詞團」，從事文學的創作。
2. 它流露「兒童意識」裡的文學趣味。⑨

亦即是著眼於「兒童」。就兒童期而言，它只是人生過程中的一個階段，但這個階段卻是最需要父母與師長的關注；又就兒童本身來說，他的生命即是遊戲。因此我們相信兒童的遊戲是需要加以特別的注意與導引。從美學的觀點來說，遊戲是藝術的一種形式，更明白說，藝術雖帶有遊戲性，但藝術絕不只是遊戲，因此我們必須把遊戲加以導引，這就是里德（*Herbert Read, 1893–1968*）所說的：「遊戲是一種不正式的活動，能夠變成藝術的活動，因而獲得兒童有機發展的意義。」⑩

就文學而言，兒童文學是在於完成一獨立自存之美的藝術結構、完成一美的價值，也就是它自身主體性的完滿實現。其目的在於自我體現，而非任何其他目的的工具。也就是說文學的價值就在於它無用，而且正因為它無用，所以能具現一切的有用。若文學作品本身缺乏藝術價值，不能完滿具足其主體性，則一切功能皆無從顯現。

然而，藝術或文學的欣賞，並非單純的活動，我們知道作品之所以存在，是因為作者與讀者雙方的需要，需要藉它來進行溝通；而要完成這種溝通，作品就必須具備可傳達性。而其間接導引作品與讀者的媒介，或可稱之為遊戲。席勒在《審美教育書簡》一書中，極力倡言遊戲的重要性，他認為只有當人是完全意義上的人時，他才遊戲；也只有當遊戲時，他才完全是人。他認為藝術家並不以嚴峻的態度來對待他的同時代人，而是在遊戲中透過美來淨化他們，使他們在閒暇時得到娛樂，不知不覺地從他們的娛樂中排除任性、輕浮和粗野，再慢慢地從他們的行動乃至意向中逐步清除這些毛病，最後達到性格高尚的目的。這是藝術功能的顯現。⑪又韋勒克．華倫於《文學論》一書第三章〈文學的功能〉裡亦云：

> 當一件文學作品的功能充分發揮時，樂趣和實用這兩種「特點」不但是並存的，而且也是

合而為一的。我們所要保留的文學樂趣並不是種種樂趣當中的一種，而是一種「高級的樂趣」，因為它是一種較高級的行為，是由無所希求的冥想中所得到的樂趣。至於文學的實用——也就是文學的嚴肅性和指導性——也是一種帶有樂趣的嚴肅，是一種無須克盡義務或克踐教訓的嚴肅，而為美的一種嚴肅，賦予知覺的一種嚴肅。相對主義者喜歡艱澀的現代詩，常常漠視美學的判斷，將他們的品味視做個人的愛好，就同填字謎和下棋等一樣。而教育家則又誤向著名的詩或小說可能賦有歷史的道德教訓中尋求其嚴肅性。⑫

申言之，遊戲與藝術有相通之處；就廣義的遊戲（或稱休閒活動）言，遊戲可包括藝術活動，因此，把活動性的遊戲變為藝術性的遊戲活動是可能的事實；但其改變過程中必須留有相通之處，始能為兒童遊戲與藝術所接受。能為二者所接受，則兒童文學有其藝術價值乃由此而定。基於此理，我個人把兒童文學製作的理論建立在「遊戲的情趣」上，亦即：

1. 積極方面：在於「遊戲的情趣」之追求。
2. 消極方面：不違反教育之原則。⑬

此一理論的論點是：就兒童而言是遊戲，就藝術而言是情趣，因「遊戲」與「情趣」而產生兒童文學；也就是說，透過語言所傳達出來的兒童文學作品，在理論上它應該是屬於兒童的，同時也是藝術的。屬於兒童的是遊戲，而這種遊戲亦當經過一種特別的設計形式，使之合於教育的原則；屬於藝術的，即是情趣的捕捉。這種兒童文學首要的目的乃是在於才能的啓發；所用的方法是藝術化的。所以我們把情趣附屬於遊戲，遊戲因有情趣，乃成為藝術；而情趣由遊戲中得來，所以適合兒童文學，這是所謂的藝術化的遊戲，這種藝術化的遊戲才能算是真正的兒童遊戲。

兒童文學因有情趣的享受，所以亦能成為成人的文學；又因為偉大的藝術是屬於一種自然與樸實的純真，所以真正好的兒童文學，也能是偉大的藝術品。

我們相信，兒童文學的製作，在理論上若缺少「遊戲的情趣」，則不能成為兒童文學作品；當然也不能被兒童所接受。因為這種作品缺少一種教育性的特別設計；這種作品或許具有知識性、教育性與美學性，可是卻因為缺少兒童文學的理論基礎，而無法發揮實際效用，這也就是說他們忽略了兒童之所以為兒童的根本原因。

二、對兒童文學應有的認識

我們認為兒童文學對兒童來說，也只是一種遊戲的項目而已，因此對兒童文學的認識，仍當從「遊戲」的特質上加以解說。

凱窪認為遊戲有六個重要的特質：自由的、分開的、不確定性、非生產性、規則引導的、虛構的。[14]這是現代遊戲的特質，似乎與兒童遊戲、原始遊戲有別。

申言之，遊戲本是一個古老的名詞，雖然就體育學的立場來說，它僅是體育的一種形式，可是就廣義的古老意義來說，它實在可以涵蓋體育的一切活動。遊戲是人類的本能活動，各種運動都是從遊戲發展而來的。本文所說的遊戲即是指廣義的而言。當然，遊戲的意義常因所持觀點不同而有所差異，因此欲了解遊戲的意義，則需要從多方面加以考察。從兒童與原始的觀點，其遊戲似乎略同於現代所謂的「休閒活動」。其實，遊戲、運動、休閒雖屬三個領域，但其間亦有相同處。休閒活動是現代社會迫切需要的。所謂休閒活動是指個人除了工作以外所參加的活動，而這種活動是個人所志願選擇的，並且期望能從參加中獲得某種滿足的經驗。所以休閒活動的範圍頗難界定，當然其主要關鍵乃在於「能使參與者得到再生的情趣」，因此它的人數、地點，皆不定。而一般的說法，其特質有五項：

1. 閒暇時間：我們必須先有空閒時間才有休閒活動，所以工作不是休閒活動，因為工作不是為了消磨閒暇時間。
2. 有樂趣的：對參加活動的人來說，休閒活動必能給予歡樂和滿足。
3. 志願的：參加活動的人對於活動種類可以根據一己的志願自由選擇，不受任何外力的強制。
4. 建設性的：空閒時間可用以消遣的活動很多，但是只有那些有建設性的活動才能列入休閒活動。

所謂建設性的活動指的是那些有益身心又樂在其中的活動，例如賭博也是消磨時間的良法，但因賭博缺乏建設性，所以不能列入休閒活動。

5.生存之外的：凡是為了生存的一切活動，都不具備休閒性質，所以吃和睡兩者不能稱為休閒活動。然而同樣是吃，一次野餐的性質就不同，因為野餐除了飽吃一頓之外，還包括交誼和遊戲，活動的目的既非單純的吃，那就具有休閒意義了。⑮

從遊戲與休閒活動的特質觀點看來，我們認為對於兒童文學應有的認識是：

1.兒童文學的指導與閱讀，不能有本位主義的獨斷，理當在不違反學童的正規時間之下進行。

2.兒童文學當以滿足兒童遊戲的情趣為主，而非以培養未來的文學家為務。

3.不要過分強迫兒童去閱讀或創作兒童文學作品，理當出於自願與引導。

4.兒童文學的閱讀與寫作，除了滿足兒童遊戲的情趣之外，又當以不違反教育的原則為輔。

5.或說藝術為教育的基礎，但在這多元化的時代裡，藝術之訓練並非一定得透過兒童文學的訓練不可。

由此，我們知道兒童文學的閱讀與寫作乃是近乎休閒活動（或說遊戲），此種活動的目的乃是在啓發才能和培養優良的人格，並非以培養日後文學家為目的（當然，若有所謂天才者除外），因此做父母與老師的人，不宜讓兒童參加各種商業性的比賽。參加這種比賽，非但失去才能啓發的意義，同時對於兒童的心理亦容易產生不良的影響。

由於時代變遷快速，知識愈來愈分化，個人已不可能精通多門學問，科技整合成為現代學術發展的必然趨勢。負責任的兒童圖書出版社或雜誌，時常聘請心理學者、教育學者、傳播學者等做顧問，就是要發揮科技整合的功能，使編寫的兒童讀物更能適合兒童的需要；即使是個人的創作，亦須多吸收其他學科知識，尤其是教育學、兒童發展理論，相信作品的水準亦會更臻完美。

自我評量項目

一、何謂兒童文學？試以自己的語言說明。
二、綜合本章所述，扼要說明兒童文學的特性。
三、在兒童文學的製作理論中，試說明遊戲和藝術的相通性。
四、試說明兒童文學的緣起。
五、從遊戲和休閒活動的特質來看，我們對兒童文學應有哪些認識？

註釋

①見朱光潛著，《文藝心理學》，台北：漢京出版社，七十三年三月。第七、八兩章〈文藝與道德〉，頁一一九～一六〇。本文易「道德」爲「教育」。

②有關懷金格部分，本文參考：

加藤秀俊著，彭德中譯，《餘暇社會學》，台北：遠流出版公司，七十八年十一月。第三章〈遊樂哲學〉，頁五十七～七十七。

劉一民著，《運動哲學研究》，台北：師大書苑公司，八十年七月。第一章〈人類爲遊戲之靈〉，頁三～二十四。

③有關凱窪部分，本文參考：

同註②，《餘暇社會學》，第四章〈遊戲分類學〉，頁七十九～九十六。

同註②，《運動哲學研究》，第二章〈遊戲的深層結構分析〉，頁二十五～四十六。

④有關新人類、新時代除了《餘暇社會學》外，並參閱下列各書：

馬家輝著，《都市新人類》，台北：遠流出版公司，七十八年七月。

平島廉久著，黃美卿譯，《創、遊、美、人》，台北：遠流出版公司，七十九年二月。

高田公理著，李永清譯，《遊戲化社會》，台北：遠流出版公司，七十九年五月。

小川明著，李文祺譯，《新日本人》，台北：遠流出版公司，七十九年十一月。

⑤同註④，《創、遊、美、人》，頁一一七。

⑥雷蒙德．查普曼著，王晶培審譯，《語言學與文學》，台北：結構出版羣，七十八年三月，頁五～二十八。

⑦見王夢鷗著，《文藝美學》，台南：新風出版社，六十年十一月，頁一三一。

⑧姚一葦著，《美的範疇論》，台北：台灣開明書店，六十七年九月。第五章〈論滑稽〉，頁二二八～二七一。

⑨林良等編著，《兒童讀物研究》，台北：小學生雜誌社，五十四年四月，頁一〇六。

⑩里德著，呂廷和譯，《教育與藝術》，高雄：自印本，六十二年十一月，頁二三四。

⑪以上參見席勒著，馮至、范大燦譯，《審美教育書簡》，台北：淑馨出版社，七十八年七月。

⑫韋勒克．華倫著，王夢鷗、許國衡譯，《文學論》，台北：志文出版社，六十五年十月，頁四十六。

⑬有關兒童文學製作的理論，詳見拙著，《兒童文學故事體寫作論》，台東：東師語教系，七十九年元月，第一篇，頁一～四十八。

⑭詳見同註②，《運動哲學研究》，頁三十四。

⑮江良規著，《體育學原理新論》，台北：台灣商務印書館，五十七年七月，頁三三四。

參考文獻

(一)

1. 王秀芝著 **中國兒童文學** 台灣書店 八十年五月。
2. 寺村輝夫著 陳宗顯譯 **怎樣寫兒童故事** 國語日報出版部 七十四年十月。
3. 邱各容著 **兒童文學史料初稿** 富春文化公司 七十九年八月。
4. 李慕如著 **兒童文學綜論** 復文圖書出版社 七十二年九月。
5. 李漢偉著 **兒童文學講話** 復文圖書出版社 七十九年十月增訂版。
6. 林文寶主編 **兒童文學論述選集** 幼獅文化公司 七十八年五月。
7. 林文寶著 **兒童文學故事體寫作論** 東師語教系 七十九年一月。
8. 林守爲編著 **兒童文學** 五南圖書出版公司 七十七年七月。
9. 林良著 **淺語的藝術** 國語日報出版部 六十五年七月。
10. 林良等著 **慈恩兒童文學論叢(一)** 慈恩出版社 七十四年四月。
11. 林政華著 **兒童少年文學** 富春文化公司 八十年一月。
12. 洪文珍著 **兒童文學評論集** 東師語教系 八十年一月。

13.保羅・甘哲爾著　傅林統譯　**書・兒童・成人**　富春文化公司　八十一年三月。
14.高錦雪著　**兒童文學與兒童圖書館**　學藝出版社　七十年九月。
15.馬景賢主編　**認識兒童文學**　中華民國兒童文學學會　七十四年十二月。
16.婁子匡、朱介凡合著　**五十年來的中國俗文學**　正中書局　五十二年八月。
17.許義宗著　**兒童文學論**　中華色研出版社　七十七年七月九版。
18.張清榮著　**兒童文學創作論**　富春文化公司　八十年九月。
19.葉詠琍著　**西洋兒童文學史**　東大圖書公司　七十一年十二月。
20.葉詠琍著　**兒童文學**　東大圖書公司　七十五年五月。
21.葉詠琍著　**兒童成長與文學**　東大圖書公司　七十九年五月。
22.黃雪霞譯　**歐洲青少年文學暨兒童文學**　遠流出版公司　七十八年九月。
23.傅林統著　**兒童文學的思想與技巧**　富春文化公司　七十九年七月。
24.葛琳著　**兒童文學——創作與欣賞**　康橋出版公司　六十九年七月。
25.雷僑雲著　**敦煌兒童文學**　台灣學生書局　七十四年九月。
26.雷僑雲著　**中國兒童文學研究**　台灣學生書局　七十七年九月。
27.蔡尚志著　**兒童故事原理**　五南圖書公司　七十八年十月。
28.蔡尚志著　**兒童故事寫作研究**　五南圖書公司　八十一年九月。
29.譚達先著　**中國民間文學概論**　台灣商務印書館　七十七年八月台初版。

(二)

1.王夢鷗著 **文學概論** 藝文印書館 六十五年五月。
2.加藤秀俊著 彭德中譯 **餘暇社會學** 遠流出版公司 七十八年十一月。
3.平島廉久著 黃美卿譯 **創、遊、美、人** 遠流出版公司 七十九年二月。
4.伊格頓著 鍾嘉文譯 **當代文學理論** 南方叢書出版社 七十七年一月。
5.汪紹倫著 **識知心理學說與應用** 聯經出版公司 六十九年九月。
6.何諾德著 謝光進等譯 **兒童遊戲** 桂冠圖書公司 七十三年十二月。
7.林玉體著 **一方活水——學前教育思想的發展** 信誼基金出版社 七十九年九月。
8.姚一葦著 **美的範疇論** 台灣開明書店 六十七年九月。
9.查普曼著 王晶培審譯 **語言學與文學** 結構出版羣 七十八年三月。
10.韋勒克‧華倫著 王夢鷗、許國衡譯 **文學論** 志文出版社 六十五年十月。
11.高田公理著 李永清譯 **遊戲化社會** 遠流出版公司 七十九年五月。
12.樊美筠著 **兒童的審美發展** 愛的世界出版社 七十九年八月。
13.龔鵬程著 **文學概論** 漢光文化公司 七十四年九月。
14.James E. Johnsow 等著 郭靜晃譯 **兒童遊戲** 揚智文化公司 八十一年三月。

第2章 兒歌

學習目標

——研讀本章後，學習者應能達成下列目標：

一、能詳述兒歌的定義和類別。
二、能具體說明兒歌的特質。
三、能應用兒歌的寫作原則創作兒歌。
四、能根據兒歌的內容和形式欣賞兒歌。

摘要

兒歌是每個人最早接觸的文學作品。它是符合兒童心理的諧韻歌詞。在古代，人們叫它「童謠」，現在的人，大部分改稱「兒歌」。兒歌根據內容性質，可分爲：催眠歌、遊戲歌、知識歌、逗趣歌、勸勉歌、抒情歌、生活歌、故事歌等八種。

兒歌的特質是：趣味性、淺易性、音樂性、實用性、文學性，它跟兒童詩的文體不同。想創作兒歌，除了要明白兒歌的特質外，還要注意以下的幾個寫作原則：了解兒童與符合兒童需要、確定主旨和決定範圍、慎選句法和押韻、活用表達技巧等。

欣賞兒歌是每個人應具備的能力。欣賞兒歌沒有固定的方法，不過欣賞兒歌本身的內容和形式，卻是兩個重要的方向。在內容方面，我們可以從兒歌的類別了解大略的情形，其次是從兒歌的意旨去探討；在形式方面，我們可以從兒歌的結構、句法、音響、表達技巧等方面來欣賞。

兒歌雖然短小、淺顯，但是深入欣賞、分析也有可觀的內容。了解兒歌，不管是在研讀兒歌、創作兒歌、指導兒歌朗誦等方面，都有很大的益處。

第一節　兒歌的意義

每個人最早接觸的文學作品應該是兒歌。一個人在嬰兒時期雖聽不懂他人的話，但是聽到母親輕輕哼著催眠兒歌時都有反應。像台灣的嬰兒，聽了母親用河洛話輕哼的催眠兒歌：「嬰兒嬰嬰睏，一暝大一寸；嬰兒嬰嬰惜，一暝大一尺。搖子日落山，抱子金金看。你是我心肝，驚你受風寒。」就自然的閉上眼睛，安詳的進入夢鄉。再如嬰兒慢慢長大，被大人捉著小手，隨著朗誦的兒歌「蟲蟲蟲蟲飛，蟲子蟲子一大堆」做點手指和伸手臂高飛的動作，就會高興得咯咯地笑出聲來。到了五、六歲，更是主動喜愛兒歌。例如有些兒童一邊朗誦「我家的，我家的，我家脆。我家的公雞（小雞）我家脆」的兒歌，一邊猜拳，玩得好高興。上了小學，也常接觸兒歌，除了課餘朗誦兒歌外，課內也讀兒歌。像國小國語課本第一冊，就有〈小白兔賽跑〉的兒歌：「小白兔、小白兔，你說你跑得最快，去跟人家比賽。你跑了一半停下來，人家就趕過了你。你的心裡一定很難過。不要難過，不要難過，下回比賽不要停下來，一定還是你最快。」可見一個人在嬰兒、幼兒、兒童時期，都接觸過、喜愛過兒歌。

一、兒歌的定義

兒歌是什麼？兒歌是符合兒童心理的諧韻歌詞。①由於這種歌詞的語句淺白，注意諧韻，本身有高低不同的聲調，加上念誦的時候，注意強弱長短、抑揚頓挫，有似歌唱，因此兒歌就有「兒童歌謠」的稱呼。「兒童歌謠」取一、三字，就是「兒歌」；取二、四字，就是「童謠」。在古代，人們多採用「童謠」的詞；在現代，大部分的人則改用「兒歌」。兒歌和童謠雖然名稱不一樣，但是實質相同，就像花生和土豆的名稱不同，卻是同一物。民國初年，周作人在〈兒歌之研究〉（見里仁版《兒童文學論》，五十一頁）一文中說：「兒歌者，兒童歌謳之詞，古言童謠。」由此更可以知道：「兒歌就是童謠，童謠就是兒歌。」

二、兒歌的類別

兒歌的類別由於分類的方式不同，因此有不同的種類。例如根據念誦者的身分來分，有母歌和子歌；根據時間先後，有古代兒歌（或傳統兒歌）和現代兒歌；根據被詠的事物，有動物歌、植物歌、人物歌、器物歌、礦物歌……；根據句法，有整齊式兒歌和不整齊式兒歌……。不管用哪一種分類法，要注意統一，不可採用拼湊法，有內容的，有形式的，有時間先後的……。現在根據兒歌的內容

性質分為以下八類：②

(一)催眠歌

催眠歌就是催促兒童入睡的歌謠。像前面提到的搖籃曲〈嬰兒嬰嬰睏〉就是催眠歌。國語的催眠歌也有很多，例如這一首〈搖籃曲〉：

搖籃曲　　陳正治蒐集整理

睡吧，睡吧，我可愛的寶貝。
媽媽在旁，輕輕搖你睡。
天已黑了，太陽已休息。
快睡，快睡，我可愛的寶貝。

(二)遊戲歌

遊戲歌就是兒童做遊戲時朗誦的歌謠。它可分為：獨戲歌、兩人遊戲歌、多人遊戲歌三種。獨戲歌是兒童一個人一邊玩一邊朗誦的歌謠。例如從前台灣兒童自個兒玩小沙包或小石子的時候，常哼的〈放雞鴨〉兒歌：

放雞鴨　台灣傳統兒歌

一放雞，二放鴨，
三分開，四相疊，
五搭胸，六拍手，
七紡紗，八摸鼻，
九咬耳，十食起。（《中國兒歌研究》，二十八頁）

兩人遊戲歌是指兩個人一起玩而朗誦的歌謠。例如從前台灣兒童兩個人玩交互擊掌的〈炒米香〉兒歌：

炒米香　台灣傳統兒歌

一的炒米香，二的炒韮菜。
三的沖沖滾，四的炒米粉。
五的五將軍，六的六子孫。
七的分一半，八的站著看。
九的九嬸婆，十的撞大鑼。

兒童朗誦這首兒歌時，每念一句，各以一手交叉拍打對方的手心，拍錯便停止重來；若沒錯，到最後時則齊拍對方手心。

多人遊戲歌是指三個人以上玩遊戲而朗誦的歌謠。例如台灣兒童朗誦的「點水缸」兒歌：

點仔點水缸　　台灣傳統兒歌

點仔點水缸，什麼人放屁爛腳倉（爛屁股）？
點仔點茶甌（茶杯），**什麼人今晚要來阮兜**（來我家）？
點仔點茶古（茶壺），**什麼人今晚要娶某**（娶妻）？
點仔點叮噹，什麼人今晚要嫁尪（嫁丈夫）？（《台灣民謠》，二〇一頁）

這首兒歌可以當抉擇歌來「點將」、「點兵」，供擔任遊戲的首領或其他職位的抉擇，也可以由一字一人邊唱邊點，取笑被點到句末字的人。如第一句末，眾人笑他：「屁股爛了！」

㈢知識歌

知識歌乃是介紹知識的歌謠。根據知識的類別又可分為動物歌、植物歌、數字歌、器物歌、自然歌、時令歌、衛生歌、語文歌……。例如：

犀牛　　陳正治

犀牛犀牛壞脾氣，
一不開心就鬥起。
身體壯，力氣大，
碰到獅子也不怕。
耳朵鼻子都不錯，
可惜眼睛卻不好。
愛吃嫩草愛洗澡，
愛住草原和泥沼。（《兒歌ㄅㄆㄇ》，四十三頁）

這一首兒歌介紹犀牛的脾氣、身體外形、生理現象及習性，屬於動物的知識歌。

㈣逗趣歌

逗趣歌乃是詞句俏皮、內容有趣，能逗引他人的歌謠。例如：

大頭大頭　　台灣傳統兒歌

大頭大頭，
下雨不愁。
你有雨傘，
我有大頭。（《兒歌百首》，二十六頁）

這首兒歌從反面來捉弄頭大的人；不說頭大的壞處，卻說頭大的好處。詞句俏皮、內容有趣。

㈤勸勉歌

勸勉歌是勸導、勉勵兒童向善的歌謠。例如：

好習慣　　蘇愛秋

出門玩耍，鞋有泥巴，
進門以前，鞋底擦擦。
隨手關門，輕輕說話，
玩好玩具，送它回家。（《兒童文學詩歌選集》，六十一頁）

這首兒歌是指導兒童生活應注意的細節。

㈥抒情歌

抒情歌是抒發喜怒哀懼愛惡欲等情感的歌謠。例如流傳各省的〈小白菜〉歌謠：

小白菜

小白菜呀，地裡黃啊，
三歲兩歲沒了娘啊。
好好跟著爹爹過呀，
就怕爹爹續後娘啊。
續了後娘三年整啊，
生個弟弟比我強啊。
弟弟吃肉我喝湯啊，
拿起飯碗淚汪汪啊。
親娘想我一陣風啊，
我想親娘在夢中啊。
河裡開花河裡落呀，

我想親娘誰知道哇！
想親娘啊，想親娘啊，
白天聽見嘓嘓叫哇，
夜裡聽見山水流哇，
有心要跟山水走哇，
又怕山水不回頭哇。（《中國兒歌》，九十五頁）

這首兒歌把思念親娘，以及未能享受後娘疼愛的心情抒發出來，屬於抒情歌。

㈦生活歌

生活歌是敘述兒童的生活情形，或是跟兒童生活有關的社會情形的歌謠。例如：

家

我家門前有小河，
後面有山坡。
山坡上面野花多，
野花紅似火。

小河裡，有白鵝，
鵝兒戲綠波。
戲弄綠波鵝兒快樂，
昂頭唱清歌。（《兒童歌曲精華》第一集，六十七頁）

這首兒歌把跟兒童生活有關的「家」的美景寫出來，寫得很有童趣。又如：

小弟弟　　張鐵蘇

小弟弟，
饞得慌，
吃了冰棒買雪糕，
還要冰凍綠豆湯，
吃得肚子咕嚕響，
變成一只電冰箱。（《兒歌集錦》，九十五頁）

這首兒歌敘述兒童愛吃冰的生活情形，也是生活歌。

㈧故事歌

故事歌是敘述故事的歌謠。例如：

大灰狼　　寒楓

雞上樹，狗上牆，
鴨子跳進大池塘。
要問這是為什麼，
因為來了大灰狼。
大灰狼，牙齒長，
偷雞叼鴨又咬羊。
獵人舉槍一聲響，
灰狼喪命見閻王。（《兒歌集錦》，一九六頁）

這首兒歌敘述大灰狼出現在農莊，偷雞叼鴨，結果被殺的故事，屬於故事歌。

第二節　兒歌的特質

兒歌的特質是什麼？褚東郊先生在〈中國兒歌的研究〉一文中，對兒歌的特質有如下的敘述：「他們（兒童）所唱的歌詞，雖然不著於文字，全憑口授，輾轉相傳，不知作者為誰，但是音韻流利，趣味豐富，都含有一種自然的美妙。……歌中所引用的事物，往往必須就兒童日常耳目所接觸的著想……。」③由這段話可知兒歌的特質有：音樂性、趣味性、生活性。

朱介凡先生認為兒歌是：「句式自由、結構奇變、比興特多、聲韻活潑、情趣深厚、意境清新、言語平白、順口成章。」④由這段話可知兒歌的內容重視情趣、形式自由、有文學性及音樂性。

蔡尚志先生認為兒歌的特質有六項：「平淺易懂的內容、自然流利的音韻、短俏生動的語句、兒童熟悉的背景、充滿遊戲的情趣、千奇百怪的幻想。」⑤

林武憲先生認為兒歌的特質有四項：「音樂性、教育性、趣味性、平易性。」⑥

綜合以上的見解，兒歌有以下幾個特質：

一、趣味性

兒童朗誦兒歌，主要是為了得到快樂，因此，趣味性是兒歌中很重要的特質。兒歌中，除了遊戲歌、逗趣歌、生活歌、故事歌有明顯的趣味性外，其他如知識歌、勸勉歌、抒情歌等也很重視趣味的特質。例如：

又會哭又會笑　　浙江傳統兒歌

又會哭，又會笑，
三隻黃狗來抬轎。
一抬抬到城隍廟，
城隍菩薩看見哈哈笑。（《中國文學研究》，六五〇頁）

這首兒歌是充滿趣味的逗趣歌。它首先敘述一個兒童一會兒哭一會兒笑的有趣事情；接著採用擬人法把黃狗擬人，讓狗抬轎子，出現一幅逗趣的畫面；最後敘述黃狗抬著一會兒哭，一會兒笑的孩子到城隍廟後，連神也都被逗得哈哈大笑了。從前兒童看到幼小的孩子哭，就在他面前一邊朗誦這首兒歌，一邊根據兒歌的內容表演動作，結果逗得哭著的孩子馬上停止哭聲。又如：

冬瓜

冬瓜冬瓜，兩頭開花，
開花結子，結子開花。
一個冬瓜，兩個冬瓜，
三個冬瓜，四個冬瓜，
五個冬瓜，六個冬瓜，
…………
十八個冬瓜。（《兒歌百首》，三十七頁）

這首兒歌是供兒童學習數數字用的知識性兒歌。兒童在朗誦時，一面數數字，一面得到朗誦的快樂，因此也是頗有趣味性。

有些兒童朗誦或製作「聯珠體」的兒歌，主要的是這種兒歌的趣味性更高。例如：

火金姑來吃茶　　台灣傳統兒歌

火金姑，來吃茶；
茶燒燒，吃香蕉；

香蕉冷冷吃龍眼；
龍眼要剝殼，換來吃藍茇；
藍茇仔全全籽，害阮吃一下落嘴齒。（《台灣民謠》，二〇二頁）

這首兒歌上下句的連接是採用「頂真」修辭法，應用相同的字詞遞接。例如第二句的開頭「茶燒」的「茶」字就是上一句的句末字。如此上下句用相同的字詞連接，念起來順口，而且變換事物快速、趣味性高，因此很受孩子喜愛。

二、淺易性

兒歌的內容淺顯，語言口語化，篇幅短小，在兒童文學中，屬於淺易的作品。例如：

小老鼠　　傳統兒歌

小老鼠，上燈台，
偷油吃，下不來。
叫媽媽，媽不睬；
叫爸爸，爸不來。

嘰哩咕嚕滾下來。

量詞歌　　滕毓旭

一頭牛，兩匹馬，
五頭肥豬一羣鴨，
千棵桃樹萬朵花，
我家小院一幅畫。（《幼兒文學》，五十一頁）

一二一　　林武憲

一二一，爬樓梯，
一步一步別著急。
一二一，下樓梯，
一步一步很容易。（《我愛ㄅㄆㄇ》，四十五頁）

以上所列兒歌，不管是傳統的或現代創作的，兒歌的內容淺顯，適合兒童的生活經驗、思想、程度和興趣；文句亦口語化，淺白易懂；形式短小，適合兒童朗誦。好的兒歌，都有這種特質。

三、音樂性

兒歌是詩歌體的一種，講究音韻和節奏，因此具有音樂性。嬰兒聽不懂嬰兒催眠歌的內容，但是聽了富有音韻和節奏美的催眠歌，卻能愉快地進入夢鄉；兒童喜愛朗誦兒歌，主要的原因之一是兒歌富有音樂性，容易琅琅上口，容易記憶。例如：

小松鼠　　林良

小松鼠，大尾巴，
搖一搖，嘩啦啦！
大尾巴，小松鼠，
晃一晃，呼嚕嚕！
小松鼠，尾巴大，
小松鼠，大尾巴。（《兒童文學詩歌選集》，六頁）

這首兒歌的字數整齊，每三個字停頓一次，有自然的節奏美。而歌詞中「搖一搖，嘩啦啦！」跟「晃一晃，呼嚕嚕！」的句型結構相似，念起來很順口。「小松鼠，大尾巴」、「大尾巴，小松鼠」，「小松鼠，尾巴大」等的詞句形式雖略有變動，但是句意相同，有如反覆疊誦般的美。全首兒歌均押韻，第一段押ㄚ韻，第二段押ㄨ韻，第三段押ㄚ韻。押韻的兒歌念起來有音韻美。又如：

找東西　　黃登漢

找橡皮，真著急，
昨天明明放這裡，
今天為何沒蹤跡？
找毛筆，真生氣，
要用你卻不見你，
不用你又在這裡！
這遊戲，沒意義，
不如原處收整齊，
這樣找來就容易。（兒童天地，二十一期，七十六年一月）

這首兒歌反覆採用三三七七的句法，念起來節奏有規律美；而且每一行都押了韻，亦富音韻美。

四、實用性

兒歌大都是敘述一件事或描寫一個事物的特徵；偏重實用而少抒情，因此與兒童詩不太一樣。例如：

香蕉　　林良

香蕉像什麼？
香蕉像一條船。
兩頭尖尖，
船身彎彎。
香蕉像什麼？
香蕉像滑梯。
這邊高高，
那邊低低。（《中國兒歌研究》，一五二頁）

香蕉

徐士欽

論甜
我們的甜度高
論香
我們的香味濃
跟桃李比
柑橘比
跟番茄比
木瓜比
的的確確不相同
不嫉妒
梨的雪白
不羨慕
蘋果的鮮紅
認清自己的面目
我們啊

永遠　永遠
以能夠做黃皮的香蕉
為榮（《兒童文學詩歌選集》，一一七～一一八頁）

以上兩首詩歌，林艮先生的〈香蕉〉寫的是香蕉的外表形狀，屬於植物知識介紹，重實用性，是兒歌。徐士欽先生寫的〈香蕉〉則屬於借物抒情的兒童詩。表面是寫香蕉的特性——甜、香，跟其他水果不同，其實是借香蕉的外表顏色，象徵黃皮膚的中國人，要認清自己的特點並發揚光大，不必嫉妒、羨慕白種人。這是重寫實、抒情的兒童詩。

五、文學性

兒歌是文學作品，因此也講求多樣的表現特性。例如句式很自由，結構變化多樣，意境清新，情趣深厚。像〈爬樹〉的兒歌：

爬樹

爬樹爬得高，
跌下像年糕；

爬樹爬得低，
跌下像田雞。（《中國兒歌研究》，十六頁）

這首兒歌採用兩個譬喻的複句組合而成。篇幅雖然短小，但是形式完整，內容富有情趣，已符合文學作品的要求。其他如台灣傳統兒歌「西北雨，直直落，鯽仔魚，欲娶某……」等起興式的兒歌，都具有很高的文學性。

第三節　兒歌的寫作原則

兒童需要兒歌，因此提供美好的兒歌供兒童朗誦，是一件很有意義的事。我國已有四千多年的歷史，先民創作的兒歌一定不少，但是由於過去的兒歌都靠口耳相傳，少用文字記載，因此流傳下來的作品並不多；再加上時代背景的變遷，兒童需要的改變，傳統兒歌中適合現代兒童朗誦的就更少了。在這個需要大量兒歌但是兒歌數量又不多的現代社會，最好的辦法就是鼓勵大家寫作兒歌。寫作兒歌應注意的原則有以下幾點。

一、了解兒童與符合兒童需要

兒歌是給兒童朗誦的，或朗誦給兒童聽的，所以寫作兒歌前應先了解兒童。兒歌作者應關心兒童的生活、了解兒童知能的範圍和可能接受的程度、了解兒童的心理，這樣在寫作的時候，選擇的題材和表現技巧，才能符合兒童需要。例如成人看到洋娃娃，頂多是把它買下送給小孩子玩；而小女孩看到洋娃娃，就有不同的舉動和想法：像抱它、背它、跟它講話。周伯陽先生寫的一首兒歌：「妹妹背著洋娃娃，走到花園來看花。娃娃哭了叫媽媽，花上蝴蝶笑哈哈。姊姊抱著洋娃娃，走到花園來玩耍。娃娃餓了叫媽媽，樹上小鳥笑哈哈。」⑦便是了解兒童生活情形、符合兒童需要的好作品。我們在寫作兒歌的時候，如果能考慮兒童的興趣、需要和能力，寫出的作品才能受到兒童喜愛。

二、確定主旨和決定範圍

每一個題材可寫的範圍都很廣，為了集中效果，作者可以根據自己編寫兒歌的目的來決定範圍。兒歌分為催眠歌、遊戲歌、知識歌、逗趣歌、勸勉歌、抒情歌、生活歌、故事歌等八類。我們寫作兒歌，可以先考慮是寫哪一類的，然後再確定主旨。例如寫「貓」，如果我們打算把它編為知識歌，介紹貓有鬍鬚的快樂，就可以寫成這樣的兒歌：

小貓咪　　江全章

小貓咪，咪咪咪，
對著鏡子笑嘻嘻：
嘻！嘻！
我也長鬍鬚。（《中國兒歌一千首》，二七四～二七五頁）

如果介紹鬍鬚的功用，就可以寫成這樣的兒歌：

小貓的鬍子　　商殿舉

我笑小貓不像話，
生來就想當爸爸。
小貓趴我耳朵邊，
跟我說個悄悄話：
「沒有鬍子像小孩兒，
老鼠見了不害怕。」（《中國兒歌一千首》，三三六頁）

三、慎選句法和押韻

寫作兒歌，要注意句法和押韻。兒歌的句法有整齊式和不整齊式兩種。整齊式的兒歌，每一行的句式相等。常見的有：三言、四言、五言、七言等四種。例如：

笑　王蘭英

小雞笑：
「嘰嘰嘰！」
鴨子笑：
「呷呷呷！」
青蛙笑：
「呱呱呱！」
娃娃笑：
「哈哈哈！」（《中國兒歌一千首》，二八六頁）

這首兒歌每行三個字，屬於三言的句法。

輪船　丁曲

坐上大輪船，
弟弟拍手叫：
輪船多麼大，
我們多麼小！

走在大海裡，
弟弟瞧一瞧：
大海多麼大，
輪船多麼小！（《中國兒歌一千首》，七頁）

這首兒歌每行五個字，屬於五言的句法。
不整齊式的兒歌，句法自由。例如：

比尾巴　程宏明

誰的尾巴長？

誰的尾巴短？
誰的尾巴好像一把傘？
猴子尾巴長，
兔子尾巴短，
松鼠尾巴好像一把傘！

誰的尾巴彎？
誰的尾巴扁？
誰的尾巴最呀最好看？
公雞尾巴彎，
鴨子尾巴扁，
孔雀尾巴最呀最好看！（《中國兒歌一千首》，三四四頁）

這首兒歌有五言的，有九言的，屬於不整齊式的兒歌。不過在不整齊中，它仍有五五九句式的規律，算是不整齊式中較整齊的兒歌。有的不整齊式的兒歌，各行字數均不同。創作兒歌，沒有固定的句法，只要意思表達清楚、文句簡潔，都是好句法。

好的兒歌應該押韻。兒歌的押韻，常見的有押尾韻和頭尾交互押韻等。例如：

河蚌　丁曲

河蚌寶寶，
真沒禮貌；
客人一到，
關門睡覺。（《中國兒歌一千首》，二九八頁）

這首兒歌每一行末的字：寶、貌、到、覺都押ㄠ韻，屬於押尾韻。

押尾韻中可以換韻，就是一首兒歌有兩個以上的韻腳。創作兒歌的人，覺得一韻到底略為單調，於是改變原韻而押他韻。例如：

酸葡萄　王玉川

葡萄架，高又高，
上邊兒吊著紫葡萄。
紫葡萄，大又圓，
個的個兒，香又甜。
狐狸看見往上跳，

跳了半天搆不到。
搆不到，心不甘；
不說自己笨，倒說葡萄酸。（《大白貓》，六十七頁）

這首兒歌第一段和第二段的前兩行都押「ㄠ」韻；後兩行換為「ㄢ」韻。頭尾交互押韻就是兒歌中，後一行的頭韻跟隨著前一行的尾韻押。例如：

月光光　　林鍾隆改寫

月光光，好種薑。
薑發芽，好種麻。
麻開花，好種瓜。
瓜未大，摘來賣。
賣到三個錢，拿去學打綿。
綿線斷，學打磚。
磚斷截，學打鐵。
鐵生鹵（銹），學殺豬。
豬會叫，學殺貓。

貓會咬，學殺鳥。
鳥會飛，學殺龜。
龜會走，學殺鵝。（月光光雜誌，第一期）

這首兒歌第一行的末字「薑」，當做第二行的開頭字；第二行的末字「麻」，當做第三行的開頭字。這種押韻法，就是頭尾交互押韻。

四、活用表達技巧

兒歌的形式雖然短小，但也是文學作品，因此，它的表達技巧也是多樣而活潑的。褚東郊對兒歌的表達手法分為：問答的、直敘的、如實的、擬人的、代語的、自語的等六種。⑧林武憲將它分為：白描法、比喻法、對比法、問答法、轉化法、複疊法、回文法、倒裝法八種。⑨簡上仁將它分為：直敘體、聯珠式、對答式、序數式、急口令等五種。⑩筆者在《中國兒歌研究》一書中歸納出常見的表達技巧有：直敘法、問答法、擬人法、反覆法、起興法、誇張法、排比法、對比法、譬喻法、層遞法、自語法、婉曲法、連鎖法等十三種。⑪不過，兒歌的表達技巧是多樣的，無法全部歸納出來。除了常見的上述十三種外，其他回文法、歸納法、演繹法也常被應用；而且每一首兒歌，常常是聯用好幾種表達技巧，不是單獨一種。因此，有志創作兒歌的人，要多研究各種表達技巧，創造新方法。例如下列的兒歌，即應用了多種的技巧。

跟爸爸玩兒　　林武憲

我喜歡跟爸爸玩兒。
我爬山，
爬到爸爸的脖子上。
我騎馬，
騎在爸爸的背上。
我盪鞦韆，
盪在爸爸的手臂上。
我喜歡爸爸，
喜歡跟爸爸玩兒。（小樹苗，一三四期）

這首兒歌先說「我喜歡跟爸爸玩兒」，然後分開敘述如何玩，這是「演繹」的表達技巧。結尾中又提「喜歡跟爸爸玩兒」，是歸納法。中間六行的「我爬山」到「在爸爸的手臂上」，是三個結構相似的排比句，屬於「排比」技巧。各行的敘述，採用「直敘」法。開頭和末尾的「喜歡跟爸爸玩兒」，屬於「反覆」技巧。

第四節　兒歌作品欣賞

一、欣賞兒歌的方向

欣賞兒歌沒有固定的方法。我們可以從傳統的文理、語言、歷史、傳記、道德、哲學等方面來欣賞，也可以從篇章結構的形式方面欣賞，甚至可以從心理學、社會學、主題學、表象學等方面欣賞、分析。不管採用什麼方法，兒歌本身的內容和形式是非常重要的兩個方向。現在從這兩方面略加說明。

㈠內容方面

欣賞兒歌內容，我們可以根據兒歌的類別來了解。從文句裡，或清楚的標題裡，先看看它是屬於哪一性質的兒歌，對作者所要表達的內容，當有較明確的認識。其次，我們可以從兒歌言內、言外之意來欣賞它的意旨。有些兒歌的意旨可以從字面上看出，有的就得再深入分析、研究、歸納，悟出隱藏起來的涵義。例如從前日據時代台灣兒童朗誦的兒歌：「那出日，那落雨，那刣豬、那翻肚。𨑨仔穿紅褲，乞食走無路。」這首兒歌的意思是：一邊出太陽，一邊下雨；一邊殺豬，一邊翻肚；小玩偶穿著紅褲子，乞丐走投無路。從字面來看，我們不容易了解它的意旨，但從社會學角度深入欣賞，才知道當時占據台灣的日本憲兵穿的是紅褲子，而這兒的「小玩偶」，指的是沒有人性的人，也就是借代日本憲兵。整首兒歌敘述日本憲兵的橫暴、喜怒無常，像邊出太陽，邊下雨，以及屠夫的翻豬肚子，翻來翻去，令人不可捉摸。富有句義的相關。

㈡形式方面

欣賞兒歌形式，可以從結構、句法、音響、表達技巧等方面欣賞。在結構方面，我們可以分析作者採用什麼形式來組織材料。例如：

鸚鵡　　謝武彰

鸚鵡鸚鵡，
學說話，真糊塗。
姊姊說：一二三四五，
牠也說：一二三四五。
姊姊說：我不是鸚鵡，
牠也說：我不是鸚鵡。（《大家來唱ㄅㄆㄇ》，七十二頁）

這首兒歌採用「演繹法」，也就是先提後敘的方法布局。第一句總提鸚鵡學說話真糊塗；接著後句分敘如何糊塗的事例，說明鸚鵡忘了自己是鸚鵡。兒歌在結構中，篇法、章法的形式有多樣，我們可以多多欣賞每位作者那出神入化、妥切適當的安排。像有的兒歌採用順敘法敘述，有的採用倒敘法、補敘法、分敘法、散敘法……。

在句法方面，我們可以從整齊或不整齊的句數來看。像三言、四言、五言、七言等固定的字數有整齊的美；不固定字數，有錯綜的美。只要念起來琅琅上口，都是好的句法。

在音響方面，就要注意押韻和節奏。押韻方面常見的有押尾韻和頭尾交互押韻。押韻時，能注意同調相押最好，其次才是同平聲或同仄聲相押。如果平仄相押，就欠好了。在節奏方面要注意呼應。有的兒歌由於字數整齊，因此自然具有節奏美；有的兒歌字數雖然不整齊，但是停頓的音節相同，也富有節奏。

在表達技巧方面，我們可以欣賞每一首兒歌的不同技法。例如直敘、設問、擬人、誇飾、排比、對偶、映襯、層遞、婉曲、連鎖（頂真）等表達技巧的使用。例如：

小胖小　　潘人木

小胖小，包水餃。
水餃包不緊，就去學挖筍。
挖筍挖不出，就去學餵豬。

餵豬餵不肥，就去採草莓。
草莓採不到，就去學吹號。
吹號吹不響，就去學演講。
演講沒人聽，
走下台，關了燈，
乖乖回去做學生。（《小胖小》，二～八頁）

這首兒歌在表達技巧上，除了直敘法外，主要的是靠反覆法、排比法和連鎖法。在情節上採用反覆法，反覆例舉小胖小學做什麼事；而各事件的敘寫，結構、句法相似，屬於排比法。在句子的連絡上採用連鎖法（頂真）。像第一句的句末「水餃」一詞，成為第二句的開頭詞；第二句的句末語「挖筍」，成為第三句的開頭語。

二、兒歌欣賞舉例

待我好　　陝西傳統兒歌

媽媽待我好，

見我微微笑；
妹妹待我好，
見我面前跑；
黃狗待我好，
見我把尾搖。（《中國兒歌》，七十九頁）

這首兒歌敘述兒童在家中受人喜愛的情形，屬於生活歌。在結構方面，採用散敘法，把三件待我好的事件組織在一起敘述，從不同的三個側面展現兒童受人喜愛的主題。全首雖然寫的是別人「待我好」的三件事，其實也間接表達我很好。如果「我」的表現不好，媽媽怎麼會對我微微笑呢？如果「我」很兇，常欺侮妹妹，妹妹敢在「我」面前跑嗎？如果「我」虐待動物，黃狗看到我，會趕忙跑開或對我搖尾巴呢？這首兒歌採側襯法，把人物的個性呈現出來。由這首兒歌我們可以體會出一個主題：要別人對我好，自己要先表現得更好。

在句法方面，每行五個字，節奏很明顯。而敘述的三件事，在語意的排列上採用「先虛寫，後實寫」的方式，先說「抽象」，再說「具體」；先說誰待我好，再舉出待我好的事例。整首句法統一，有整齊的美。另外，全首押尾韻，採用一韻到底中的逐行押「ㄠ」韻，念起來很順口。

釣魚　　江蘇傳統兒歌

大魚不來小魚來；
小魚不來蝦蟹來。
蝦蟹來了小魚來；
小魚來了大魚來。（《繪圖童謠大觀》，十一頁）

這首敘述釣魚的生活歌，前兩句敘述的是：釣魚的人把魚餌放進水裡了，但是魚兒遲遲不來吃餌。釣魚的人急了，叫著說：「即使大魚不來的話，小魚來也好；小魚不來的話，蝦子、螃蟹來也好。」這兩句話把釣魚人的心聲和著急情形，生動地寫出來。釣魚是要有耐性的，只要找對地方，有耐性地等候魚兒上鈎，便可常常有收穫。果然後兩句寫的是：蝦子、螃蟹來吃餌了，小魚來吃餌了，甚至大魚也來吃餌了。由這首兒歌可以得到啓示：做任何事不必急著得到成果；只要努力去做，時間久了自然有收穫。

這首兒歌在結構上採用順敘法，按事情的發展先後來敘述。先敘述釣魚人的期望，再敘述釣魚結果。在句法上是整齊的七言排列，而押韻字是押相同字的「ㄞ」韻。古詩詞很少押相同字，以免犯「重出」的毛病，但是兒歌中常見押同字的韻，並沒有人認為這是大缺點。可見只要念起來自然就可以了。全首的表現上採用「對比」的技巧，例如先說「不來」，再說「來了」；先說大魚，再說小魚。這樣寫，富有變化也很有味。另外，這首兒歌對魚蝦出現的安排先是大魚、小魚、蝦、蟹，然後就是蝦蟹、小魚、大魚，物品價值由大而小，接著由小而大，有規律地層遞，富有整齊美。在形式上，它是採用層遞和回文的技巧來安排材料，也富藝術美。而句子的連絡上採用連鎖法（頂真）。像第一句末是「小魚來」，第二句開頭是「小魚」的詞，第二句的句末是「蝦蟹來」，第三句的開頭也是「蝦蟹來」。連鎖句子使上下接得很緊密，朗誦起來很自然。

拍拍胸　　江蘇傳統兒歌

拍拍胸，
三年不傷風；
拍拍背，
三年不生痱。（《中國兒歌》，七十一頁）

這是江蘇省所流行的幼兒洗澡歌，也是屬於生活歌。母親替幼兒洗澡的時候，一邊用沾著澡盆水的手，輕拍幼兒的胸膛和背部，一邊念著〈拍拍胸〉的兒歌。幼兒除了感受到母親朗誦兒歌的親情外，還由於胸膛、背部接觸到水，心裡已有洗澡的準備，下澡盆一碰到水，才不會驚慌。

拍胸、拍背跟三年不傷風、不生痱子是押韻的順口句子，彼此間並沒有直接因果關係；但是由這句吉利的話，也可以使我們體會到幼兒常感冒和長痱子，母親希望孩子不要有這種痛苦。由這首兒歌，我們可以感受到母愛的偉大。

這首兒歌的結構是散敘式的，利用相同的句型，列舉了兩件事。前後兩句屬於排比的表現。在敘述中，也採用反覆法，強調「拍拍」和「三年」的詞。另外，「拍拍胸」是外在的現象，是實寫；三年不傷風、不生痱是內在的聯想，是虛寫。這種外在、內在，實寫、虛寫的對立，就是「對比」的技巧。在音響上，胸和風押「ㄥ」韻；背和痱押「ㄟ」韻。整首是押尾韻中的換韻。

小小鳥兒　　林海音

小小鳥兒愛唱歌，
你的歌兒真好聽。
你唱的什麼歌，
請你告訴我。

小小鳥兒愛唱歌，
你的歌兒真好聽。
我和你一起唱，
你說好不好？（國小國語課本第一冊，二十八頁）

這首兒歌屬於生活的抒情歌，抒發了喜愛小鳥和愛慕、期待的感情。全首分二章，每一章第一句的「小小鳥兒愛唱歌」，把鳥叫聲形容為唱歌聲，不是啼哭聲，所謂「境由心生」，表現了孩子個性的樂觀和開朗。有些孩子看到小鳥，就想把牠捉來玩或烤來吃，而這個孩子把鳥當做歌手，也暗示出孩子富有愛心。第二句「你的歌兒真好聽」，表現孩子不嫉妒，懂得欣賞他人的優點，懂得讚美人。第一章第三句「你唱的什麼歌，請你告訴我」，表現孩子的天真想法及好奇和好學的精神。第二章第三句「我和你一起唱，你說好不好？」表達了孩子的期望，以及富有尊重他人意見的民主思想。全首兒歌以小鳥唱歌為重點，然後加以讚美和期望，取材符合「統一」原則。

在形式上，全首兒歌分兩章，每章開頭文句相同，這是古代歌謠體常見的形式，也是反覆的利用。例如詩經裡國風的「桃夭」篇，共三章，每章開頭都是「桃之夭夭」的句子，就是這類。這首兒歌每一章的敘述都是採用自語的順敘法，按照作者的聯想先後來寫。在表達技巧上，應用擬人法，把小鳥當人處理。兩章的請問小鳥，採用設問法及呼告法。在音響方面，第一章的押韻字是「歌」和「我」。歌是「歌」韻平聲，我是「歌」韻上聲，平仄相押。後一章未押，但是念起來也很順口。

三、結論

兒歌雖然是很短小、淺顯的文學作品，但是只要能深入欣賞、分析，也有可觀的內容。有的人以為兒歌只是給幼兒朗誦、練習說話，談不上什麼文學味、好內容，這實在是很深的誤解。每一位作者辛苦寫出來的兒歌，都蘊藏著豐富的寶藏，只要我們肯一鏟一鏟地去挖掘，都可以得到豐富、滿意、驚奇的收穫。

自我評量題目

一、兒歌是什麼？它跟童謠有什麼關係？
二、依內容性質分，兒歌的類別有幾種？能否各舉一首兒歌說明？
三、兒歌有什麼特質？
四、兒歌的寫作原則是什麼？
五、兒歌的句法如何？請舉例說明。
六、兒歌的押韻方式，常見的有幾種？
七、如何欣賞兒歌？請找一首兒歌來欣賞、分析。
八、請根據寫作原則創作三首兒歌。

註釋

①見《小學課程標準》，三十七年版，頁九十一。
②見《中國兒歌研究》，七十三年版，頁二十四～九十七。
③見《中國文學研究》，六〇年版，頁六四九。
④見《中國兒歌》，頁二十七。
⑤見《嘉義師專學報》，十二期，頁一六七～一七三。
⑥見林武憲先生〈兒歌的認識和創作〉文稿。
⑦見《幼兒唱遊精華》，頁十一。
⑧見《中國文學研究》，頁六五六～六五七。
⑨見林武憲先生〈兒歌的認識和創作〉文稿。
⑩見《台灣民謠》，頁一七一。
⑪見《中國兒歌研究》，頁一二九～一六一。

參考文獻

(一)

1. 朱介凡著 **中國兒歌** 台北：純文學出版社 民國六十七年十二月。
2. 陳正治著 **中國兒歌研究** 台北：親親文化事業公司 民國七十四年九月增訂一版。
3. 簡上仁著 **台灣民謠** 台中：台灣省政府新聞處 民國七十二年六月。
4. 褚東郊著 **中國兒歌的研究** 刊於《中國文學研究》 頁六四七～六六〇 台北：明倫出版社 民國六〇年三月。
5. 鄭光中著 **幼兒文學** 四川：少年兒童出版社 一九八八年。
6. 蔡尚志著 **兒童歌謠與兒童詩研究** 嘉義師專學報 十二期 頁一六五～二七六 民國七十一年五月。

(二)

1. 楊兆禎編 **兒童歌曲精華第一集** 台北：文化圖書公司 民國五十二年五月。
2. 楊兆禎編 **幼兒唱遊精華** 台北：文化圖書公司 民國七〇年一月五版。

3.王玉川著　**大白貓**　台北：國語日報社　民國五十一年十二月。
4.佚名編　**繪圖童謠大觀**　台北：廣文書局　民國六十六年十二月。
5.謝武彰著　**大家來唱ㄅㄆㄇ**　台北：親親文化有限公司　民國七〇年八月。
6.林武憲著　**我愛ㄅㄆㄇ**　台北：親親文化有限公司　民國七十五年一月。
7.林武憲編　**兒童文學詩歌選集**　台北：幼獅文化事業公司　民國七十八年五月。
8.喻麗清編　**兒歌百首**　台北：爾雅出版社　民國六十七年八月。
9.潘人木著　**小胖小**　台北：信誼基金出版社　民國七十四年一月。
10.尹世霖編　**中國兒歌一千首**　濟南：明天出版社　一九八八年十一月。
11.寒楓、張鐵蘇合編　**兒歌集錦**　北平：北京師範學院出版社　一九八九年五月。
12.陳正治著　**兒歌ㄅㄆㄇ**　台北：親親文化事業有限公司　民國七十九年八月。

第3章 兒童詩

學習目標

——研讀本章後，學習者應可達成下列目標：

一、說明兒童詩的意義。
二、說明兒童詩的特質。
三、了解兒童詩的分類。
四、認識兒童詩的寫作原則。
五、懂得兒童詩的欣賞方法。
六、能嘗試為兒童創作兒童詩。

摘　要

兒童詩是新詩的支流，具有詩的特質，它是專屬於兒童的一種文學作品，它強調淺顯易懂、意象鮮明、文詞優美、形式多變和題材豐富，是適合兒童心理、程度、經驗和想像的一種文學作品。

兒童詩的作者包含成人和兒童；成人是以過來人的身分，以「愛」爲出發點，將人生經驗、美感經驗、創作經驗透過簡短文字，傳達個人童年、人生閱歷、期望、經驗，讓兒童從閱讀中吸取其精華、智慧，而順利成長。有時作者更需洞察兒童心理，爲兒童的代言人，協助兒童發洩心中情緒，達到身心平衡。至於兒童本身的創作，則純粹是個人的心聲和個人的思想、經驗。總而言之，兒童詩和成人詩一樣，具有興觀羣怨的功能，無論兒童在讀或寫上，都可以使兒童獲得成長，達到潛移默化、陶冶性情的詩教功能。

兒童詩在內涵和形式上，包括敘事詩、抒情詩、描繪詩、圖象詩等，無論它們以何種形式、方法呈現，其目的不外乎吸引兒童進入詩的園地，接受詩教的薰陶，進而學習詩的表達方式，傳達自己的思想、心聲。

詩以情爲主，強調美感經驗，無論是主題、文詞、形式和意境，都以美爲追求的目標。所以在兒童詩的欣賞上，亦要深入洞察作者的寫作動機和表達方式，以求更深一層欣賞作品的內涵。

第一節 兒童詩的意義

兒童詩是屬於兒童的，它是新詩的支流，具有新詩的特質，講求美感、講求意境、講求修辭鍊句，更強調深入淺出、淺顯易懂，感情真摯。所以兒童詩和新詩一樣，是文學中最精緻、最優美、最感人的作品。

兒童詩是從兒童詩歌中脫穎而出的一種新興文學，「它」的讀者是屬於國小學童，它的作者卻可分為成人和兒童。

一、兒童詩的意義

兒童詩因為是屬於兒童的，因此在作品的要求上，有其專門的特色。

詹冰先生說：「兒童詩必須是詩，兒童詩不但要音樂的、生活的、故事的，還要繪畫的、幽默的、心理的、鄉土的、社會的……等，同時要被兒童們欣賞的詩。」

王蓉芷先生說：「詩不是感情，也不是情緒，詩是過濾以後回味的感情，是各種經驗的提煉，其本質是感情和想像美的提升。」

林鍾隆先生說：「詩是從心理吐出來的，詩是從胸口吹出來的，不是靠腦袋想出來的，更不是靠智慧編出來的。因此詩中必須有心的影子，或者詩之前，必須有人的耳朵或眼睛。詩人如何在感受事物，心中有怎樣的情緒，這是詩的本質。結果的報告、現象的描寫，不能說是真正的詩。」

林武憲先生說：「兒童詩是專門為兒童寫作而適應兒童欣賞的詩，它是以分行的、想像的、有韻律的口語，來表現兒童見解、感受和生活情趣的一種兒童文學形式。」

許義宗先生說：「專為兒童寫作，用最精鍊而富有節奏的語言。以分行的形式，將兒童世界的一切事物的主觀意念，予以形象化和創造環境，而能適合兒童欣賞的詩。」

綜合以上各家說法，兒童詩應具有以下幾項特色：

1.兒童詩具有詩的特質：以情為主，取材自生活，強調文詞優美、形式多變、想像經驗和意象分明，讀之令人回味。

2.兒童詩是適合兒童的：兒童詩是適合兒童的程度、經驗、心理、感情和想像的作品。

3.兒童詩是兒童的心聲：兒童詩是兒童的思想、觀念、想像和生活的寫照。

4.兒童詩是美的化身：兒童詩強調主題美、意境美、文字美、音韻美和形式設計美。

總而言之，兒童詩必須是詩，是屬於兒童專有的詩。它具有一般詩的特質，更是兒童生活、感情、經驗的寫照，它是唯美的、心理的、趣味的和想像豐富的。

兒童詩是屬於兒童的，無論是成人為兒童創作，或是兒童自己的作品，讀者都是兒童。因此兒童詩是兒童的專利，是適合兒童程度、經驗、興趣、心理、需要而產生的作品。在創作目的上，成人為兒童創作，其目的離不開愉悅兒童、教育兒童和做兒童的代言人，替兒童說出心事、理想。至於兒童本身的創作，則是一種心情、一種學習、一種遊戲、一種訓練，也是一種成長過程的記錄。

二、兒童詩的分類

兒童詩的分類，各家說法都不盡相同；可按作者、體裁、內容、功用等多方面來分類，茲將各項分類，列述如下：

(一)按作者分

就作者來分類，兒童詩可分為成人作品和兒童作品。

1.成人作品：又可分為兩類——

(1)有童心的成人，專門為兒童創作的。這些詩都是適合兒童心理、合乎兒童需要的。例如：

過年　林鍾隆

過年　什麼好
新衣　新鞋　戴新帽
過年　什麼好

爸爸　媽媽　親戚
朋友送紅包
過年　什麼好
吃玩　玩吃　不挨罵
鬧也招來笑
三百六十五天
都過年多好（月光光雜誌）

這首詩是專為兒童而作的，目的是寫出兒童喜愛過年的心情，文字簡潔又傳神。

(2)成人作品中，比較淺顯，原不是為兒童創作，但其作品能適合兒童閱讀的。例如：

花崗掇拾之五　覃子豪

濃墨色的夜把金色的黃昏染黑，
黑亮亮的礁石發出激越的潮聲。
繁星像海灘上的沙粒一樣多，
有的發亮，有的在最深遠的太空隱沒。
我被隱沒在濃墨色的夜裡，

是天文學家不曾發現的一顆星。

這首詩並不是純粹為兒童創作的，但作者卻能以簡潔的文字，表現「夜」的特殊景象，兒童讀後，可以增加他們的想像，去探索詩中所表現的意境。

2.兒童自己的作品：屬於兒童自己的作品，範圍也比較廣，凡是眼所見、耳所聞、心所感，都可化為文字，寫出他們的心聲。例如：

捉鬼　　新明國小四年級／程貴和

有一天我們說要去捉鬼，
我們就拿出勇氣去捉鬼，
可是沒捉到鬼。
到了晚上，
我們在睡覺的時候，
那個鬼
就來捉我們了。（《兒童詩選集》）

這首詩表現出兒童的生活經驗，是寫實也是充滿童趣的詩。

(二)按體裁分

就詩的體裁分，兒童詩可分為抒情的、敘事的、描寫的、幻想的、抽象的等五類。。

1.抒情的：詩以抒情為主，所以廣義的兒童詩都是包含抒情的成分；但狹義的抒情詩則以純抒情為主，將作者個人的感情寄託在詩篇中，如：

醜　　盧繼寶

醜有什麼不好？
癩蛤蟆長得醜才長命，
漂亮的青蛙處處危險哪！
醜有什麼不好？
漂亮的孩子不找我玩，
我才有更多時間讀書哪！
醜有很多好處，
為什麼我一個人的時候，
眼淚就跑出來呢？（月光光雜誌，第二期）

愛美是人的天性，可是長得醜也不是誰願意的。這首詩就是在充分表達作者心中的怨。一開始，作者就自我安慰的說：「醜有什麼不好？」實際上這句話就充滿了怨。雖然對他而言，醜可以使他節省了許多遊玩時間，可以有更多的時間讀書，但同伴間的不理睬卻令他寂寞、孤獨和傷心，醜帶給他的苦惱、不平，就在字裡行間完全表現出來。

抒情詩就是把個人心中的喜、怒、哀、樂，透過人、事、物而呈現，其最大的作用，就是在抒發心中的憤懣，而達到內心的平衡。

2.敘事的：敘事詩以記敘人、物和事件為主，簡言之，就是把一件事情透過詩句分行的表達方式，將其濃縮、精緻、唯美地傳達出來，同時在詩句的表達上，必然能將人物、事件等敘述得清清楚楚，讓讀者能徹底了解整個事件發生的經過，所以敘事詩是忠於事實的。例如：

八哥　　劉崇善

樹上的烏鴉呱呱的叫，
鄙視的目光把它驚跑，
我的八哥卻逗人喜愛，
大人小孩都圍著它瞧。
它有一身烏黑的羽毛，
尖小的嘴巴十分乖巧，

也許學話並不太難，
我一邊餵它、一邊在教。
可它總是貪吃貪玩耍，
整天在籠子裡跳上跳下，
氣得我真想給他一拳，
剛伸手就見它張開嘴巴。
我沒法教會它說話，
只埋怨它是一隻笨鳥，
雖然天天給它飲水進食，
罵它的話也不知說了多少。
那天大家又來我家看它，
它竟開口說一句粗話，
所有的人都緊皺眉頭走開，
說這隻八哥不如烏鴉。
沒想到我罵它的那句話，
竟然出自它的嘴巴，
好像鄙視的眼光全對著我，

這時我只感到臉頰火辣。（《兒童詩初步》）

這首詩就是在敘述作者教八哥說話的經過，從八哥最初到家時的受歡迎、受讚美，到最後口出穢語，遭人唾棄為止，作者將每一個步驟都敘述得清楚而完整，使讀者能確實了解整個事件的來龍去脈，這種詩就是敘事詩。

故事詩也屬敘事詩，它是以詩的分行形式來敘述一個完整的故事，節奏清楚、文句簡潔、描述傳神，更具有想像的空間。故事詩的內容，一般而言，又包含童話詩、寓言詩，現以童話詩為例。

(1)童話詩：童話詩具有童話故事的特色：豐富的想像和趣味的描述，可以帶給兒童一個超現實的想像空間。在兒童詩的作品中，以楊喚先生的作品，最具代表性。例如：

童話裡的王國　　楊喚

小弟弟騎著白馬去了，
小弟弟騎著白馬到童話的王國去了，
媽媽留不住他，
爸爸也留不住他，
就是小弟弟最愛聽的故事，
和最喜歡的小喇叭，

也留不住他。
啄木鳥知道了，
很早很早就給小弟弟，
把金銀城的兩扇門敲開啦；
老鼠國王知道了，
很早很早就穿上新的大禮服，
在那一大朵金黃色的向日葵花底下迎接他啦。
啊！熱鬧的日子，
高興的日子，
美麗的老鼠公主出嫁的日子呀！
（晴藍的天也藍得亮晶晶的，藍得不能再藍啦！）
太陽先生扶著金手杖，
來參加這老鼠國王嫁女兒的婚禮來了。
風婆婆搖著扇兒，
也匆匆忙忙地趕來了。
——好多的客人哪！
只有小弟弟一個人，

騎著美麗的小白馬。
美麗的公主羞紅著臉請客人們吃酒了。
美麗的公主羞紅著臉伴著客人們跳舞了。
客人們高興得要瘋啦！
老鼠國王臉上笑得要開花啦！
（真的，這幸福的王國開遍了幸福的花！）
醉了的客人們獻給公主的是——
一頂用雲彩編結的王冠。
太陽先生是個聰明的老紳士，
就用一串串的星星做贈禮。
——珍珠似的星星好鑲在那頂王冠上呀！
風婆婆送公主一把蜂蜜做的梳子。
——好梳公主那烏黑的長髮呀！
小弟弟送什麼好呢？
小弟弟送她一個洋娃娃吧！
兩隻年輕的小白兔抬著一頂紅紗轎，

一隊紡織娘的吹鼓手，
一隊螞蟻的小旗兵，
走遠了，走遠了：
老鼠公主從金銀城嫁到百花城去了。
聽說公主的女婿
是一隻漂亮體面的紅冠大公雞。
夜好靜好深呀！
客人們都醉得不能走路了。
小弟弟的眼睛小得只剩一道縫了。
小弟弟要睡了。
小弟弟呀！小弟弟呀！
媽媽和爸爸在叫你哪！
小弟弟呀！小弟弟呀！
你的大喇叭急得要哭啦！
小弟弟快回去吧！
你若是害怕走夜路，
螢火蟲會提著燈籠送你回家。

把好心的風婆婆送給你的糖果，
留給小妹妹吃；
把老鼠國王送給你的搖籃，
留給小妹妹睡；
太陽先生送給你的那顆小小的希望星，
就送給最愛你的小戀人罷。（《楊喚詩集》）

在童話世界裡，小朋友最喜歡的就是王子、公主，而這首詩，就是在敘述老鼠公主要出嫁，小弟弟去參加牠的婚禮的經過。其中充滿了想像，同時文句、聲韻都非常優美。

(2)寓言詩：寓言詩是將寓言故事，以寫詩的手法，將它表現出來。兒童讀後，在感受上，能夠領略文學的美，同時也可以吸收寓言的真義。例如：

井裡的小青蛙　　林武憲

一口古井裡，
住著一隻小青蛙，
除了睡覺吃東西，
只會呱呱呱。

小青蛙吃飽了，
就拍著肚子說大話：
「哎呀！我的媽！」
這個小地方就是我的家。
天只有井口大，
地只有水一窪，
再不久，我長大，
這世界會連我的肚子都裝不下。（《兒童故事詩》）

這首詩就是將寓言故事，用詩的形式表現出來。它的特色是，文字簡潔、音韻優美、內容精簡。兒童可以在短暫的時間中，就把握它的內容。同時對於井中蛙的狂想，不但能發出正確的批評，更能從中想像出井中蛙說話時的神情。這種不需要長篇大論敘述的詩，除了能傳遞情趣之外，更富教育價值的詩，是值得努力創作的。

3.描繪詩：描繪詩是以描寫為主，描繪的對象有人、物、景。在詩的表現上，往往透過作者的想像和比喻，而令人耳目一新。例如：

(1)寫人的：

媽媽的嘴

林園國小三年級／莊心怡

媽媽有很多張嘴
一張叫我們要寫功課
一張叫我們要看書
一張叫我們不要吵架
媽媽有很多張嘴
一張叫我們走路要小心
一張叫我們上課要專心
一張叫我們不要偏食
媽媽有很多張嘴
一張叫爸爸要戒菸
一張叫爸爸少喝酒
一張叫爸爸不要太累了
媽媽有很多張嘴
媽媽的嘴
從來不告訴自己

要做些什麼（《清晨》）

作者明寫媽媽的嘴，實寫媽媽的辛苦，媽媽從早忙到晚，照顧家中每一個人，就是忘了自己。媽媽的偉大，也就在字裡行間完全表露。

描寫人的詩，往往要先觀察人的特點，掌握特點，抓住情趣，透過想像，就能產生動人的作品。

(2)寫景詩：

藍天和海　　黃基博

海是地上的藍天
風吹著漁帆飄動
像朵朵浮雲
點點漁火
是眨眼的星星
藍天是天上的海
風吹著朵朵浮雲
像漁帆飄動
眨眼的星星

是點點漁火（《我愛兒童詩》）

作者以欣賞角度描繪出藍天和海的相似，一個是實際的景，一個是想像的景，一虛一實，相互輝映，使朵朵浮雲、點點星星，也成了漁帆、漁火。

寫景詩在於能使靜態的景產生美感，動態的景產生生命，讓美景在眼前靈活呈現，而留下深刻印象，同時也從別人的經驗中學會欣賞。

(3)寫物詩：

蝸牛　　張宏彥

一位小偵探，
把雷達似的眼睛伸得長長的，
一下子向前望，
一下子向後看，
又像拿著聽音器，
這裡聽一聽，
那裡聽一聽，
他看見敵人來了！

就把身體縮進屋裡去；
知道敵人走遠了，
又把頭小心地伸出來，
繼續不停地偵察前進。（《兒童詩畫選》）

寫物詩也是要把物的外形、動態一一描繪出來，才能使讀者清楚瞧見，產生深刻印象。

(4)幻想詩：兒童有許多異想天開的奇特想法，藉著精簡的詩篇加以呈現，其實這也是一種童趣。例如：

我的家　　仁愛國小／楊國威

我願我的家，
是糖果蛋糕做成的。
住在裡面，
慢慢吃糖果和蛋糕。
吃光了，
再蓋一間。（《兒童詩論》）

這首詩把兒童的幻想、兒童的天真寫活了，連夢寐以求的「希望」都寫出來了。

(5)抽象詩：是將抽象的事物和感情以譬喻或寫實的方式，將它表現出來，例如：

「夢」　張金美

夢像一條小魚
在水裡游來游去
想捉他
他已經跑了
夢像一滴雨
從天上下來
想去捧他
他已經著陸了
夢像一陣風
從遠方吹過來
想去捉他
他已經離開了

夢是來無蹤、去無影的事物，摸不到，也抓不著，作者卻用了具體事物將之呈現出來，可說是又具體又傳神。又如：

說謊　　余皓華

雖然我裝著很鎮定，
但我的心兒猛跳，
臉兒通紅。
媽媽溫柔的眼睛，
微笑地看著我，
像是說：「孩子！你不舒服？」
我說不出話來。
可是，我心裡直喊著：
「媽媽！我錯了！」（《兒童詩論》）

這首詩就是將說謊的心情，用白描的手法，做具體的描述，讓讀者恍惚看到一個說謊的孩子。

㈢按內容分

就兒童詩的內容來分，可以分成更多類。目前的兒童詩，拘束在一個狹小的平面中，往往導致一種錯覺，認為兒童詩只是一種想像遊戲，而阻礙了兒童的正常發展。筆者就兒童詩的內容，加以劃分為：動物、植物、人物、自然、生活、時令、工具等七類。

1.動物類：以動物為主，凡陸上、水裡、空中的動物，都可作為寫作的題材，例如：

孔雀　　五年級／郭瑟芬

孔雀是愛虛榮的動物，
看到來參觀的小姐穿得漂亮，
自己不服氣，
就向人展示那七彩的扇子。（《兒童詩論》）

這一首詩以簡短的四句話就已將孔雀的特性描繪出來。孔雀的愛美，孔雀爭妍開屏，都被作者生動地寫出來了。

2.植物類：以植物為寫作的對象，例如：

鳳凰樹

三年級／莊麗蘭

六月的鳳凰樹，
滿綴著艷紅的花兒，
是祝賀兄姊們的前程如錦，
還是為兄姊的畢業，
傷心得哭紅了眼睛。（《兒童詩論》）

描寫動物、植物的詩，往往都以擬人化的手法，配上作者的想像、感情和動植物的特性，加以聯想而產生的。這種描述方式，可以加強讀者的觀察力和感受力。例如：

螃蟹

高雄縣五福國小／陳世憲

螃蟹是一個裁縫師
剪出了
藍色的衣服給了大海
剪出了
彩色的襯衫給了魚兒

「唉呀」
「唉呀」
剪出了
紅色的血
也送給了我（《和春天在一起》）

這首詩的作者被螃蟹夾到手，還懂得自我解嘲，真幽默。不過魚和螃蟹都是大海剪出來的，這種想法很美。

3.人物類：以熟悉的人物為對象，在描寫時，著重個人的特質、習慣，用簡潔的文字加以描繪出來。例如：

媽媽的胃　梁財妹

媽媽的胃最奇怪，
我們喜歡的，
它都不喜歡。
我們不喜歡的，
它都吃得津津有味。

媽媽的胃最不懂得營養，
新鮮的、剛上桌的，
它都不吃。
隔餐的、我們吃剩的，
卻又視如珍寶。（《兒童詩論》）

這首詩是用含蓄的手法，說出母親對子女的愛心，不直言「愛」，但「愛」卻表露無遺。

4.自然類：凡一切自然景象，風霜雨露、日月星辰，都包含在其中。例如：

春天　葉于容

春天的喊叫聲
把綠葉叫醒
也從棉被裡把我拉起來
春天一定站在門外
門才會笑口常開（《我們就是春天》）

這首詩把春天的綠意、熱鬧和人們樂於走出戶外的情景寫活了。又如：

雲和天空　　高雄縣五福國小／曾詩親

雲真有兩把刷子
天空的衣服髒了
雲用力一刷
天空大喊痛！痛！痛！
眼淚嘩啦！嘩啦！地掉下來（《和春天在一起》）

作者形容雲有「兩把刷子」真是一語雙關，尤其是「雲用力一刷」更是充滿動感，使詩更活潑了。

5.生活類：將日常生活中瑣碎的事情，藉著詩篇來發抒自己內心的感情。就兒童生活的範圍，可以將它分為家庭、學校和社會生活等三大類：

(1)家庭生活詩：兒童在家庭的日常起居生活、言行舉止都是兒童寫作的材料，如：

生活　　鄭文山

讀書時

不要忘記和古人聊天
畫圖時
記得和色彩遊戲
寫字時
神氣地指揮它們排好隊伍
掃地時
不要忘記自己是大書法家
洗碗時
記得聽聽那敲出的美妙音樂
洗澡時
神氣地化妝成泡沫人
夜深了
我要上床看場夢中電影
偷偷告訴你
主角就是我（《童詩30》）

這首「生活」的詩，不但把兒童的日常生活具體呈現，同時也引導兒童從另一個角度去體驗生活，詩中不但充滿啓示更充滿趣味。

(2)學校生活詩：有關學校生活的一切，都可作為寫作的對象。例如：

未發芽的童詩　六年級／陳世憲

思考躍不出來了
筆揮灑不下去了
靈感飛走了
老師的聲音更不斷地催促著
我低頭望望
看看空蕩蕩的稻田
「喔」
原來我的童詩還未發芽（《和春天在一起》）

這首「未發芽的童詩」，不但描述出在學校上課的情形，更自我調侃說「童詩未發芽」，使詩充滿趣味。

(3)社會生活詩：除了家庭、學校生活外，兒童也有他們的雛形社會，因而也產生了另一種非家庭、非學校的生活方式和感想。例如：

乖樓梯　　謝武彰

我牽著弟弟
　到百貨公司買東西
　　弟弟第一次上電扶梯
　　　他悄悄地跟我說：
　　　　這裡的樓梯好乖喔！
　　　　　肯自己走路
　　　　　　不像我們家裡的，
　　　　　　　動都不動，太懶了！（《童詩五家》）

6.時令詩：以四季、節令為寫作的對象，使兒童能更清楚季節的變化，例如：

秋天是個想念的季節　　林加春

秋天
楓葉紅著臉

想念熊熊的夏陽
秋天
風箏揚起頭
想念淡淡的春風
秋天
溪水哼著歌
想念冷冷的冬月
秋天呵
是想念的季節
把遙遠的那個人
緊緊地
嵌存我的心裡（《國語日報童詩選》）

秋天是想念的季節，作者以楓葉、風箏點出對朋友的思念。

7.工具類：凡是一切的交通工具、日常用品、器皿等，我們都可以將它歸納在這一類。

(1)交通工具：

摩托車　方素珍

小朋友好威風
他爸爸的車
有四個輪子
我都沒話說

我爸爸的車
只有兩個輪子

妹妹坐在最前面
爸爸擠在中央
我抱著爸爸　緊緊的
媽媽摟著我　緊緊的
開動了

兩個輪子
載著四張
歡笑的臉

經過小明家
爸爸別忘了
按一按喇叭
我要告訴他
兩個輪子
一樣跑得快
兩個輪子
一樣叭叭叭
兩個輪子
一樣很神氣（《娃娃的眼睛》）

這首詩描寫出台灣鄉下的情景，一輛摩托車是全家的交通工具，有方便，也有溫情。

(2)日常用品：

椅子　台北市延平國小六年級／黃宏竹

兩隻手在前，
伏著地，
兩隻腳在後，
頭抬起來了
看著前面——
他就是要起跑的選手呀！（布穀鳥，第十一期）

這首詩是一則奇思妙想，也只有天真的小朋友才想像得出來。

四按功用分

孔子說：「詩可以興、可以觀、可以羣、可以怨。」雖然孔子這句話是針對詩經而言，其實這幾句話，仍然適合我們對兒童詩做更深一層的認識。孔子所謂「興」，就是激發人之志趣，感動人之情意。所謂「觀」，就是能廣博地去觀察，去欣賞周遭的一切。所謂「羣」，就是能接受別人，與人和睦相處，也就是「和而不流」的意思。所謂「怨」，就是能將內心中的感受，藉著詩，加以做正常的發洩。

兒童詩是兒童的思想、感情的結晶，不但是兒童的心聲，更是兒童們交換經驗、思想的最好作品，所以對兒童本身，具有深長的意義。就其功用可分為下列五類：

1.感情的發抒：兒童和成人一樣，也有七情六慾。一個天真無邪的兒童，如果沒有受過教育的薰陶，他們是放縱的、自由的。快樂就笑，失意就哭，冷了就叫，餓了就吃。他們不必理會別人的想法，也不必介意自己的行為是否合理？是否失態？可是一個進了學校的學童，他們已被有形的校規約束了他們的行為和思想，被父母刻意地安排，限制了許多自己所熱衷的遊戲。例如：兒童是愛水、愛沙的，但在玩興正濃時，母親的一聲吆喝，恍如當頭棒喝，他們的難過，大人往往很難以理解，有些乾脆以哭聲抗議，或著稍微聽話的便將不滿藏在心裡。在兒童的天地裡，諸如此類「不如意」的事情，真是罄竹難書，但兒童詩就可以提供兒童一個園地，讓他們把內心深處的感受發洩出來，這樣可以使不平衡的心理趨於平伏。例如：

父親節　　六年級／許玉玲

父親節畫畫
同學們都畫他們的爸爸
只有我
寂寞地畫著哥哥
因為我必須畫畫

不知道你會責怪我嗎（《兒童詩選讀》）

人人都有父親，尤其是父親節時，老師會很自然地叫小朋友畫畫。當失去父親的人面臨這種情況時，可說是遇到一大難題。這首詩說出了孩子的遺憾，也呈現了他的無奈，讀來令人鼻酸。

2.知識的傳播：這是屬於「寓教於詩」的作品，作者透過敏銳的觀察，把「物」的特性藉著文字巧妙地表達出來，使讀者能產生共鳴，同時也能獲得一份新的觀念或知識。例如：

一本好書　　劉正盛

大自然是一本好書，
我們要細細地咀嚼，
我們要慢慢地體會。
日升月落，春去秋來，
它告訴我們時間一去不回頭；
春花秋實，蜜蜂採蜜，
它告訴我們耕耘才有收穫；
水滴石穿，繩鋸木斷，
它告訴我們有恆為成功之本；

日蝕月暈，星光閃爍，
它告訴我們宇宙的浩瀚和奧妙。
大自然是一本好書，
我們一生也讀不完，
我們隨時都要讀它。（《國語日報童詩選》）

3.純美的欣賞：詩是唯美的，往往帶給人們一個美麗的境界。詩以心靈的利眼去欣賞大地，欣賞萬物，在它的筆下，一切都美化了。例如：

金水珠　　屏師附小三年級／曾慧文

遠遠的流水，
被太陽照成金色，
水上偶然會有金水珠。
微風用一把銀梳，
梳著小溪公主，
長長的鬈髮，
金水珠就在髮間跳躍。（《兒童詩論》）

這是一首意境很美的詩，作者讓太陽的光線照射在小溪上，泛起了點點金光；讓微風輕輕拂過，掀起了層層微浪。同時也將微風人格化，說它拿著銀梳，梳著「小溪」公主的秀髮，金水珠卻在髮間跳躍。這不是一幅又柔又美的畫面嗎？作者只不過是一個三年級的學生，而她卻有這般生動的描寫，帶引讀者進入一個純美的境界，相信讀過這首詩的人，都會發出內心的讚美。

4.趣味的共鳴：這類詩可說是一種想像的美，純粹以趣味為主。作者以生動的手法、活潑的筆調，創立一個意想不到的境界，使讀者發出會心的微笑，產生心靈的共鳴，例如：

公雞和狗　　林鍾隆

狗對公雞說：
　下雨天
你就晚一點叫
讓我多睡一會
公雞搖搖頭說：
我不能不守時
公雞對狗說：
中午
請你不要亂叫

讓我好好午睡
狗搖搖頭說：
有外人來
我不能不盡責
公雞生氣了，說：
你只聽主人的話
所以你是狗
狗也生氣說：
不聽我的話
所以你是雞（《國語日報童詩選》）

這是一首充滿想像趣味的詩，作者以公雞和狗的對話，設計出一個有趣的互相指責，令人意想不到。

5.性情陶冶：詩可以美化心靈，更可以陶冶性情，是一種潛移默化的詩教。例如：

兩種心情　　陳義男

同學罰站時，

我和其他同學好奇地去圍觀，
我一言，他一語，
比手畫腳地對著他們嘲笑一番。
我被罰站了，
望著一堆堆湧來的人潮，
頭越垂越低，
真希望挖個地洞躲進去。（《國語日報童詩選》）

這首詩有兩段，一段寫同學罰站，一段寫自己罰站，兩種不同的心情都是孩子的經驗；當兩種心情呈現在一起時，自然能有所警惕，也會替別人想想，這就是詩教。

兒童詩的分類有很多種，也可以依年級、性質、形式來分，在各種不同的分類中，都可以給我們一種明確的認識：按作者分的詩，以成人部分而言，可以給予兒童一種示範；兒童部分，則可以作為鼓勵兒童創作的精神支柱；按體裁分的詩，可以使兒童了解詩有多種的表現方法，只要心有所感，意有所動，就可以藉不同的方法表現出心中的感受；按年級分的詩，我們可以挑選作品作為兒童閱讀的參考，讓兒童在欣賞之餘能激發起創作的興趣；按內容分的詩，也可以使兒童拓寬視野，充實他們創作的題材；按功用分的詩，更可以傳達我們所要達成的目標。所以無論是那一種分法，都各有長處，在指導兒童創作、欣賞時，均可以按照我們的實際需要，加以運用。

第二節　兒童詩的特質

兒童詩是兒童專有的文學形式之一，它必須是適合兒童程度、經驗和興趣的作品，才能使兒童樂於接受和喜愛，因此，兒童詩必然有其獨特的條件和要求。茲分析如下：

一、淺顯易懂

深入淺出的內涵，配上淺顯的文字，才能為兒童接納。兒童詩是一種淺語的藝術運用，透過文字的比喻、象徵，使意象清楚呈現，讓兒童看得懂，能接受、了解內容，又能激發心中感受，引起共鳴，如此才能使兒童產生趣味，肯用心讀下去。

二、生活經驗

文學是反應人生、指導人生、美化人生的，因此它的取材必然來自生活。兒童詩也不例外，要從生活中取材，這些材料，無論是來自家庭、學校、社會，也都是兒童的生活經驗和兒童熟悉的事物，所以才能引起兒童的共鳴。假如是新題材，也要以兒童的舊經驗為基礎，引出新經驗，供兒童類化、統整後，才能認同、接受和欣賞。因此，詩人必須了解兒童生活、心理、程度和經驗，才能為兒童創作。例如：

等一下　　三年級／黃惠玲

我放學回家，
媽媽叫我把書包放好，
我說：『等一下！』
爸爸叫我去洗澡，
我說：『等一下！』
哥哥邀我去打球，
我也說：『等一下！』
我請爸爸帶我去看電影，
爸爸說：『等一下！』
唉！我只好再等一下。（《兒童詩選讀》）

這首詩是孩子的經驗，也是他們的生活寫照。

三、意象鮮明

作者心中之意，要靠文字來傳達。傳達時，必須要讓讀者具體地看見詩中之物、詩中之情、詩中之景。因此寫詩時，要把意念變成意象，把意象變成意境，讓兒童全然了解。

為了使意象呈現，作者則需用心塑造，刻意設計、表現，讓抽象變成具體，讓無像變成有像。例如：

風　趙天儀

紙屑在天上飄，
風走過去了，
樹葉在枝上搖，
風也走過去了。
我不知道，
風是怎麼走過去的。
當我看到塵土飛揚的時候，
我知道風又在走動了。（《小麻雀的遊戲》）

風是抽象的，看不見的，但作者卻用紙屑的飄、樹枝的搖和塵土的飛揚，描寫風的來臨。詩的意象呈現在於以具體代替抽象，以動態表現靜態，以感觀、色彩入詩，使創作的形象明確呈現。意境是從意象中產生，讀其聲如見其人，如睹其物，如臨其境，並可清楚地從詩中感受其人、其物、其境的特色，使讀者起共鳴。

要能喚起兒童的經驗，必須使意象鮮明，讓兒童能清楚目睹，親身感受，所以取材時，也必須從兒童經驗、生活中取材，以淺顯、具體的文字，勾勒出具體的意象，在兒童眼前呈現，這樣才能吸引兒童，激起兒童想像。

四、想像豐富

想像是文學中不可缺少的要素，兒童詩更要藉想像使之具有生命。想像是藝術創作的最高表現，也是詩人最重要的基本能力。想像源於聯想，有接近聯想、相似聯想、對比聯想……，無論從事物的形態、特徵、功用等都可引起聯想，如以聯想設計比喻，即能迅速引起兒童好奇，隨之引起共鳴而進入兒童的心靈世界。想像要新穎、有創意、奇特，才能吸引兒童。兩件無相關的事物，往往因想像而造成諧趣、新奇、達意和傳神，也常因此種想像而激起兒童的奇思妙想。例如：

螢火蟲　　林清泉

夜裡，靜靜的原野
螢火蟲在草叢
提著燈籠捉迷藏
天上的星星
低頭一看，詫異地說：
我們的同伴什麼時候掉下去了？（《遨遊童詩國度》）

把螢火蟲想像成天上的星星，能不算是奇思妙想嗎？想像是科學、藝術、文學創作的基礎，只有培養豐富的想像力，才能發掘兒童無盡的潛力和帶給兒童快樂。

五、生動傳神

靜態的描寫是無法使事物突顯、傳神的，只有賦予事物動態生命，才能使之靈活呈現。在兒童文學中，擬人化、擬物化的手法，是最常使用的，尤其是詩，更常以擬人手法達到移情作用，若能以擬人法配合比喻，以動詞代替名詞，即能使詩中之事物具有生命、靈活呈現。例如：

茶壺　　吳淑慈

我家的茶壺
像鄰居那個婦人
一隻手插著腰
一隻手指著我
好像在罵我（《海浪的聲音》）

靜態的茶壺，在作者巧妙的聯想下，賦予了生命，靈活地呈現在我們的眼前。

文學描述像繪畫一樣，不必把事物的每一個細節，一成不變地描繪出來，而是要取其特點，捕捉其精神，做重點描述。就如畫龍，所謂神龍見首不見尾，要使龍活現，除了要點睛外，還可用雲做適當的遮掩，使之若隱若現。寫詩也是一樣，要用簡潔字句，點到即可，讓讀者有思考想像的空間。

六、情趣盎然

幽默、諧趣可以吸引兒童欣賞，又可誘導兒童從另一角度去看事、看物。中國是一個詩的民族，也是一個嚴肅的民族。從輔導的觀點來看，健康的人是開朗、活潑而具有樂觀、進取的快樂特質。情趣盎然的作品，可引導兒童從多角度去欣賞事物，甚而懂得自娛娛人，當然也帶來幽默、諧趣，使兒童也感染一份開朗、活潑和快樂。例如：

月亮　　曾妙容

月亮是個慈愛的母親，
我走一步，她就跟一步，
她守著我，
總是用和藹的眼光看著我。

月亮是個頑皮的孩子，
我躲在樹下，
她就在樹縫下瞇著眼看我。
我走進屋裡，
她就在窗外等候。

月亮是個纏人的淘氣，
跟我去欣賞蓮花，

不小心跌到池子裡，
小淘氣直哆嗦，
卻又倔強得很！
不喊一聲救命。（《露珠》）

把月亮描寫成人，使它具有人性。最令人回味、欣賞的，就是它那份想像出來的淘氣。生趣盎然的作品，必然出自想像豐富的作家，讓兒童在豐富的想像世界中，去體會生活情趣，欣賞世界。如此必能提升兒童的審美觀，增加兒童的生活情趣，達到美育的薰陶效果。

兒童詩是專為兒童創作的，所以它必須是適合兒童心理、程度和經驗的，要能開拓兒童視野、心胸，啓發兒童智慧，必須以深入淺出的文學技巧、靈活的文筆來吸引兒童閱讀。

第三節　兒童詩的寫作原則

為兒童寫詩，必須抱著謹慎的態度，做多方面的考慮，因為文學的感人，在於潛移默化。優良的文學作品，可以勸人遷善改過；反之若是運用不當，它亦可以成為為害社會的利器。因此為兒童寫詩，必須以愛護兒童的心為出發點；同時這種愛，絕不是溺愛、放縱，而是發自內心的真誠之愛；愛他們的現在、過去和未來。所以詩人要具備一顆真誠、無偽的童心，對於事物，充滿新鮮好奇，以充滿驚喜、愉悅的心情為兒童創作。

寫詩，除了愛心、童心外，還要有一顆優美的詩心，隨時看出事物的美和善，然後化為文字，讓兒童耳濡目染，達到潛移默化的效果。所以在為兒童寫作時，除了詩人個人的文學修養外，更需要了解兒童心理、兒童需要和兒童發展，才能為兒童創作。以下就是兒童詩創作的基本原則：

一、主題要正確

主題是文學的靈魂，文學是唯美的，從美學的觀點來看，美就是善。它是一種思想，是導人向善，提高人類精神層次，陶冶性情的一種學問。所以正確的主題，就是在發揚善性，歌頌善良和讚美優美的人、事、物。

在今日社會中，那些是值得宣揚的呢?從中國文化的根源入手，那就是四維八德；從進步的社會來看，就是自由、民主、平等、公理；從個人修養而言，那就是樂觀、進取、互敬、互愛、負責、盡責。所以為兒童寫詩，要有個人觀、社會觀、世界觀和宇宙觀。讓兒童的視野心胸、能從自己延伸到社會、到世界、到自然、到萬物，這樣才能發展出進步、和諧的社會。

二、感情要眞摯

優美的詩篇是真性情的流露，任何虛偽、無病呻吟的作品，都是不被讚美的。只有發自內心深處的至情至性作品，才被歌頌讚揚。

為兒童創作，要有一顆真正的愛心，愛他們的現在、過去和未來。這份愛是來自肺腑、來自心靈深處，是透過文字表達出來的、是自然的。所以無論是寫人、寫景、寫物，都要將個人的深刻感受、人生經驗，在字裡行間流露，讓讀者萬感受那一份「愛心」。例如：

鞋　　林武憲

我回家，把鞋脫下
姐姐回家，把鞋脫下
哥哥、爸爸回家
也都把鞋脫下
大大小小的鞋
是一家人
依偎在一起

說著一天的見聞
大大小小的鞋
就像大大小小的船
回到安靜的港灣
享受家的溫暖（《童詩五家》）

這首詩對家人的愛，以及家人間的互愛，可說是完全表露無遺。作者藉鞋為題，把溫暖的家及作者的情都表現了出來。

三、形式要多變

詩除了講究內涵外，外在形式也需要包裝。兒童詩除了簡潔、意象清楚外，最能吸引兒童的，大概是趣味的形式吧！一般而言，一段式、二段式和三段式是最簡單的表達方式，但在固定形式中，也希望字數、句法的配合能活潑多變，這樣才能吸引兒童。除此之外，圖象詩的變化，也是深受兒童喜愛的。例如：

升學的樓梯

中市忠孝國小／張鈺鑫

幼稚園：ㄧ、2、3……
一年級：ㄅ、ㄆ、ㄇ……
二年級：加和減……
三年級：乘和除……
四年級：平方和立方……
五年級：分數和小數……
六年級：怎樣解題……
現在，我真想倒退回去……
六年級：上課任我去發表……
五年級：激烈的打棒球……
四年級：刺激的踢毽子……
三年級：整天陶醉在水彩中……
二年級：獎狀一大疊……
一年級：天天玩遊戲……
幼稚園：上課聽故事吃點心……（七十四年台中市童詩比賽優選作品）

這首詩不但有兒童對兒時的懷念，也有象徵的意義。

四、能抒發兒童的情緒

兒童詩是為兒童而作，尤其是成人作品，有時更具有代言人的身分，為兒童說出心聲。文學作品具有陶冶性情的作用，陶冶性情就是在化解心中的憤懣不平。朱自清先生曾說：「詩是抒情的，直接訴諸感情，又是節奏的，同時直接訴諸感覺，又是最經濟的，語短而意長。有了這些條件，讀了心上容易平靜、輕鬆。」

為兒童創作，若能站在兒童立場，做兒童的代言人，必能使兒童內心平靜、心情舒暢、身心健康。例如：

學琴的我　　翁萃芳

媽媽說
學琴的孩子不會變壞
白天是小提琴
晚上是鋼琴
我的心裡老是惦記著

大樹上小鳥吃飽沒

小提琴老師叮嚀著
專心啊！
我的心裡
老是惦記著
昨天贏了幾顆彈珠
鋼琴老師叮嚀著
專心啊！
一會兒要我按白牙齒
一會兒要我按黑牙齒
叮叮噹噹好煩呀！
家裡的小鼓才好玩
隨便我怎麼打它都有聲音
還可以耍花樣給小貓看

回家的路上

月亮咧著大嘴巴嘲笑我
小星星眨著眼睛
拼命對我扮鬼臉
公園裡好多人在散步
我好想留下來
可是
媽媽還在等我
功課還在對我招手
希望每天都有兩個我
一個學琴的我
一個做功課的我（《我愛兒童詩》）

這首詩就為孩子說出了他的心聲，使有同樣情況的孩子能產生共鳴，心情也趨於平伏。

五、能愉悅兒童

快樂是健康的源泉，更是健康人生必備的條件，讓兒童在快樂中成長，更是當今教育的方向。透過文學作品，傳播快樂的種子，兒童才能接近文字，喜好文學，達到潛移默化的教育目標。例如：

看醫生　　路衛

媽媽臼齒疼
到醫院看醫生
醫生說
拔掉

媽媽門齒疼
到醫院看醫生
醫生說
拔掉

媽媽頭疼
又要到醫院看醫生
妹妹拉著媽媽說
不要（《國語日報童詩選》）

這首詩呈現出妹妹的天真可愛，同時也可看出兒童單純的思考方式，讀來令人不由得發出會心的微笑。

六、取材多樣化

兒童詩的取材必須多樣化，因為兒童生活的背景不同、喜好不同、愚智不同，為了適合不同的兒童，提供不同的知識，所以詩的取材也應是多方面的；無論是生活的、社會的、科學的、自然的、動物的、想像的，或是與人能發生任何關聯的，都可以入詩。例如：

三個「×」　馮輝岳

三個「×」
相聚在一張紙上。
「×」告訴小朋友：
　字寫錯了，
「×」大聲說：
　我是注音符號裡的一員。

「×」拍拍胸脯：
　我可以把數目字放大，
　要多少倍隨你的便。

三個「×」
互相爭論誰的本領大，
吵了老半天
也沒有結果。（《詩蕊》）

這首詩以小朋友常用的符號為題材，創造出另一個有趣的想像空間。

七、想像要優美

詩是美文，必須要有美麗的文字才能使之優美。許多平常不起眼的事物，在詩人的眼裡，都可以一一美化，點石成金，予人美麗的想像空間。因為「美」本身就存在自然界的事事物物中，凡人因疏於留心，所以不知道它的存在。而藝術家、文學家、詩人，往往具有慧眼，能從平凡中發現它的存在，再藉文字、繪畫、攝影將之呈現，提供大家欣賞。兒童詩更是如此，成人應以個人經驗，提供美的想像、美的描繪，讓兒童生活在美的世界裡，接受美的薰陶，讓醜陋、罪惡沒有容身的地方。例如：

金魚　　林良

我是一隻
　表演的魚，
不能躺在缸底
　　　　　沉睡。
二十四小時
跳著水上芭蕾，
沒有下班，
　而且不能喊累。（《童詩五家》）

在這首詩中，作者把魚缸中的魚想像成表演的魚和會跳芭蕾舞的魚，這不但描繪出金魚的輕盈優美，也說明了魚在水中的情況。

兒童詩是專為兒童創作的，所以它必須是兒童能接受、能看得懂的作品。深入淺出、意象分明、靈活生動、趣味盎然，是我們努力的目標。此外，題材豐富、形式多樣化，及讓詩的內容及形式更多采多姿，這樣自然能吸引兒童接近詩和吸收詩的精華。

第四節 兒童詩作品欣賞

詩以情為主，強調美感經驗，無論是主題、文詞、形式和意境，都以「美」為追求目標。所以在兒童詩的欣賞上，亦需深入洞察作者取材的角度、表達的方式、詞彙的運用、聲韻的調和、形式的設計……等，以求進一步欣賞作品的內涵。

一般而言，可參考詩的寫作原則。例如：主題是否正確、感情是否真摯、設計是否新穎、特殊；想像是否優美、遣詞用句是否能突顯意象、能否抒發兒童情緒……等。其實每一首詩均具有其特色，以上各項要求，不必樣樣具備，只要能具備一、兩項，就能令人留下深刻印象，回味不已。以下欣賞舉隅，供各位參考。

插秧　　詹冰

水田是鏡子
照映著藍天
照映著白雲

照映著青山
照映著綠樹
農夫在插秧
插在綠樹上
插在青山上
插在白雲上
插在藍天上（《太陽、蝴蝶、花》）

這是一首寫景詩，在形式上，它分為兩大段，前段是描寫水田，後段是描述農夫插秧。作者以其慧眼，將天空與水田融為一體，讓農夫在水中、天上插秧、插出一份驚喜，也插出一份美感。

作者運用詩句跳躍方法，省去說明，使讀者隨著作者筆法連跳兩階，與個人經驗結合，產生共鳴，直接欣賞水中天和農夫插秧之事。這就是作者化平凡為神奇的手法，同時也引導兒童如何欣賞自然美景。

宇宙是我們的家　　謝武彰

地球是太陽系裡

一顆小星星
　地球是銀河系裡
一顆小小的星星
地球是宇宙裡
一顆小小小小的星星

地球的太空船
咻！
飛過太陽系，飛向宇宙
遙遠遙遠星星的飛碟
會不會在深夜
咻！
神秘地拜訪地球
嗨！親愛的外星人
請把死光槍放下
讓我們彼此不再驚訝
讓我們彼此不再害怕

地球是我們的家
宇宙也是我們的家（《童詩五家》）

這是一首拓寬孩子心胸的詩，作者以現代科學觀看宇宙，相信宇宙中有外星人。作者提醒兒童要接納異己，更要與非我族共存共榮，只因宇宙是我們的家。

全詩分為三段，第一段中，作者巧妙地運用了七個「小」字，把地球與宇宙做一比較，說出地球只是宇宙中一顆小小小小的星星，不足以驕，更不足以傲。第二段提及科學的發明，使人類的太空船，越過了太陽系，飛向宇宙。同樣地，遙遠的星星，也同時發出飛碟來拜訪地球。第三段點出詩人的心在放眼四海，胸懷宇宙，更讓宇宙中的生物能在互相體諒、尊重下和平相會。

這首詩中「咻！」字用得好，有聲音、有速度，傳神地把太空船快速地推向宇宙，把飛碟迅速地「飛」向地球。取材超越狹窄的生活、事物，而邁向未來、邁向宇宙，替兒童詩開闢了一個寬闊的空間，同時也灌輸了兒童宇宙一家、和平共處的理念。這種主題和表現方式，是令人讚賞的。

春雨　　杜榮琛

誰來了？
使湖上的水花，
一朵朵開得響亮亮的。

誰來了？
使路上的傘花，
一朵朵開得嗤嗤笑的。
誰來了？
使老農夫的心花，
一朵朵開得甜蜜蜜的。（《稻草人》）

作者以懸疑、詰問的手法，描寫春雨帶來的喜悅。這首詩，把春雨美化了。作者將全詩分為三段，每段文字都是用一式的排比方式重複排列，予人一種整齊劃一而不呆板的感覺。每一段中描寫春雨的景象是水花、傘花，更是心花。這些花在作者筆下都是動態的花，也是開放得「響亮亮」、「嗤嗤笑」和「甜蜜蜜」的。所以春雨的來臨，不但有意象美，同時也具有動態的音響效果，令人讀來，有一種真實、生動而又喜悅的感覺。這種以動態、擬人的手法描述，可直接喚起讀者的經驗，產生共鳴，不但加深讀者印象，同時也提升讀者對美景的欣賞角度。這真是一首想像優美的詩。

心中的信　陳木城

心中的信——給孫悟空

千變化的齊天大聖：
當我傷心難過的時候
就特別想寫信給你
請你送我一根猴毛
吹——說一聲：變！
我，就從家裡消失
不必再聽爸媽的咒語：
哼！光會玩不肯念書有什麼用？人家阿姨
的孩子個個都乖乖讀書，那像你哦！不是
風箏就是陀螺搞得髒兮兮的光會玩……
我的頭好痛
孫大聖，拔一根毛送我
吹——說一聲：變！
我就從家裡消失
從許多懷念的地方消失
從雲上，聽見
他們到我常去的地方

找我，大聲地呼叫我
孩子呀！
孩子呀！（《心中的信》）

作者以代言人的方式，為兒童說出心中的話，現代父母望子成龍、望女成鳳，為了功課、為了成績，孩子們遊戲的時間被剝奪了，心中真是委曲萬分。作者以體諒、了解的心情，替他們說出心事。在詩的表現上，更以圖象詩的方式呈現，將詩排列成風箏形狀，一方面點出孩子愛玩、不受拘束、愛自由，另一方面則更以風箏形式暗示孩子想掙脫父母的雙手，在他們自己的天地中遨翔。

就詩的內容而言，也把孩子們最喜愛的孫悟空搬了出來。七十二變的孫悟空正是孩子們的夢想。假若能從孫悟空身上討到一根猴毛，那麼什麼煩惱都可以消除，他就可以自由自在遨翔在自己的天空了。

這首詩的表現方式，直接打入兒童心坎，深受兒童的喜愛，主因是它說出了兒童的心事，接納他們的煩惱，讓他們舒了一口悶氣。

小窗的思念　張水金

七層、八層、九層的灰色大樓
　　把矮小的

紅色瓦屋
一層又一層緊緊的圍團的圍住
小瓦屋的小窗
再也看不見圓圓的藍天
天天仰望
被擠成一條線的藍帶
想念著
愛談天愛眨眼睛的小星星
想念著
笑起來又甜又美的月亮
想念著
溫暖又明亮的大太陽（《我愛兒童詩》）

作者藉著圖象的設計，描繪出城市發展的情況，高樓一棟棟地升起，矮小的房屋卻夾雜在高樓大廈中，看不見藍天，看不見月亮，更看不見眨眼睛的星星和明亮的太陽。作者替小瓦屋說出了心中的委曲，同時也表現出個人對城市發展所產生的無奈情懷。

這首詩在設計上就是利用水平的大地，建築了棟棟高樓。矮小的瓦屋就身在高樓中間，低矮而渺小。看不見天，看不見月，看不見星星，也看不見太陽。在全詩的形式上就是一幅都市發展圖。這種圖象詩最能吸引兒童，因為他們會從圖象中發現詩意，找出樂趣。

這首詩，除了大樓的「灰色」外，全詩仍充滿著亮麗的色彩，如紅色瓦屋、圓圓的藍天、藍帶、眨眼的星星、甜美的月亮和溫暖明亮的太陽。在都市發展中，作者仍細心引導兒童去欣賞城市的建築，雖無奈，但仍要接受。所以作者連續用了三個「想念著」，以表明它的心事。

兒童詩的欣賞，可從多方面入手。只要能掌握詩的特色，抓住詩的表達重點，就可以發現詩中之美。它可以是主題，可以是意象，也可以是形式，更可以是修詞、用字，只看讀者從何種角度去欣賞、去玩味罷了。

自我評量題目

一、何謂兒童詩？其定義為何？
二、兒童詩在作法上可分為幾類？
三、圖象詩有何特色？
四、兒童詩的特質為何？
五、淺顯易懂的標準為何？
六、兒童詩的創作，應具備什麼原則？
七、詩教的意義何在？
八、兒童詩的欣賞，可從何處著手？
九、試從本章中挑選不同性質的兩首詩賞析之。

參考文獻

〔一〕

1.台北市教育局編 **詩歌教學研究** 台北：台北市教育局 七十一年五月。
2.宋筱蕙著 **兒童詩歌的原理與教學** 台北：五南圖書出版公司 七十八年九月。
3.杜榮琛著 **兒童詩寫作與指導** 霧峯：台灣省教育廳 七十二年一月。
4.杜榮琛著 **拜訪童詩花園** 台北：蘭亭書店 七十六年六月。
5.林鍾隆著 **兒童詩研究** 益智書局 六十六年一月。
6.林文寶著 **兒童詩歌研究** 高雄：復文圖書出版社 七十七年八月。
7.林文寶著 **兒童詩歌研究** 台東：台東師院 八十四年二月自版。
8.林仙龍著 **快樂的童詩教室** 台北：聯經出版社 七十二年十一月。
9.林清泉著 **遨遊童詩國度** 台北：光啓出版社 七十八年八月。
10.洪中周著 **兒童詩欣賞與創作** 益智書局 七十一年三月。
11.徐守濤著 **兒童詩論** 屏東：東益出版社 六十八年一月。
12.陳木城、凌俊嫻合著 **童詩開門**（全三册） 台北：錦標出版社 七十二年四月。

13.陳木城著 **童詩的祕密** 台北：聯經出版社 七十五年五月。
14.陳正治著 **兒童詩寫作研究** 台北：五南圖書出版公司 八十四年五月。
15.陳傳銘著 **我也寫一首詩** 高雄：十全國小 七十一年二月。
16.陳傳銘著 **童詩欣賞** 華仁出版社 七十八年十二月。
17.徐守濤等著 **認識兒童詩** 台北：中華民國兒童文學學會 七十九年十一月。
18.許義宗著 **兒童詩的理論及其發展** 台北：中山學術文化基金會獎助出版 六十八年七月。
19.黃永武著 **中國詩學**（四册） 台北：巨流圖書公司 六十六年四月。
20.黃文進著 **童詩創作引導略論** 高雄：復文書局 七十四年六月。
21.黃秋生著 **兒童詩歌欣賞** 台北：企鵝圖書有限公司 七十二年六月。
22.黃基博著 **怎樣指導兒童寫詩** 屏東：太陽城出版社 六十六年十一月。
23.趙天儀著 **如何寫好兒童詩** 台北：欣大出版社 七十四年四月。
24.趙天儀著 **大家來寫兒童詩** 台北：欣大出版社 七十四年四月。
25.趙天儀著 **兒童詩的創作與教學** 台北：金文圖書公司 無。
26.劉崇善著 **兒童詩初步** 台北：千華出版社 七十八年八月。

(二)

1.方素珍著 **娃娃的眼睛** 台北：洪建全教育文化基金會 七十三年九月。

2. 王金選著　彩虹的歌　霧峯：教育廳　七十七年六月。
3. 江治榮著　童言　台北：洪建全教育文化基金會　七十三年九月。
4. 李魁賢著　走獸詩篇　霧峯：教育廳　七十七年六月。
5. 李魁賢著　美禽詩篇　霧峯：教育廳　七十七年六月。
6. 杜榮琛著　稻草人　台北：長流出版社　七十八年十月。
7. 林加春編　清晨　屏東：東益出版社　七十二年九月。
8. 林加春編　我們就是春天　屏東：東益出版社　七十五年八月。
9. 林加春編　和春天在一起　屏東：東益出版社　七十八年八月。
10. 林煥彰著　童年的夢　台北：光啓出版社　七十八年八月。
11. 林煥彰著　妹妹的紅雨鞋　台北：純文學出版社　六十五年十二月。
12. 林煥彰編　童詩百首　台北：爾雅出版社　七十八年三月。
13. 林煥彰編著　兒童詩選讀　台北：爾雅出版社　七十八年四月。
14. 林煥彰著　牽著春天的手　台北：好兒童教育雜誌社　七十二年九月。
15. 林煥彰著　大象和牠的好朋友　台北：好兒童教育雜誌社　七十二年九月。
16. 林煥彰編　台灣兒童詩選　嘉義：全榮文化事業有限公司　七十五年十月。
17. 林美娥著　假如世界是透明的　屏東：南潮出版社　七十二年六月。
18. 林武憲著　快把窗子打開　台北：啓元出版社　七十三年九月。

19.林武憲編 **兒童文學詩歌選集** 台北：幼獅出版社 七十八年。

20.林武憲等著 **秋天的信** 台北：洪建全教育文化基金會 七十六年四月。

21.林良等著 **童詩五家** 台北：爾雅出版社 七十四年六月。

22.林鍾隆著 **星星的母親** 台北：水牛出版社 七十三年三月。

23.林鍾隆編 **日本兒童詩選集** 中壢：自版 七十五年一月。

24.林仙龍著 **快樂的童詩教室** 台北：民生報 七十二年十一月。

25.洪建全教育文化基金會編 **兒童詩集**（得獎作品合訂本） 台北：書評書目 六十四年、六十五年、六十六年。

26.桂文亞編 **宇宙的圖畫** 台北：民生報兒童叢書 七十四年四月。

27.桂文亞編 **葡萄要回家** 台北：民生報兒童叢書 七十四年七月。

28.陳木城、凌俊嫻編著 **童詩開門** 台北：錦標出版社 七十二年四月。

29.陳木城、賴慶雄、李書慧編選 **國語日報童詩選** 台北：國語日報 八十一年十二月。

30.陳木城著 **心中的信** 台北：洪建全教育文化基金會 七十五年四月。

31.黃基博著 **時光倒流** 屏東：太陽城出版社 七十二年六月。

32.黃基博著 **黃基博童年詩** 屏東：太陽城出版社 七十八年。

33.曾妙容著 **露珠** 屏東：台灣文教出版社 六十三年四月。

34.詹冰著 **太陽、蝴蝶、花** 成文出版社 七十八年三月。

35.楊喚著　**水果們的晚會**　台北：純文學出版社　六十五年十二月。
36.鄭文山著　**童詩30**　台北：洪建全教育文化基金會　七十七年六月。
37.蕭秀芳著　**紫色的美麗**　台北：洪建全教育文化基金會　七十六年四月。
38.中華文化復興運動委員會台灣省桃園縣總支會編　**桃園縣國小教師兒童文學創作選集**　詩蕊　六十八年四月。

㈢

1.林鍾隆編　**月光光**　中壢：台灣國語書局。
2.林加春編　**風箏**　屏東：東益出版社。

第4章 兒童故事

學習目標

——研讀本章後，學習者應可達成下列目標：

一、明瞭「故事」的意義及涵蓋的種類。
二、認識「故事」的內容特質。
三、熟悉「故事」寫作的原則及技巧。
四、把握「故事」欣賞的訣竅。

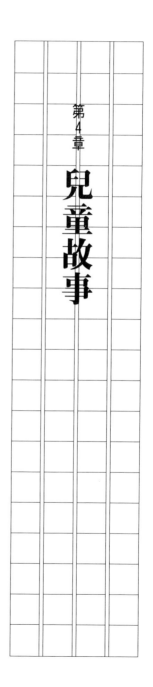

摘　要

本章對「故事」採取狹義的認定，只就「兒童故事」中常出現的生活故事、歷史故事、民間故事等三類，分別闡述它們的意義、特質及寫作原則，最後並精選作品，加以分析討論。至於現代新興的圖畫故事，則肯定其價值，不忘加以介紹。

要創作出生動的「兒童故事」，必須能認清體裁的三個基本特質——一、篇幅短潔，主題明朗；二、情節單純，講究趣味；三、口語敘述，展現美感。並把握住：「從現實生活中取材」、「寫出趣味，放棄說教」、「情節直線推進，確保層次清晰分明」等三個創作要領，靈活運用技巧。

第一節 兒童故事的意義

一、故事的意義

「故事」的意義，原指「過去的事蹟」。司馬遷在〈太史公自序〉裡說：

余所謂述故事，整齊其世傳，非所謂作也。

司馬遷明確地指出，他所敘述的「故事」，題材或資料來自於「世傳」。而所謂「世傳」，只要我們考察一下《史記》，就可發現，它包括了歷代的神話、傳說、民間故事、掌故、軼事、名人的生平事蹟，以及社會上廣被傳頌的風俗民情事件；這些都是以前「曾經發生過的事蹟」，都不是作者任意「杜撰」或「創作」的，司馬遷只是根據既有的資料加以「整齊」——剪裁整理，然後筆「述」下來而已，所以說是「述故事」。

著名的「格林童話」，也是兩位德國兄弟雅各·格林（*Jacob Grimm, 1785–1863 A.D.*）與威廉‧格林（*Wilhelm Grimm, 1786–1859 A.D.*）根據當時德國流傳的民間故事，以文字「忠實地敘述，並不加油添醋」而寫定的。①西元一八一二年出版的「格林童話集」，書名就叫《由格林兄弟蒐集的兒童與家庭的童話》。雖然格林兄弟稱為「童話」，但是題材卻是由當時流傳於民間的故事蒐集、筆述而來的；格林兄弟僅就故事的某些細節給予必要的潤飾，但對故事本身卻絕不變更竄改，就好像司馬遷的「整齊其世傳」、「述故事」一樣，都不是作者自己運思創作的。

中國的司馬遷及西方的格林兄弟，他們對於故事的認知及整理的態度，純粹是站在尊重題材或忠實於資料的立場，他們的謹慎態度，無形中對「故事」的意義也設下了嚴格的限制；無疑地，他們對故事做了「狹義」的認定。

英國小說家佛斯特（*E. M. Forster, 1879–1970 A.D.*）為「故事」下的定義是：

> 故事是一些按時間順序排列的事件的敘述——早餐後午餐，星期一後星期二，死亡後腐爛等等。②

佛斯特放寬了對故事題材的嚴格限制，只就故事敘述的方法或要領來立論。他對「故事」的認定，則採取了「廣義」的看法。

吳鼎教授將「故事」歸納成十二類：

1. 以日常生活事件為題材的，稱為「生活故事」。

2.以神仙幻想為題材的，稱為「神仙故事」。
3.以科學或自然現象為題材的，稱為「科學故事」。
4.以歷史的人物或事實為題材的，稱為「歷史故事」。
5.以地理風景名勝古蹟為題材的，稱為「地理故事」。
6.以公共衛生或個人衛生等為題材的，稱為「衛生故事」。
7.以道德規範、名人嘉言懿行為題材的，稱為「道德故事」。
8.以民間傳說為題材的，稱為「民間故事」。
9.以探險為題材的，稱為「探險故事」。
10.以藝術為題材的，稱為「藝術故事」。
11.以文學為題材的，稱為「文學故事」。
12.以聖經為題材的，稱為「聖經故事」。③

本章介紹「兒童故事」，採取「狹義」的說法；並對「兒童故事」做如下的定義：

凡是一切有人物、有情節的散文類敘事性作品，它的人物為社會所實有，事蹟為世間所可能，情節合乎現實，內容適合兒童的閱讀和欣賞，就是「兒童故事」。④

「兒童故事」是專為兒童而寫的，所以不管它的題材是過去或現代的，都要以「適合兒童」為前提，才能夠滿足他們的閱讀興趣和需要，達到增廣知識見聞、豐富生活經驗、陶冶品德氣質、健全觀念意識、奠定人格尊嚴、美化心靈情操、激勵理想抱負、提升情感志趣的教育價值。

二、兒童故事的種類

兒童故事依內容性質來看，大致可以歸納成「生活故事」、「歷史故事」、「民間故事」三大類：

㈠生活故事

「生活故事」是擷取一般現實生活中饒富人情味，能反映各種生活情態，足以感動兒童、激勵兒童的意志情操的題材，加以演述而成的故事。「生活故事」絕大多數是以描述兒童的生活情狀為主，也有少部分是描述成人的；它的內容容易使兒童感到親切和興趣，油然產生同情與共鳴，因而獲得生活上、知識上、情意上的陶冶和影響。

可以作為「生活故事」的題材相當多，如家庭生活的安樂美滿、長輩們的仁慈和祥、兄弟姊妹的親愛、鄰居的和睦相處；學校生活的活潑快樂、老師們的循循誘導、同學間的友情、優秀學生的模範事蹟；社會生活的互信互諒、互助互愛、守法、愛國、合作、人道、正義、犧牲、奉獻、榮譽等事蹟；有趣的人情味、風土民情的故事等等，只要生動有趣，富有薰陶意味的，都是好的題材。

義大利作家亞米契斯的《愛的教育》，⑤透過一個小學生的口吻和筆調，記述了許多動人的故事。故事中有各式各樣的主人翁，他們既平凡又高尚的品德，展現在每一個故事中，充分流露出善良、誠懇、摯愛、樸質、諒解、同情、關懷、努力、互助等人性光明面。這本書所以能永垂不朽，普遍受到全世界各地小朋友的喜歡，就是因為故事中的人物與情節，使兒童感受到人性的尊嚴和意義，使他們獲得安慰、溫情和信心。兒童可以從《愛的教育》一書中，讀到不少感人的「生活故事」。

由美國兒童文學作家唐．佛利曼（*Don Freman*）著、洪炎秋先生翻譯的故事《不愛理髮的孩子》（*Mop Top*），⑥可以說是一篇生動幽默、寫實性很高的「生活故事」。故事中描述一個調皮貪玩、不愛理髮的孩子馬蒂，因為他的頭髮看起來總像一枝蓬鬆的拖把，所以大家給他取了「小拖把」的外號。「小拖把」生日的前一天，媽媽要他準時到李法先生的理髮店去把頭髮理乾淨。「小拖把」心不甘情不願地一路走走停停，途中，他碰到了一隻毛茸茸、看不見眼睛的哈巴狗，又受到剪草的勞森先生和另一個修剪樹葉的人的揶揄。後來，他躲進了雜貨店。不料，竟有一個不戴眼鏡的近視眼太太，看中了「小拖把」，緊抓著不放，準備買回家去；「小拖把」嚇了一大跳，才一溜煙地跑進李法先生的理髮店，讓李法先生替他理了一個漂亮又乾淨的頭。理完頭後的「小拖把」，一派心曠神怡，所到的地方，所看到的一切，樣樣都是那麼清新整齊。這個故事，手法誇張卻不荒謬，情節意外而合情入理，有趣又逼真，結局沒有留下半點教訓意味，反而給了兒童許多啓示。

㈡歷史故事

「歷史故事」是根據歷史事實，記述過去有意義、有價值的人物和事蹟而寫成的故事。因為「歷史故事」是經過敷演鋪寫而成的，不像歷史課本只重歷史事實經過的扼要敘述；在史實中摻合著趣味和感情，既不失歷史的真實，更有故事的精采和趣味。兒童閱讀「歷史故事」，對歷史人物或事件，必定會有更深刻的認識和了解。誠如蘇尚耀先生所說的：

> 在教育上，我們也素以介紹兒童閱讀歷史故事，培養兒童愛國家愛民族的情操，尤多以提供歷代名人故事，作為兒童「尚友古人」和「見賢思齊」的楷模之習慣。另就寫實故事的意義說，我們也不妨將這一類故事看做是表現古代古人的生活故事。⑦

依人、事、物重點的不同，「歷史故事」可分為「歷史人物」故事、「歷史事件」故事、「文明進化」故事三種：

1.「歷史人物」故事：「歷史人物」故事是記述以「人」為中心的歷史故事，就歷史人物的志業、風範、貢獻、生活軼事或其他足以作為現代兒童處世經驗的事蹟加以演述而成的。

劉若蓉女士寫的「歷史人物」故事〈為民著想的工程師〉，⑧描述戰國時代秦國的成都太守李冰，如何開鑿岷江，挖掘水道，疏通岷江的洪水，並且建築了活動的水壩「都江堰」，不但徹底治好了岷江流域的水患，還引導岷江的水來灌溉良田，增加農作物的收成，使老百姓們過著富足安康的太平日子。把一位古代傑出的水利工程師勞苦功高、造福百姓、貢獻國家的志願和事業，簡潔扼要地敘述出來。

由林良先生翻譯、美國兒童文學作家安·寇佛（*Anne Cotver*）寫的《林肯》，⑨主要是描述美國著名的林肯總統，如何發揚人道主義，解放黑奴，挽救了美國的分裂。因為林肯也是一個非常疼愛小孩子的總統，所以故事中特別寫到他怎樣和鄰居的小孩子遊戲、怎麼和小孩子親善的情節，更把林肯先生仁愛和藹的慈祥性格，淋漓盡致地描繪出來。

2.「歷史事件」故事：「歷史事件」故事是記述歷史上某一件事發生的原因、經過、結果、影響等等的故事；它也可以是某一個歷史事件中某一片段的故事。寫作「歷史事件」故事，作者應完全站在公正客觀的立場，做忠實的敘述，不可加上任何主觀好惡的批評或故意的曲解。「歷史事件」故事不但可以增進兒童的歷史知識，更可以培養兒童對事件的判斷能力。

例如陳石先生寫的〈扛木椿的啓示〉，⑩是描述戰國時代商鞅變法的故事。兒童讀了這個故事後，會對商鞅為了使人民遵守法律、信任政府，不惜懸賞一百萬元高額獎金的事，產生強烈的好感；同時也體認到：一個守法的社會，才能有效地揚善抑惡；大家遵守法令，就能過著安樂的日子。因此，對商鞅提倡法治的意義、經過及影響，有了深刻的認識。

吳涵碧女士寫的〈奇恥大辱的和親政策〉，⑪敘述漢高祖劉邦不得已採納「和親政策」的來龍去脈，以及日後的影響。兒童閱讀了這個故事後，對於一個歷史事件，一定會有一番清晰而深切的感受。

3.「文明進化」故事：人類的文明不斷地進化，而與人類息息相關的物類，也不停地在發展演進。「文明進化」故事就是敘述文明從古到今，發展演進歷史的故事。

馬景賢先生的《書的故事》，⑫詳細介紹書籍在中國發展演變的歷史——書頁的材料如何從竹簡、木片演進到現在的紙張；印刷的技術又如何從雕版印刷而活字版印刷，由單色印刷而彩色印刷；裝幀的技術如何從韋編而卷軸，由卷軸而摺疊，由摺疊而線裝，以至於如今天書本的樣子。

宗維先生翻譯的《傳達消息的故事》，⑬有系統地介紹各種傳播通信工具演進的歷史——先是用煙火傳遞信號，進而用鼓聲，再而用傳令兵、驛馬、鴿子，後來又相繼有電報、電話、無線電報、無線電話、收音機、錄音機的發明，最後又發明人造衛星，加強洲際間的通訊，打破了各種空間的障礙。

兒童閱讀了這些有關文明進化的故事，從生動有趣的敘述中，就能輕易而深刻地了解文明演進的歷史概況。

㈢民間故事

一羣人長期居住在一塊固定的土地上，由於相近的生活意識、生活理想、生活方式，形成了共同的風俗習慣，進而有了共同的道德標準、共同的觀念、共同的憧憬、共同的性格。這些共同的性質和理念，促使這個社會中的人們，積極地想找尋一個可以代表這個社會的典型人物或事蹟，作為永久樹立的精神榜樣。當他們終於看到或聽到這樣的典型人物或事蹟時，一定會熱誠地加以宣揚傳布；至於那些不良的事蹟或可惡的人物，則引以為戒。因此，「民間故事」的內容，總是應合人心的願望和理想：好人必有好報，壞人終會受到嚴厲的處罰或報應；人道和正義終將剋制邪惡，戰勝殘暴；可憐善良的人會得到同情和照顧，驕傲怠慢、狂妄無禮的人會受到天譴；奉獻好施的人最後得到榮華富貴的報答，自私無情的人最後會落得一無所有。因此我們可以說，「民間故事」的最大意義，就在於顯揚人道正義，表揚善良，警戒敗惡。每一個國家或每一地區的「民間故事」，幾乎都是如此，這正說明了「民間故事」含有豐富的人文意義。正如徐靜先生在〈從兒童故事看中國人的親子關係〉一文中所說的：

> 民間故事則為「整個文化團體」經驗及幻想的表達，是文化的投射產品。由於民間故事是以有距離的、較客觀的、幻想的姿態出現，所以往往比我們受道德、倫理觀念限制的實際生活或理想，更能反映出一個文化團體之性格特質、價值觀念，……。⑭

「民間故事」原本是民間百姓口述創作出來的，經過一代代的相傳，歷經時代的演變，受到不同人文因素的制約和影響，難免前後會有部分的改造或變動，但總能更確切地「反映出一個文化團體之性格特質、價值觀念」，因而具有獨到的民族性或鄉土性。

「民間故事」中的人物，往往以實有的人物為基礎，儘管經過了長期的流傳，仍然具備著樸素的類型化形象。例如正面人物總離不開普通的農夫、樵夫、獵人、工匠、僕人、老太婆等，這些人物都是誠懇正直而忠實勤勞的匹夫匹婦；反面人物則是地主、官僚、貪官、吝嗇鬼、懶惰蟲、地痞、無賴等令人嫌惡的人。

「民間故事」的內容和人們的社會生活也有著密切的關聯，它表達了人們的喜悅、哀淒、痛苦、智慧和希望，因此，有更多、更豐富的人情味。⑮

又因為「民間故事」的寫作，採用了虛構、誇張、渲染、巧合、誤會、幻想等藝術手法，編造了離奇曲折的故事情節，使人感到既合情理又大出所料，因而產生了引人入勝的藝術效果，也產生了巨大的激動人心的力量。但是：

> 它（民間故事）雖有很大的幻想性又絕不脫離現實，不是隨心所欲的胡編亂造，它的情節是建立在必然或可能的基礎之上，表現了人民的理想願望。⑯

一般的學者專家都認為給兒童閱讀的「民間故事」，應以「趣味純正、近乎真人真事，而且現在仍流傳於民間的故事」為限，而那些「情節過於詭譎、恐怖、迷信、怪誕的故事，凡不適宜兒童閱讀的」，則應放棄。⑰

王德欽先生寫的〈龜精變成龜山島〉，⑱一方面交代宜蘭外海龜山島浮現的由來，一方面描述鄭成功開發台灣的壯志和神勇。故事中描述大烏龜精被鄭成功槍擊身亡而化為龜山孤島的事蹟，呈現了鄭成功在台灣開疆闢土的具體功蹟。這個故事雖然是現代人編寫的，但因「情節是建立在必然或可能的基礎之上」，是「趣味純正、近乎真人實事，而且現在仍流傳於民間的故事」，正合乎「民間故事」的精神。

中國江蘇省寧波地方的民間故事〈熬海錢〉，[19]描述一個善良老實的哥哥，因為多子又窮困，處境非常艱苦。有一天，他意外地得到海龍王的恩賜，送給他一隻名叫「應該有」的寶貝動物，從此生活獲得了很好的改善。而當初忍心遺棄哥哥的貪心弟弟，結局正好相反，得到了壞的報應。這個「民間故事」，一方面藉離奇曲折的情節，呈現了中國窮人憧憬著有一天能翻身致富的「理想願望」；另一方面驗證了「善有善報，惡有惡報」的傳統信念，反映了中國人普遍的「性格特質」和「價值觀念」。

三、現代新興的圖畫故事

傳統的兒童故事都是用文字把故事「寫」出來；現代新興的「圖畫故事」，卻是用圖畫把故事「畫」出來。圖畫故事以「圖畫」的形式來代替「文字」，人物事件的形象更具體鮮明，傳達的效果更生動活潑，比起「文字」，有過之而無不及。

葛琳教授說：

> 圖畫故事書，能完整地敘述一個文字性的故事。但圖片使它更為生動。圖畫故事書的圖片與文字是不能分割的。它的特色是強調了敘述性故事與視覺藝術的合一。[20]

又說：

> 它與一般故事所不同之處，是由圖片表現故事最重要的一部分，再以簡單動聽的文字，表現故事的骨幹，但主要的風格與情調，仍由圖畫來建立。㉑

圖畫故事的特色和目的，既能以若干形象精采而生動的圖畫，突出而精緻地「畫出」一個完整的故事情節，使兒童能夠深刻而透徹地了解和感受故事的感情內涵；它的功能，絕不止於一般的插圖，只是畫龍點睛式地做象徵性、重點性的表現而已。

「圖畫故事」大致有兩種：

㈠連環圖畫故事

一個好的「連環圖畫故事」，就像一串珍珠寶玉，璀燦斑斕；而它的每一幅圖畫，更像一顆晶瑩剔透的珍珠，玲瓏可愛。

連環圖畫故事是以連續而環環相扣的圖畫，「畫」出一個完整的故事，而其中的每一幅圖畫，也都「畫」出了故事中的每一個「細節」。

齊玉先生根據德國 "*Vater und Sohn*" 書中的漫畫，自行編詞說故事的《公公和寶寶》，㉒可謂圖文並茂，逸趣橫生。下面介紹書中一個題為〈放生？〉的六格漫畫：

齊先生還用韻語編寫了一個幽默順口、詼諧有趣的故事：

魚兒！魚兒！水中游，
不知漁網在後頭，
落到漁網裡，自覺命已休，急得直發愁，
寶寶不忍魚兒死，公公同意放它走。
本以為重獲了自由，
誰知道，進了大魚口。

林文義先生根據中國古典章回小說編繪的《漫畫西遊記》，筆觸豐厚穩重，富有民族風味。以下介紹的是第六回〈釋放悟空、收伏龍馬〉其中的一節：㉓

原來是菩薩相助……
師父，我回來了。
怎麼會想回來？
是呀！你喜歡的話就拿去吧！
在路上遇見觀音菩薩，他要我回來。
咦？這帽子要送我嗎？
開始念咒語……
嘿！戴起來很帥氣嘛。你說是不是？
哇呀！痛死我了！

連環圖畫通常運用簡單的線條，表現人物特殊的動作、神態及表情，或細緻、或誇張，既生動又幽默，因此趣味盎然，很能吸引兒童。連環圖畫中特別標記人物的對話，有時雖然也有少量的旁白或說明文字，卻字彙精鍊生動、句子簡要明快，這都是經過精心設計而來的。所以，儘管只有短短的一兩句話，卻能讓兒童在輕鬆的閱讀中，毫無阻礙地欣賞完整故事的全部情節，並且留下非常深刻的印象，對兒童來說，真是事半功倍，其樂無窮。

㈡重點圖畫故事

「重點圖畫故事」通常以「情節」為單元，即每一個情節只繪製一幅圖畫，而這一幅圖畫，已能將這個情節中複雜的事件、背景、人物特徵，具體而濃縮地表現出來。這樣的一幅內涵豐富、形象多姿的圖畫，只要再加上一些簡扼的文字敘述，兒童就能很容易地了解到整個故事的內容，感受到其中深含的情趣與真意。㉔

外國的許多兒童文學作家，都有自寫自畫的能力，他們一方面用自己的畫來直接呈現內心的情感意境，一方面自己寫故事來敘說精心繪製的畫，圖文融洽契合，淋漓盡致，美不勝收。這正應合了兒童圖畫家曹俊彥先生說的：

> 圖畫由於是以具體形象表現的，閱讀時直接而輕鬆，更由於畫家繪畫功力的成熟，和用心的經營，常能帶給讀者，舒適的視覺感受或豐富的視覺形式，很自然的使讀物更具吸引力。㉕

《老鼠變老虎》（*Once a Mouse*）是美國另一位兒童文學作家兼畫家瑪西亞．勃朗（*Marcia Brown*）自寫自畫的圖畫故事書。㉖這個故事取材自印度的民間故事，主題樸素平實，而作者以版畫來表現，顏色單純，卻更有一種古雅的風味，很能表現印度民族的古老神秘氣質。

《老鼠變老虎》以十六版畫「畫」出十六個情節。故事敘述一個懂法術的印度隱士，有一天從一隻大烏鴉的嘴裡救了一隻小老鼠，並且善意地餵養這隻小老鼠。因為小老鼠怕貓，所以隱士就把牠變成一隻大貓；貓被狗欺負了，隱士又把牠變成狗；狗還是會怕老虎，隱士又把牠變成老虎。變成老虎後的小老鼠，竟神氣活現了起來，要欺負隱士；隱士看透了老虎的心意，再度施了一次法術，把老虎變回原來的小老鼠。

下面選擇《老鼠變老虎》書中最精采的幾幅圖畫，介紹如下：

有一天，一個隱士坐著想什麼是大，什麼是小的問題，忽然間，他看見一隻老鼠。

幫那隻可憐的小老鼠的忙，硬把牠從那隻烏鴉的嘴裡拉出來，然後把牠帶到樹林中的茅屋裡。

但是這隱士不但會禱告，魔術也很高強。他看見小老鼠要遇到危險了，就把牠變成一隻肥大的貓。可是……

把雙手比畫比畫，狗就變成一隻漂亮尊貴的老虎。

隱士早看透老虎的心意，就說：「你真是忘恩負義！給我滾回樹林裡去，還是當你的小老鼠去吧！」於是那隻神氣漂亮的大老虎，又變回一隻可憐的小老鼠。

自寫自畫的「圖畫故事」，最能兼顧文學性和美術性，感覺與視覺融合，效果最好。而一般寫、畫分開的圖畫故事，必須寫作者和繪畫者有完美的溝通，使繪畫者能充分了解寫作者的創作理想和感情意識，因而有一番「精緻的思考，精緻的設計，精緻的繪作」，㉗兩者密切合作，才有可能創作出動人的作品來。

第二節　兒童故事的特質

兒童故事的特質是：「篇幅短潔，主題明朗」、「情節單純，講究趣味」、「口語敘述，展現美感」。

一、篇幅短潔，主題明朗

一般故事的篇幅，可長可短，完全依創作的需要而定，唯獨給兒童閱讀的故事，篇幅卻不能太長，兒童故事最明顯的特色，就是「篇幅短潔」。

兒童故事的篇幅所以「短潔」，是基於主、客觀兩方面的要求。

主觀上，「故事」的體裁限制了篇幅的伸展。故事的體裁本來就和「小說」有著明顯的不同；

「小說」通常有錯綜複雜的情節、曲折多變的敘事、細膩深刻的人物刻畫、多采多姿的景物描繪，所以需要有較長的篇幅（甚至分割成許多章節回目）來容納豐富的文字敘述，以便完整地展現作者多方面的創作成果。而「故事」，只求把事件發展中最重要、最精采、最吸引人的部分敘述出來就好了。「故事」和「小說」最大的不同是——有人物，但人物不多，只有兩三個，而且人物彼此間的關係也不複雜；有情節，但情節單純，避免詭變複雜；體製雖然也依開端、發展、高潮、結局的章法布局開展，但只求層次清晰，按部就班地敘述。「故事」的篇幅，雖然比較短小簡潔，卻絕不是小說的「摘要」或「節述」，仍有它獨特的文藝價值。

客觀上，為了適應兒童的閱讀需求，兒童故事的篇幅必須短潔。兒童在還沒有閱讀「小說」的能力以前，由於認知發展的限制，「故事」的質量也必須相對地受到必要的制約。依據兒童閱讀心理專家們的研究，兒童要到九歲左右，對故事前端、中間、尾部的大體結構，才有比較清楚的觀念；到了十歲左右，才能充分了解故事中繁複情節的因果關係。㉘所謂「左右」，並沒有一定的標準，兒童的認知發展因人而異，又有男女的不同，一般的情況，多數的兒童在小學五年級的階段，普遍還靜不下心來閱讀長篇的小說，只能讀一些篇幅短小、趣味性濃厚的故事。

兒童故事的主題，也應明朗易懂。

兒童故事的理想，在於以生動有趣的文字，展現美感，藉以娛悅薰陶兒童的情意，使兒童從中得到啓示，獲得自發性的教育效果。而主題是故事的生命，是故事的靈魂，更是作者所要提出的中心思想或情感意識。兒童因為經驗淺薄、思考能力有限，因此，兒童故事的主題，不管是高拔深遠或平凡通俗，都需要明朗易懂，使兒童容易把握，容易體會。主題如果過於晦澀難懂或模稜兩可，讓兒童把握不住故事的中心意旨，讀起來就茫然不深入，不管如何耐心地讀，或讀得再多，也得不到「娛悅薰陶情意」的效果，那就失去故事的價值意義了。

讀了《不愛理髮的孩子》這個故事，「愛惜乾淨，永保身心舒爽」的主題立即明朗地呈現出來。讀了〈為民著想的工程師〉，「奉獻一己的能力，造福人羣」的主題馬上可以領悟得到。讀了〈熬海錢〉這個民間故事，「老實善良的人，必有好報；貪心邪惡的人，必有報應」的主題豁然呈現。看了《老鼠變老虎》的故事，「妄自尊大，不知滿足，終會得到懲罰」的主題就會頓然明朗起來了。

二、情節單純，講究趣味

兒童故事的情節，一般都很單純；情節錯綜複雜或太多的旁枝別椏，容易使兒童在閱讀時陷入層次不清的困境，費時費力，也不見得就讀得出趣味來。

兒童故事的情節，通常都採用「三段式」的簡單組合，也就是把性質相似而具體內容不同的三個情節連貫排列在一起，形成反覆三次的簡單有機結構。例如：《老鼠變老虎》的「三段式」故事情節是：隱士先把老鼠變成貓，再變成狗，最後變成老虎，前後變化三次。如此的三次變化，具體事件雖然不同，性質及規則卻有邏輯可尋，簡單輕鬆，易於體會和了解。有些較長的故事，情節會多到四、五個，但是依舊保持簡單、連貫、系統的變化原則。像《不愛理髮的孩子》，故事中有四個暗示及教訓

「小拖把」的情節：第一個是「小拖把」碰上了邋遢的哈巴狗，第二個是受到剪草的勞森先生的揶揄，第三個是修剪樹葉者的諷刺，第四個是不戴眼鏡的近視眼太太陰錯陽差的選拖把事件。格林童話〈幸運的漢斯〉，㉙漢斯在回家的路上，前後做了五次交換物件的行為：第一次，用金子換馬；第二次，用馬換母牛；第三次，用母牛換小豬；第四次，用小豬換白鵝；第五次，用白鵝換了兩塊石頭。這五個連續換物的行為，貫串了整個情節。

兒童故事的情節不管有幾個，彼此卻都是「同中有異」的。因為有「同」，所以保持了情節一路往前發展的單純性，更因為有「異」，才能夠使情節在不斷往前發展時，不致失去了懸疑感和趣味性。

使兒童感到「趣味」的事件或情節實在太多了，一句俏皮話、一個鬼臉、一個熱鬧喧嘩的特殊場面、一件荒唐不經的怪事、一個善意的欺騙、一個異想天開的念頭、一場無心的誤會或衝突、一個滑跤、一次粗心的失誤、一個惡作劇、一個無中生有的突變、認錯人、叫錯名等等，都可能製造一個趣味。但是，這些個趣味都是膚淺的、短暫的、脫序的，無法使人領略到其中的真意，無法震撼人的感情，無法使人醞釀出一股悠然的情緒，雖然能博君一粲，終究缺乏令人一再咀嚼的味道。文學的「趣味」要有「深刻的人情味」，能使人從心坎裡發出一股莫名的喜悅，因而引起一陣遐思，產生無限感動的氣氛，並帶來富有啓發性的省悟。舉個例子來說：有兩隻狗在春意盎然的草坪上，漫無目的地追逐、逗戲，那固然是一件有「趣味」的事，但如果是一隻花母狗，帶著牠可愛的小花狗，在春意盎然的草坪上，盡情地追逐、逗戲，「趣味」就更深刻、更濃烈了。後者所以讓我們感覺到更有「趣味」，是因為在於同樣的追逐、逗戲中，蘊含著撫慰和關懷的母愛，蘊含著幸福和溫馨的孺慕，母愛和孺慕的交融，呈現出一幕「舐犢情深」的意境，令人佇足遐思，令人回味無窮。

在〈扛木椿的啓示〉這個故事中，商鞅為了提倡守法的風氣，不惜以高達一百萬的獎金，獎勵願意把小木椿從城東移到城西去的人，這種「上行下效，以身作則」的事蹟，不管發生在那個年代，都會讓兒童覺得訝異，而且感到有趣；而商鞅的苦心，更是令人萬分佩服。這種趣味，既深刻又富有啓發性。

在《老鼠變老虎》的故事中，老鼠先變為貓，再變為狗，然後又變為虎，愈變愈大，愈變愈威風；最後，竟又被隱士變回老鼠，而且被隱士趕回樹林裡去。隱士的法術高妙，一變再變，詭異多端，煞是有趣。但是，老鼠的氣焰囂張，忘恩負義，以致得到最嚴厲的教訓，使這個大變化的趣味又暗寓著警惕，能引發小朋友的深思，意義則大不尋常。

兒童故事的「趣味」，不只是能「引發兒童爆笑」而已，它更能帶領兒童進入一個「有人情味的有趣世界」，使兒童悠游其中，進入樂觀爽朗的情境，培養富有深度的真感情。這樣的兒童故事才有價值，才是「真趣味」。

三、口語敘述，展現美感

兒童故事敘述的特色是「口語化」。口語是有時代性的，新時代有新時代的事物、思想和情感，新事物的描述、新思想的表達、新情感的抒發，都必須運用具有現代感的口語，才能流暢清晰、生動傳神地表達出來。

「口語化」敘述所使用的語言，就是現代一般通行的「國語」，林良先生稱為「淺語」：

兒童跟成人所使用的是同一種語言，就是指使用國語來說的。不過兒童對國語的使用，跟成人有程度上的差異。兒童所使用的，是國語裡跟兒童生活有關的部分，用成人的眼光來看，也就是國語裡比較淺易的部分。換一句話說，兒童所使用的是「淺語」。這「淺語」，也就是兒童文學作家展露才華的領域。㉚

兒童故事的作者，創作時的心思，一定是全心全意地放在兒童的生活層次上，而不是專注於猜測兒童會喜歡什麼樣的語言。他既要使用兒童易懂的語言，也要力求維持自己的語言水準和風格，絕不會因此而降低水準，拼湊一些生澀、不親切、自以為是的語句。因此，空洞的成語、冷僻的語彙、低俗的俚語、拗口的句子，是不應該在兒童故事裡是出現的；而且，除非有特別的目的或需要，方言、兒語、概念詞也是要避免的。

〈扛木樁的啓示〉故事中，最精采的一段話是：

一羣人前呼後擁的跟著李義來到東門下，只見李義輕鬆地把木樁扛在肩上，然後大步走向西門，後面跟了一大堆看熱鬧的人。商鞅聽到消息，連忙叫手下數了一百萬元，自己親自到西門去，把獎金送給李義，商鞅並且告訴圍觀的人說：「我制定這些法令，是要獎勵好人，懲罰壞人，只要大家遵守法令，就能安樂的過日子。」

這一段話把人物的舉動、態度神情及事件的經過情形，都栩栩如生地敘述出來。尤其是對商鞅的描述，祥和的態度、堅定的口吻，更是鮮明、生動地呈現出他厲行法治的毅力和決心。

林良先生敘述狗故事的《懷念》，[31]有一段精采妙趣的「自述」：

「爸爸」，還有我的女主人「媽媽」，兩個人都是「上班人」。每天早上他們出門上班，都會輕輕地喊我一聲「斯諾」。下班回家，拿鑰匙打開大門，一眼看到我，也會不知不覺地脫口喊一聲「斯諾」。為了感激他們對我的親切，我就來回搖動我的尾巴，「一分鐘搖好幾百下」。我敢說，世界上再不會有第二隻狐狸狗尾巴搖得像我那麼快。這是因為世界上再也不會有第二隻狐狸狗像我這麼幸福。尾巴搖得最快的狗，通常都是世界上最幸福的狗，我敢這麼說。[32]

狗總是以「搖尾巴」來表現牠的聰明伶俐。林良先生以「一分鐘搖好幾百下」的誇張描述，來敘述狗心中「幸福」的感受。全然「口語化」的敘述，既清晰又傳神，把狗的神情，淋漓盡致地描繪出來。

《不愛理髮的孩子》，結局是這樣敘述的：

「那就是我！頭頂上沒有毛茸茸的拖把了。萬歲！」小拖把坐在椅子上說著，然後跳了下來，把錢給了李法先生。他輕飄飄的像一根羽毛，飄出店門。

這個外號叫小拖把的孩子，走到街上，蹦蹦跳跳的回家去了。他看這個世界好像也跟著乾淨整齊起來了。

樣樣東西看起來都是新鮮的，連天氣也好起來了。那些樹，修剪得整整齊齊；那片草地，修剪得平平整整。再看那隻哈巴狗，牠的毛也剪短了！

以「輕飄飄的像一根羽毛，飄出店門」、「蹦蹦跳跳的回家去了」描述出「小拖把」興奮、輕鬆的感覺；更連續以「乾淨整齊」、「新鮮的」、「整整齊齊」、「平平整整」的輕快語彙；敘述了「小拖把」一路上所見一片清新、整潔的景象，充分反映了主人翁喜悅、舒爽的心境。一氣呵成的敘述，發揮了口語流暢、生動的本色，層次分明，了無滯澀。

每一篇優秀的兒童故事，更因為作者完美的敘述而光彩奪目，閃耀著誘人的美感。尤其明顯的是，「形象美」和「情意美」的展現。

文學的基本任務，就是要形象化的敘述來反映生活、傳達思想、展現情意，以實現薰陶感化的目的。兒童故事的作者，擅於運用典型化的手法來創造有感情、有特徵、鮮明動人的「圖景」；這些圖景，因為具體鮮明，真實動人，無不展現著多采多姿的「形象美」。調皮貪玩、不愛理髮的小拖把，信念堅毅、行事果決的商鞅，幸福知足而殷勤的狐狸狗斯諾，他們的性格、言談、思想、動作，經過作者生動的敘述，都栩栩如生地躍然紙上，獨特深刻，真實感人，絕不落入「刻板僵化、生硬無趣」的類型化通俗窠臼，因而能展現出人物的「形象美」。兒童故事中，一切描述得生動活潑、逼真感人的生活情態、人物事件、風光景致，都能給兒童帶來豐盛的「形象美」感受。

兒童故事講究趣味，重視情意的陶冶，絕不訴諸庸俗露骨的教訓。兒童故事中優美的敘述，深刻地寫出各種溫馨感人的事件，洋溢著無限的「情意美」。兒童讀了關於英雄偉大的敘述，體悟了他們遠大的懷抱，胸襟不覺為之壯闊，服務奉獻的崇高情意因而滋生。「善有善報，惡有惡報」的傳統觀念，不見得都會應驗，但是有關好人好事的感人敘述，卻能帶給兒童莫大的安慰和鼓舞，因而振奮了他們求仁行義的意志。例如三隻小豬同心協力抵抗野狼的故事，經過作者生動的敘述，使兒童體認了和睦友愛的可貴。如此富有啓發性的情意，全都是由於作者深切感人的敘述，才能夠淋漓盡致地展現出來。

第三節　兒童故事的寫作原則

寫作兒童故事，應該注意以下三個主要的原則：

一、從現實生活中取材

兒童故事之所以要從現實生活中取材的理由有三個：

㈠兒童最喜歡親切與熟悉的故事

最令人感到親切與熟悉的故事，莫過於題材得自於現實生活中的故事。

兒童的心性直樸單純，人生體驗有限，現實生活中林林總總的人物和事件，有許多值得拿來作為兒童故事的題材——一個感人的事件、一個有趣的人生經驗、一個值得稱頌的人物、一個值得注意或深思的問題、一個有益於身心的活動、一個令人難忘的啓示或教訓、一個有意義的思想觀念等等，不管發生在何時何地，不管發生在什麼人身上，只要合乎兒童的需要，適合兒童的認知能力，可以充實兒童的經驗，足以陶冶兒童的情操，都可以寫進故事裡，因為，現實生活提供了兒童親切、熟悉的題材。

㈡現實生活能觸發創作的靈感

兒童雖然好發奇想，喜歡新奇有趣的事物，然而，他們的好奇心也是由現實生活中的某些特殊事物所引發的。因為，好奇與趣味，正是因親切與熟悉而產生的；疏離或陌生，是無法培養出好奇心和趣味感的。兒童故事創作的靈感，也往往是作者從最熟悉、最親切的人物或事件中觸發而得到的。作者把握了現實事件中的某些特點，以它們做基礎，再添上一些可能性的相關想像情節，進一步加以合理化地組合，就能寫出一篇滿足兒童的好奇與趣味的好故事來了。

(三)來自現實生活的題材最真實感人

兒童故事是用來「感動」兒童的，而不是用來敷衍、哄騙兒童。感人的故事，一定要有感人的題材；而題材之所以感人，是因為題材本身的真實性。真實中常有教訓，但真實中的教訓容易被接受；而憑空捏造的事件，或許一時間可以取信於人，卻不足以感動人。一點真實性都沒有的題材，虛無空洞，連作者都覺得無情無義，又怎能感動讀者呢？

小說家彭歌先生曾說過：

> 作者如果對某幾個人物了解很透徹，對於某些情感的感受很強烈，對於人生中某些情景的感觸很深刻，他便很可能將這些了解與感受推延到不同條件之下，寫出使讀者覺得可信可讀的作品。㉞

所謂「對人物了解得很透徹」、「對情感的感受很強烈」、「對情景的感觸很深刻」，是由真實的題材而產生的，也因此才能寫出「使讀者可信可讀的作品」。

再拿《不愛理髮的孩子》來說吧！調皮、貪玩、不愛理髮是一般兒童常有的習性，是兒童們都很熟悉的事。為了慶祝自己的生日，不得不去理個乾淨漂亮的頭髮，也是兒童都有過的經驗。作者把握了這個現實生活中的兒童通性，發揮想像力，在「小拖把」溜達著到理髮店的路上，合理化地安排了四個有可能發生的相關事件——碰到一隻髒得連眼睛都看不見的毛茸茸哈巴狗、被剪草的勞森先生諷刺了一番、被剪樹葉的人奚落了兩句、遇到沒帶眼鏡的近視眼太太。一路上要連續碰到四次性質這麼類似的倒楣事，實在很不可能；但是分開來看，每一件事情都可能發生，都曾經見過、遇到過，都讓兒童感到親切、覺得熟悉。而作者所安排的這四個類似事件的靈感，就不是全然無中生有的，而是從現實生活觸發得來的。前前後後都是那麼可能、那麼合情入理，由不得兒童不相信、不感動。

二、寫出趣味，放棄說教

兒童文學是「教育兒童」的文學作品，但是，「教育」的方式不是赤裸裸的說教，而是「寓教於樂」，以趣味性的內容來薰陶、感化、啓示兒童。

能讓兒童讀出「趣味」的故事，有：

1.描述「不平凡的英雄」的故事：兒童心目中的英雄是：遨遊四海的旅行家、除暴安良的勇士、捨身取義的志士、扶弱濟貧的善人、為真理奮鬥的殉道者，甚至是航海家、探險家、海盜、幻想家、這些人的事蹟，都是光彩燦爛而不平凡的，深為兒童們的讚歎和神往。

2.鋪寫「歷險、探奇、神遊」的故事：很多歷險記、奇遇記、漂流記、尋寶記、遊記故事，充滿了驚險、刺激、神奇的氣氛，而且又具有撲朔迷離的幻想色彩，更讓兒童瞠目結舌，歎為觀止。

3.「是非分明、大團圓結局」的故事：好人得到獎賞，壞人受到應得的懲罰，善良的人得到成功勝利，老實人得到幸福快樂，貪心的人終於一無所有，歷盡艱苦折磨的人得到回報，很多民間故事都是因此而深得兒童的歡心。

4.「動物」的故事：描述動物的行為、特性、生活，以及擬人化的故事。機靈敏捷的猴子、穩重溫和的大象、溫馴可愛的小白兔、鍥而不捨的烏龜，都是兒童喜歡的角色。以牠們為主角的故事，兒童都會很喜歡。

5.描寫「兒童喜歡的東西」的故事：汽水、糖果、餅乾、冰淇淋、巧克力、木偶、電動玩具，都是兒童喜歡的東西，內容含有這些東西的故事，都能深得兒童的歡心。

6.「貫注滑稽、幽默氣氛」的故事：矛盾、荒謬、失誤、異常、相似或對比、巧合、誤會、顛倒、機智、愚笨、天真等情節的故事，充滿滑稽、幽默的氣氛，趣味無窮，最適合兒童的心性。

7.「充滿形象、色彩和聲音」的故事：用優美、瑰麗或詭異的筆調，產生「繪聲繪影」或「裝腔作勢」等效果的故事，能製造出特殊的情境，使兒童有驚奇、訝異的意外感。

8.「具有時代性」的故事：介紹科學新知、新的發明、民主自由、環保意識、保健常識等等的故事，可以充實兒童的知識，開拓他們的視野，帶來活潑朝氣，最能順應兒童追求趣味的新趨向。

作者若能掌握兒童趣味的趨勢和走向，就知道要如何才能寫出適合兒童趣味的故事了。

兒童故事的作者，最忌諱滿腦子都是「教育理念」；先有「教育理念」再寫故事，寫出來的作品一定毫無趣味可言。所以要拋棄「主題先行」（或稱「主題掛帥」）的老套，避免在創作前先設定一個嚴肅的概念，然後再依這個概念的需要，去捕捉適合「演示」這個既定概念的人物或事件。如果勉強以這些沒生命的人物或事件來「演示」這個既定概念，寫出來的故事必然蒙上濃厚的說教色彩，故事就淪為說教的工具了。

日本兒童文學理論家寺村輝夫先生說：

> 寫兒童故事的時候，只突出主題是不好的。尤其是有志從事寫兒童故事的人必須記住：絕對要避免把「生生」的主題拿到作品裡頭去。
>
> 如果有一個人，要寫以「誠實」為主題的兒童故事，如果他被誠實主題的重量壓扁了，其餘都看不見了，那就寫不成了。……故事裡面沒有向主題做進一步的「深入」。作者急著把誠實和感動連在一起，採用了開門見山式的寫法，……。[35]

因為作者不是先發現一個有關「誠實的題材」，才動手去寫一個有關「誠實的故事」。而是先強烈地設定了「誠實」這個概念，再按題配圖，硬找一個「外貌誠實的人」，去做一些「所謂誠實的事」，如此編湊充數，寫來雖然方便，卻無法讓人物和事件「向主題做進一步的『深入』」，結果是

「說教有餘，趣味全失」。這正是最本末倒置的寫作方法。

林良先生說得最透徹：

一個兒童文學作家，在寫作生活故事、童話、少年小說這種故事文學之前，應該花點兒時間在真實的人生中，在真實的社會裡去尋找令人動心的角色跟令人動心的事件，拿來做他的題材；應該儘量避免由主題出發，然後著手編造一切的那種方式。

……我們不應該「編」故事，我們應該去尋找有意味的故事。不管你找到的是一個有意味的人，或者一件有意味的事，總比先有主題再編故事好得多。㊱

《不愛理髮的孩子》整篇故事裡沒有半個批判、指責、教訓的字眼，只有暗示和鼓勵的語句，卻讓兒童讀出盎然的趣味，自然得不到「訓」而「教」的效果。

三、情節直線推進，確保層次清晰分明

由於篇幅的限制，更由於必須避免複雜化，兒童故事的情節發展，要採用直線推進的方式。作者在敘述故事時，應按事件發生時間的前後順序，步步推進，一波比一波精采、有趣，一節比一節懸疑、深入，並且使情節間互為因果或互相銜接的關係，可以一目瞭然，閱讀起來層次清晰分明，毫不

困難。

以下有四種常用的方式可供參考：

㈠層遞式

故事情節的展開，按照層層推進的方式進行，每一情節的內容性質都相似，但在推進中，動作一次比一次加強，氣氛一次比一次強烈，重要性一次比一次升高，直到故事結束為止。如此層遞地讓性質相類似的情節一次又一次的反覆，但在反覆中又有所變化，以保持懸疑；而且在反覆中又能使情節不斷往前推進，使情節更為深入。〈幸運的漢斯〉就是運用這種方式，漢斯連續五次跟人家換東西，「換東西」的行為相類似，都是以大換小，直到最後，連兩塊石頭也掉進水裡去，他竟然一無所有了。這樣的層遞推進，既保持人物性格的統一，事件性質相類似，使內容維持著前後一貫的氣氛，並集中推向一個最高點，兒童始終以關注的心情，急切地想知道「下一次又會是怎樣？」理路清晰，層次分明，使他們的注意力不至於被分散。

㈡循環式

故事情節的展開，由頭至尾，好像轉了一圈。像《老鼠變老虎》這個故事，隱士救了老鼠以後，把牠變成貓，貓再變成狗，狗再變成虎，最後還是變回老鼠；前後變了幾次，還是回到從前，有變等於沒變。民間故事中，那些具有懲罰性的故事，通常都是運用這種方法，前面的幾次變化，不管是持續上升或下降，最後的一次，都會令人覺得突然而驚奇。

㈢連環式

故事情節沿著一條線索連鎖式展開，環環相扣，事件連續而必然地發生，前後有一定的因果關係，前一件事引發後一件事，抽掉其中一件，故事就要中斷了。〈扛木椿的啓示〉就是用這種方法寫的。因為老百姓不相信法令，所以商鞅才貼告示，懸重賞徵求願意扛木椿的人；因為有人挺身一試，所以商鞅真的如數頒發獎金；因為法治有效地推行，所以秦國才能強盛，最後統一天下。前面的事件是「因」，導出後面的「果」，彼此有必然的關聯；後一件的「果」，是前一件的「因」而發生的，絕不會無緣無故地發生，前「因」後「果」環環相扣，如果沒有前「因」就不會有後「果」，故事的情節也就無法推進了。

㈣對照式

以「對照式」的方法來展開故事情節，通常有以下兩種情形：

1.前後對照式：同一個人物，因為處在不同的時空下，受到某些特殊情況或條件的影響，因而有了不同的遭遇，得到相反的結局，以致同一個人所表現的行為或性格，前後判若兩人；故事更以對照的方式，突出人物性格的變化以及所以變化的原因。如家喻戶曉的〈周處除三害〉的故事中，年輕的周處，橫行霸道，無惡不做，鄉人把他和南山的白額猛虎、長橋下的惡蛟合稱「三害」，後來周處因為接受父老的規勸，改邪歸正，並且斬蛟射虎，成為為民除害、造福鄉里的英雄。

2.平行對照式：在相同的環境下，出現兩個性格完全相反的人物，一好一壞、一正一反，而兩個人物的遭遇和結局也互不一樣，兩相對照，形成強烈的對比。如〈熬海錢〉故事裡的大哥善艮老實，弟弟卻狠毒貪心，兩個人的性格完全不同；結果，哥哥得到了海龍王的賞賜，弟弟卻無法稱心如意，且遭到海龍王的懲罰。

為了確保故事內容層次的清晰分明，全篇故事敘述的「章法」要務求完備。所謂「完備的章法」，是指一個完整的故事敘述，應包括：起——「開端」、承——「發展」、轉——「高潮」、合——「結局」四個主要部分。舉例說明，如《不愛理髮的孩子》的「開端」是從：

小拖把非理髮不可的日子來了。有一天，他在他家裡的一棵楝樹上玩，從這個樹枝悠到那個樹枝。

到：

小拖把把錢放進口袋裡，跑過牆外的空地，像火箭射到月球去那麼快。（見該書，九～十五頁）

交代了事情的起因，而以一句：「像火箭射到月球去那麼快」戛然而止，生動突出，很能引起兒童的注意，並想繼續地讀下去。故事的「發展」從：

可是到了路口，他就慢下來了。

到：

他藏起來的那個地方，就在一個放滿特製紅拖把、刷子、掃帚的大木桶後面。（見該書，十六～三十一頁）

寫「小拖把」出發後沿途經過的情形。作者運用「層遞式」的敘述，使情節的推展滑順流暢，既幽默又不唐突。「高潮」的部分從：

不久，一個不戴眼鏡的近視眼太太到店裡來。她跟老闆說要買一枝拖把回家，去把廚房的地弄乾淨。

到：

那太太一下子就撒了手。小拖把也一溜煙的向李法先生的理髮店跑去了。（見該書，三十二～三十六頁）

店裡來了「一個不戴眼鏡的近視眼太太」，形象相當特殊，已隱約暗示著「可能」會有意外的情況要發生。這一個情節的發展，出乎意料，人物衝突達到最高點，讓小朋友覺得緊張刺激。「結局」則從：

「我還以為你忘記了。」矮矮胖胖的李法先生說。

到：

「那就是我！頭頂上沒有毛茸茸的拖把了。萬歲！」小拖把坐在椅子上說著，然後跳了下來，把錢給了李法先生。他輕飄飄的像一根羽毛，飄出店門。（見該書，三十七～四十一頁）

一時間峯廻路轉，柳暗花明，有一個圓滿平安的結局。

這個故事的敘述，在「開端」的前面，還有一小段簡要而清楚的「序幕」，事先點明「小拖把」的人物性格，醞釀了不少趣味。

這是一個不愛理髮的孩子的故事。
大家叫他「小拖把」，因為他的頭髮看起來就像一支蓬鬆的拖把。
小拖把從來就不管人家怎麼說他的頭髮，怎麼給他起外號。
他所喜歡的是躲在家裡玩。
他有時候學老鷹飛。
他有時候學獅子吼。這倒省事，他的頭髮本來就像獅子。（見該書，一～八頁）

「結局」後面那一小段「尾聲」，延伸敘述理完髮後，「小拖把」清爽愉快的心境，及第二天生日茶會的歡樂場面，更有增注讀者情緒的效果，㊲可以說整個情節安排得非常周到。

如此有條不紊的敘述，情節自然清晰分明。

第四節 兒童故事欣賞

一、馮驩買義（歷史人物故事）

在戰國時代，齊國的宰相是孟嘗君田文，生性好客，不論是誰，只要是來投奔他的，他都會很客氣地收容，並且用對待賓客的禮節去接待他們。所以孟嘗君家裡的食客，竟然有三千多人。其中有一個名叫馮驩的人，孟嘗君因為他說不出自己有什麼特殊的才幹和專長，所以不很敬重他，只把他當做一個普通的食客罷了。孟嘗君手下的人，看見主人如此，所以對馮驩也很冷淡。

突然有一天，馮驩倚著柱子，彈著他的寶劍唱道：「長長的劍呀，我們還是回去吧，這兒吃飯沒有魚肉！」孟嘗君聽到了以後，就命令他手下的人，以後要給馮驩魚肉吃。這樣過了不久，馮驩又彈著寶劍唱道：「長長的劍呀！我們還是回去吧，這兒的主人不禮遇我，出門也沒車子坐啊！」孟嘗君聽了以後，也不以為馮驩是個貪得無厭的人，又吩咐下人替馮驩準備一輛車。這樣又過了不久，馮驩又彈著寶劍唱道：「長長的劍呀！我們還是回去吧！在這兒也沒有錢養家！」孟嘗君聽了仍不生氣，只是微微地笑了笑，然後就叫人送錢到馮驩的家裡去養家，這樣馮驩才滿意，也不再唱什麼了。

有一次，孟嘗君想請一個熟悉帳目的人，到自己封地的薛邑去代他收債。馮驩知道了，就自動地向孟嘗君表示自己願意去，於是孟嘗君就把全部的帳冊和借據交給他，託他去收。馮驩在臨走的時候向孟嘗君說：「債收完了，你要我替你買些什麼東西回來呢？」孟嘗君說：「你就看我家裡缺少什麼就買什麼回來好了。」

馮驩到了薛邑，便召集了那些應該還債的窮苦人民，叫他們都帶借據來核對，借據核對好了以後，馮驩就當場把帳冊、借據等撕毀、燒掉。並且假傳孟嘗君的命令，說孟嘗君因為念及他們生活的窮苦，所以不要他們還了。這樣一來，薛邑的老百姓都歡呼起來，高叫：「孟嘗君萬歲！」

第二天，馮驩回來了，然後就去求見孟嘗君，孟嘗君聽到他回來得這麼快，很高興。覺得馮驩的辦事能力真強，所以很敬佩他，連忙穿起禮服去迎接馮驩，笑著說：「債都收完了嗎？」

馮驩說：「已經收完了。」

孟嘗君高興地說：「你替我買了些什麼回來呢？」

馮驩說：「我看你家裡什麼都有，所缺的只是『義』，所以我就假傳你的命令，不要他們還債，替你從薛邑的老百姓那裡買來了『義』呢！」孟嘗君聽到馮驩一個錢也沒收到，很不高興，於是嘆息地說：「啊！算了！算了！」

過了不久，齊國的國王對孟嘗君不很信任了，怕孟嘗君專權，所以就不要孟嘗君做齊國的宰相。這時孟嘗君只好離開齊國的都城，回到自己的封地薛邑去。當他的車子剛到薛邑的時候，就看見薛邑的老百姓，扶老攜幼的，守在路旁歡迎他。並且歡呼著：「歡迎我們賢明愛民的孟嘗君！」到了這時，孟嘗君才了解了馮驩替他買義的價值，所以他很安慰地向坐在他旁邊的馮驩說：「先生，你從前替我買的義，我今天看到了，而且也了解了它的價值！」㊳

這個故事的主人翁馮驩，是個不屑於說出自己有什麼特殊才幹和專長的人，所以，一開始就引不起孟嘗君的重視，得不到主人的敬重。可是，他畢竟是一個自信、有才德、不平凡的人物；故事的開端，他三次撫劍感歎不如歸去，就是這種性格的表現，給讀者相當特殊而深刻的印象。

馮驩的才德和不平凡，全在於他不趨炎附勢，能體恤窮苦的農民，能為主人深謀遠慮，有敢做敢當的君子氣概。他不但毛遂自薦要替孟嘗君到薛邑去收帳，臨走前還不忘提醒主人：「債收完了，你要我替你買些什麼東西回來呢？」在那個時代，貴族們只知向佃農們收租，卻很少去關注老百姓的生活和感受，老百姓雖敢怒卻不敢言，只有忍氣吞聲，自歎苦命。馮驩深知老百姓的困苦，心中早有一番盤算，他知道，孟嘗君家裡什麼都不缺，只缺少老百姓的感激和愛戴；所以，他最迫切的是替主人買到無價的「道義」。在獲得孟嘗君「你就看我家裡缺少什麼就買什麼回來好了」的首肯後，馮驩即放膽假傳孟嘗君的命令，撕毀、燒掉借據，解除百姓們的疾苦，替主人賑濟行義，收攬民心。不明究裡的百姓們竟因此感念孟嘗君的恩情，而歡呼萬歲。這正是馮驩不平凡的膽識和才幹。馮驩買義的行為，不只是替孟嘗君買到了百姓們的愛戴，更深的意義是，為孟嘗君儲備了日後東山再起的本錢。

這個故事，以馮驩行俠買義的一片豪情，和為孟嘗君深謀遠慮的一廂耿耿忠誠為中心，把馮驩寫得有血有肉，個性淋漓，真是生動感人。最後，以孟嘗君的讚美，來肯定馮驩行義的價值意義，故事煞然收住，毫不拖泥帶水，更給讀者帶來無限的企慕與景仰。

二、馬頭琴（民間故事）

在廣闊的蒙古大草原上，天特別藍，草特別綠，騎著馬慢慢走，像是在雲裡飄，又像是在船上搖，風一吹，什麼煩惱也沒了。

聽，小牧童蘇和唱起歌來了。

他的聲音真響亮，沒有人不叫好，他騎馬的功夫真厲害，誰都贏不了。天天趕著羊羣來吃草。從來沒有一隻會跑掉。

有一天，蘇和趕羊回家時，天色好暗。

「咦?路旁一團白茸茸的，是什麼呢？」他下馬過去瞧，原來是一匹可愛的小白馬。

蘇和抱起牠：「小傢伙，你的媽媽呢？」

小白馬睜著大眼睛，把頭靠著蘇和，輕輕搖著小尾巴，看起來有點傻。

「不要怕，有我來照顧你，包管你長得快又壯。」蘇和一邊說，一邊就帶牠回家。

小白馬真是好伙伴，天天跟著蘇和到處跑。

白天，他們一起到大草原去牧羊。不管蘇和騎馬跑多遠，小白馬也會搖搖擺擺地追到他身邊。

晚上，蘇和吹著笛子，小白馬跟著點頭又踏腳，有時候還昂頭嘶叫，逗得蘇和忍不住哈哈大笑。玩累了，小白馬就靠在他身旁，陪他一塊睡覺。

就這樣，小白馬一天天長大了。

晚上的大草原，很冷很暗，有點可怕。

小心，黑影出現了！靜悄悄的，靠近熟睡的羊羣。唉呀！是可怕的大野狼來了。

小白馬跳起來，一面用力踏腳。羊寶寶都醒了，嚇得擠在一起。

「噢——嗚——」大野狼低聲吼著，露出又尖又長的牙齒，眼睛閃出兇狠的綠光，步步逼近。

小白馬一點也不怕，牠緊緊跟著大野狼轉，不讓牠靠近羊羣。

聽到小白馬的叫聲，蘇和趕快拿起火把衝出來，終於把大野狼趕跑了。

「小白馬，你真勇敢。」蘇和抱住小白馬。哇！這麼冷的晚上，小白馬竟然熱騰騰的，一身都是汗。蘇和好心疼，不停地摸著牠的頭，說：「謝謝你，小白馬。」

一年一次的大節日到了。

走啊，大家都去熱鬧熱鬧吧。大帳篷已經搭好，各地的人都趕過來，穿著最漂亮的衣服，帶來好吃的食物。大家一起來唱歌、來跳舞，痛痛快快地玩一玩。

最精采的，當然是看大力士比賽摔跤，看神箭手比賽射箭。

小孩子呢，來比一比誰最會騎馬吧。看看誰是草原上最棒的小騎士！

比贏了，王爺還會有重要的獎賞哩。

哇！騎馬大賽開始啦！

每個小孩都騎著自己最心愛的馬，拼命地往前衝。

咦？蘇和跟小白馬呢？

「加油啊！小白馬！」

蘇和在小白馬耳朵旁邊大聲喊。別的小騎士都揮動皮鞭打馬，要馬跑得更快。蘇和才不肯用鞭子呢，他只是不停地喊。

看哪！跑在最前面的，是誰啊？

像一道閃電，又像一顆流星，小白馬跑得快極了！

大家還來不及眨眼，牠已經衝到了天邊，把其他的馬甩得老遠。所有人都看呆了，還來不及喘口氣，牠又從天邊衝回來。

小白馬跟蘇和贏得冠軍！

「好馬！真是一匹好馬！」坐在大帳篷的王爺看得非常滿意，下令叫蘇和帶小白馬過來。

「小弟弟，你的馬很會跑，賣給我吧。」王爺叫人捧出一大堆錢。

「不賣不賣。」蘇和搖搖頭說：「我們是來賽馬，不是來賣馬。」

王爺不耐煩地說：「我看上的東西就一定要！快說，你要賣多少錢？」

蘇和緊緊抱住小白馬：「我跟小白馬是好朋友，我們不想分開。」

王爺生氣了：「你這個窮小子，敢反抗我？來人呀，把他趕出去！」

王爺的部下圍過來，用鞭子抽，用棍子打，把蘇和狠狠打一頓，趕走了。

「哈哈哈！」王爺大笑：「現在這匹好馬是我的了。大家都過來，看我騎這匹冠軍馬，表演一下我的騎馬功夫。」

部下拉住小白馬，套上重重的馬鞍。王爺很得意，一下就跨上去——

「嘶——」小白馬高聲嘶叫，突然用力蹦跳起來，把王爺重重地摔下地。

小白馬衝過包圍的人羣，向大草原跑去。

王爺大叫起來：「快射牠！快把這可惡的傢伙射死！」

王爺的部下舉起弓箭，對準小白馬射去。

危險啊！小白馬，快跑！

小白馬急著要回蘇和的家，跑得真快。可是箭就像一陣大雨似的，「咻咻咻」，又多又快，全向小白馬射過去——

這天晚上，蘇和正在家裡傷心，忽然聽到馬嘶的聲音。他跳起來：「小白馬回來了！」蘇和衝出去，果然看到一個白影，從遠遠的地方一跛一跛地走過來。

真的是小白馬。牠的身上中了好多支箭，痛得沒辦法跑，可是牠還是一步一步走回來。

蘇和哭著說：「可憐的小白馬，看那些壞人把你傷成這個樣子！」

他用力拔起箭，血就像泉水一樣冒出來。

小白馬努力睜大眼睛，看著蘇和，又軟弱地伸長脖子，把頭靠著他。

然後，小白馬腿一彎，倒下去，死了。

失去了小白馬，蘇和每天都悶悶不樂。他不去騎馬，也不再唱歌。只是不斷地自言自語：「小白馬，不要離開我啊，再陪我一起唱歌，再陪我到大草原痛快地跑一趟吧……」

有天晚上，他夢見了小白馬。

小白馬對他說：「不要傷心啊，好朋友。你可以用我的骨頭、筋和尾巴，做一把琴，我就可以永遠陪伴你了。」

蘇和醒來以後，真的就照小白馬的話，做了一把琴。為了紀念小白馬，他在琴把的上頭，雕刻成小白馬的模樣。

蘇和常常拉這把馬頭琴。

每到夕陽西下，他就去大草原，拉起馬頭琴。他一想起小白馬，琴聲就變得很悲哀，像在哭。他又想起以前和小白馬在一起奔跑、唱歌，琴聲就變得很輕快，像是快樂的笑聲。

大家都喜歡圍在一起聽。寂寞的人、傷心的人、被欺負過的人，全都靜靜地聽，像是有人在親切地安慰他們，感到很溫暖。
你聽，馬頭琴又響起來了——㊴

這是一篇相當精采動人的蒙古民間故事，文筆細膩，作者以一種牧歌的調子，詠唱草原民族的歡樂、詩情、無奈與悲愁，韻味淒美哀怨，非常別緻。

故事一開始，作者就醞釀出一片祥和、美麗、浪漫的草原氣氛，小牧童蘇和響亮的歌聲悠然傳來。

蘇和也是一個騎馬功夫很厲害的小伙子，他擅騎，更愛馬。一個偶然的機遇，使他和小白馬建立了互信、互賴、親膩、永恆的情誼。他們相偎相依，愉快地玩在一起。

他細心地照顧小白馬，使牠長得快又壯。牠為他在冰冷的暗夜裡趕走野狼，保護羊羣。

一年一度的騎馬大賽，蘇和與小白馬的通力合作，輕易地贏得勝利。不料，卻引起王爺的覬覦。得不到小白馬的王爺，惱羞成怒，叫部下們把蘇和狠狠地打了一頓，又叫部下們亂箭射死了小白馬；故事的氣氛，由歡樂轉成悲憤。小白馬最後「軟弱地伸長脖子，把頭靠著他」，死在傷心的蘇和身邊；故事的氣氛，更而轉成無奈和悲愁。

死後的小白馬，為了紓解蘇和悶悶不樂的心情，奉獻自己遺留的骨頭、筋和尾巴，叫蘇和做成一把琴，以便永遠陪伴著他。

小白馬生前是一匹善解人意的靈馬，死後遺骸所做成的琴，更能感應小主人蘇和的心情，流洩出不同情感的琴聲。當我們讀到蘇和「一想起小白馬，琴聲就變得很悲哀，像在哭」，「想起以前和小白馬在一起奔跑、唱歌，琴聲就變得很輕快，像是快樂的笑聲」時，就會被他們的靈犀相通而感動不已。

這個故事有兩個特色：

1.作者大致運用輕柔、溫暖、淒美的語調來敘述，並且不時交錯用「ㄠ、ㄚ、ㄢ」韻的字眼，不但讀起來清新活潑，更產生了渲染情緒的美感，創造了詩一般的風味。

2.人物的描繪非常傳神。故事中對蘇和豪放坦率的性格、溫厚多情的舉止；小白馬的善體人意、知恩圖報，以及王爺的蠻橫殘暴，都有栩栩如生的描述。

自我評量題目

一、扼要說明各類「兒童故事」的意義和性質。
二、說明「兒童故事」的特質。
三、討論「兒童故事」呈現主題的方法。
四、敘述「確保層次清晰分明」的技巧。
五、闡論「兒童故事」所以要「講究趣味，放棄說教」的理由。
六、舉出一本適合兒童欣賞的「圖畫故事」，並分析說明它的優點。

註解

①見林懷卿譯，《格林童話全集Ⅲ》，頁四八九。

②見李文彬譯，《小說面面觀》，頁二十三。

③見吳鼎著，《兒童文學研究》，頁八十二。

④參考蘇尚耀主編，《兒童文學故事選集》，頁十八。

⑤《愛的教育》這本書的名字，原叫做《心》（Coure），英譯本稱為Heart，內容側重「心」的「善」和「良」的一面。

⑥洪炎秋譯，《不愛理髮的孩子》，台北：國語日報附設出版部，民國六十七年三月三版。

⑦同註④，頁十九。

⑧同註④，頁三七四～三七六。

⑨林良譯，《林肯》，台北：國語日報附設出版部，民國七十八年一月五版。

⑩陳石撰，〈扛木椿的故事〉，聯合報，民國六十八年十二月二十三日「萬象」版。

⑪吳涵碧著，《吳姐姐講歷史故事（注音版）③》，頁三十六～四十二。

⑫馬景賢著，《書的故事》，台灣省教育廳兒童讀物編輯小組，民國六十九年二月出版。

⑬宗維譯，《傳達消息的故事》，台北：台北市科學出版事業基金會，民國六十三年七月初版。

⑭見李亦園、楊國樞主編，《中國人的性格》，頁二〇一。

⑮參閱林鍾隆撰，〈寓言、神話、傳說和民間故事〉。林文寶主編，《兒童文學論述選集》，頁一一〇～一一一。

⑯見李景江、李文煥等著，《中國各民族民間文學基礎》，頁一三五～一三六。

⑰同註④，頁十九～二〇。

⑱同註④，頁四〇一～四〇二。

⑲譚達先著，《中國民間童話研究》，頁七十八～八十二。

⑳見葛琳著，《兒童文學——創作與欣賞》，頁六十四。

㉑同註⑳，頁六十五。

㉒見齊玉編，《公公和寶寶》，頁三十二～三十五。

㉓見林文義編繪，《漫畫西遊記》，頁五十七～五十八。

㉔參閱鄭明進著，〈談圖書的教育價值〉，《兒童文學故事選集》，頁六十二。

㉕見曹俊彥撰，〈圖畫：兒童讀物的先頭部隊〉。同註㉔，頁七〇。

㉖何容譯，《老鼠變老虎》，台北：國語日報附設出版部，民國七十九年三月六版。註：本書原著因出版時日久遠，徵引文字及圖片時，無法與原作者取得連繫，特此謹向原作者表達無限的謝意和歉意。

㉗同註④，頁七十二。

㉘參閱吳英長主講，〈故事化的處理技巧〉，《兒童圖畫與教育》，第二卷，第五期，頁十七～十八。
㉙林懷卿譯，《格林童話全集Ⅱ》，頁一九四～二〇二。
㉚見林良著，《淺語的藝術》，頁二十三。
㉛林良著，《懷念》，台北：國語日報附設出版部，民國七十四年三月四版。
㉜同註㉛，頁一〇四。
㉝同註⑥，頁四十一～四十三。
㉞彭歌著，《小小說寫作》，頁三十二。
㉟見陳宗顯譯，《怎樣寫兒童故事》，頁五〇～五十一。
㊱同註㉚，頁一二三。
㊲參閱野渡著，〈認識童話的尾聲〉，台北：國語日報，民國六十九年三月二十三日，「兒童文學」版。
㊳錄自鄭蕤撰著，《談兒童文學》，頁七十八。
㊴錄自莊展鵬撰，《馬頭琴》，台北：遠流出版社，民國八十一年十月二十日初版。

參考文獻

（一）

1. 吳鼎著 **兒童文學研究** 遠流出版社 六十九年十月三版。
2. 李文彬著 **小小說面面觀** 志文出版社 六十二年九月初版。
3. 林文寶著 **兒童文學論述選集** 幼獅文化事業公司 七十八年五月初版。
4. 林文寶著 **兒童文學故事體寫作論** 台東師範學院語文教育學系 七十九年元月初版。
5. 林良著 **淺語的藝術** 國語日報附設出版部 六十五年七月一版。
6. 李景江著 **中國各民族民間文學基礎** 吉林新華書店 七十五年八月初版。
7. 彭歌著 **小小說寫作** 遠景出版社 六十六年三月再版。
8. 葛琳著 **兒童文學——創作與欣賞** 康橋出版事業公司 六十九年七月初版。
9. 陳宗顯著 **怎樣寫兒童故事** 國語日報附設出版部 七十四年十月一版。
10. 蔡尚志著 **兒童故事原理** 五南圖書出版公司 七十八年十月初版。
11. 譚達先著 **中國民間童話研究** 台灣商務印書館 七十七年八月初版。
12. 吳英長著 **〈故事化的處理技巧〉** 兒童圖書與教育 第二卷 第五期 七十一年五月出版。

(二)

1.何容譯　**老鼠變老虎**　國語日報附設出版部　七十九年三月六版。
2.吳涵碧著　**吳姐姐講歷史故事**　中華日報出版部　七十六年十月再版(注音版)。
3.宗維著　**傳達消息的故事**　台北市科學出版事業基金會　六十三年七月出版。
4.林良著　**懷念**　國語日報附設出版部　七十四年三月四版。
5.林良譯　**林肯**　國語日報附設出版部　七十八年一月五版。
6.林文義編繪　**漫畫西遊記**　幼獅文化事業公司　七十二年二月初版。
7.林懷卿譯　**格林童話全集**　聯經出版社　七十三年八月新一版(三册)。
8.洪炎秋譯　**不愛理髮的孩子**　國語日報附設出版部　六十七年三月三版。
9.馬景賢著　**書的故事**　台灣省教育廳　六十九年二月出版。
10.齊玉著　**公公與寶寶**　東大圖書公司　六十九年七月初版。
11.鄭蕤撰　**馮驩買義**　光啓出版社　五十八年七月初版。
12.莊展鵬撰　**馬頭琴**　遠流出版事業公司　八十一年十月初版。
13.陳石撰　**扛木椿的啓示**　聯合報　六十八年十二月二十三日「萬象」版。
14.蘇尚耀著　**兒童文學故事選集**　幼獅文化事業公司　七十八年七月初版。

第5章 神話

學習目標

——研讀本章後，學習者應可達成下列目標：

一、明瞭「神話」的涵義、演進及種類。
二、認識「神話」的內容特質。
三、熟悉「神話」寫作的原則及技巧。
四、把握「神話」欣賞的要領及重點。

摘要

遠古的先民，透過詩一般奇幻的想像，展現他們天真浪漫的情懷。後代人可以就「活物神話」、「解釋自然現象神話」、「開天闢地神話」、「創造人類神話」、「推原神話」、「征服自然神話」等，了解原始人類的生活、感情、恐懼與憧憬。兒童可以從「神話」中，認識人類最樸實、最優美的想像世界，滿足他們心智發展的需求。

因爲，「神話」具有：「神奇浪漫的幻想情境」、「性格宏偉的人物形象」、「擬人誇張的敘述手法」三種特質，所以總是令兒童如醉如癡，百讀不厭。我們爲現代兒童寫作「神話」，尤應注意以下四個原則：一、用心蒐求整理神話素材，二、人物形象的描繪要深刻，三、情節安排力求精采動人，四、故事要能發揚象徵意義。

「神話」對兒童文學的影響，非常深遠。後期的「寓言」或「童話」，有很多題材都是採自遠古神話的。

第一節 神話的意義

一、神話的意義

「神話」一詞，源自於古希臘文 *mythos*，意思是「傳說」或「故事」；後來變為專門指稱「對於具有神性的存在的某種傳說」①的特定術語。但是，除了希臘古典神話裡有一些關於諸神的行事或諸神們和人類關係的故事外，絕大多數的神話，都是「自然界和社會型態在原始社會人民不自覺的藝術幻想中的生動反映」，②根本與宗教的神祇無關。因此，如果把「神話」直接地理解為「諸神們的故事」，就要犯了望文生義的錯誤了。

近代民間文學家譚達先先生在《中國神話研究》裡說：

> 古代人們為了表達他們自己企圖認識自然、征服自然的思想願望、努力業績，表達對於社會生活的認識，對於自然現象的解釋，通過幻想虛構成的神奇的口頭故事，便叫做神話。③

早期的原始人，由於蒙昧無知，只能從事簡單幼稚的原始思維活動。中國現代著名的神話學家袁珂先生則說：

這種思維活動的特徵，乃是以好奇做基因，把外界的一切東西，不管是生物或無生物、自然力或自然現象，都看做是和自己相同的有生命、有意志的活動。而在物我之間，更有一種看不見的東西做自己和羣體的連鎖。這種物我混同的原始思維狀態，……從神話研究的角度出發，可以叫它做神話思維，由此而產生的首批傳說和故事，我們便叫它做神話。④

原始人所以會把外界的一切東西看做「活物」，是因為他們的原始思維，賦予外界的一切東西「神力」或「神性」，所以它們能「活」。而「在物我之間」「做自己和羣體的連鎖」的那「看不見的東西」，正是這種潛意識的感覺，不是實有的存在，只是原始人片面主觀地認為它是存在的。袁先生又進一步說：

那時人們只能從物我混同的心理狀態，就眼前所見切近的景物創造神話。……樹木會走路，石頭會走路，牛馬會說話，雞鴨會說話，飛禽會說話，等等。這些和自己一樣能言會走的活物，就是早期原始人類創造神話的材料，……

最早的一批神話，實在便是一批動物、植物故事，尤其是描述禽言獸語的動物故事是神話的核心。……早期原始先民用神話思維的眼光看世界，以身邊切近的動植物為題材，從而創作出的首批神話故事，……它所敘寫的能言會走的動植物，在原始先民的眼光裡看來，都是實有的東西，而且因有看不見的紐帶和這些東西相連繫，精神上還會起到一種震顫；……。⑤

在原始人眼裡，因為「有看不見的紐帶」使「活物」和他們「相連繫」著；而且，還會使他們在精神上起了「一種震顫」。這種無形的「相連繫」所引發精神上的「一種震顫」，才會使他們對自然事物感到有「神」。這個時期是神話的「萌芽期」，產生了以動植物、無生物為主角的初步擬人化「活物神話」。

又因為原始人求生能力低，賴以生存的器物、技術和知識簡陋又貧乏，而他們所面對的更是險惡莫測的自然環境，外在的風雨雷電、洪水猛獸、酷暑嚴寒，以及內在的饑渴、疾病、死亡，都嚴重地威脅他們的生命安全，使他們時時感到困惑、迷亂和恐懼，卻又無法理解這些自然界的必然現象。貧乏的知識和淺薄的經驗，使他們誤以為自然界一切加諸他們的威脅，也都是有神有靈的，能支配或主宰他們的生死。於是，他們幼稚的思維，又起了「萬物有靈」的意識，並以此為基礎，對各種自然現象及社會生活做出了「人格化」或「神性化」的幻想，藉以表達他們內心的推測及理解。那些「解釋自然現象神話」、「開天闢地神話」、「創造人類神話」、「推原神話」，就因此產生了。

後來，原始人由於長期與自然環境競爭，生活經驗愈豐富，知識漸漸地提高，自覺意識也慢慢產生，自然就出現了一些克服環境、征服自然，甚至於改造不合理的社會生活的人物。他們超羣出類的英雄事蹟，得到大眾的歌頌和崇拜，被肯定為具有超凡的法術或神力，因而被尊奉為「神」或「半人半神」，於是產生了「征服自然神話」。

早期的「神話」，原本具有濃厚質樸的原始色彩；但是，隨著時代的進化，「神話」的質也起了很大的變化。誠如袁珂先生所說的：

> 神話是原始先民思想意識的總匯，它不僅有著屬於文學藝術方面的審美的東西，還有著屬於宗教崇拜的、哲學思辨的、歷史和科學探討的、地方志和民俗志的……其他多方面的東西。後來神話發展了，屬於審美的文學藝術方面的東西便成為神話的主流，而其他方面的東西自然便退居其次。……神話的發展及其流變的總趨勢既然是由野而文，它總要從原始的、複合的思想意識的總匯裡逐漸分離出來，走向審美的文學藝術的途徑。……只要不把神話的原始性看得絕對化，那麼後代新生的具有神話色彩的神話，也就可以被我們承認而接受了。⑥

袁先生所謂的「後代新生的具有神話色彩的神話」，是指後代發展出來的那些性質與原始神話彼此相互關聯、不容易劃分清楚的傳說或仙人故事。所以會有這個現象發生，是因為神話的主流，事實上已偏向「審美的文學藝術方面」，因而它的範圍也相對地擴大了。因此他認為：「即使原始神話消失了，繼原始神話而起的廣義神話也還並未消失，而後者和前者又本是一脈相通的，並不是判然劃分的兩回事。」⑦而且，減退了原始色彩的後代新生神話，還可能是「更高級更優美的神話」。⑧

既然想要保持神話原始的風貌已是不太可能的事；何況，神話原本所含帶的宗教、哲學、歷史、科學、地理等象徵意義，已不再那麼重要，後生的我們，如果認真地從「審美的文學藝術」的方向來接觸神話，何嘗不是一條寬闊而有意義的好途徑。

以下，我們不妨總結前面的介紹，為「神話」下一個定義：

神話，原是原始人不自覺地解釋種種自然現象及社會狀況，表現他們對征服自然、改造自然及生活的奮鬥和願望的幻想故事，內容充滿著濃厚的原始色彩，富有積極性的象徵意義。隨著時代的演變，後代所衍生出來的那些性質與原始神話有關聯的傳說或仙人故事，不但仍具有濃厚的神話色彩，而且更富文學的藝術氣息，則可說是更高尚、更優美的神話。

二、神話的種類

今依內容性質，並參酌袁珂先生《中國神話史》一書的分類，將神話歸納為以下六類：

1.活物神話：指原始人在「物我混同」的意識下所創造的有關動植物、無生物等「活物」的幻想神話。這類神話中的動植物能說話，會走路，和人類有交往；山能移動，石頭會哭泣，會迸裂生子，是一切神話的開始。非洲的原始民族中，就有〈龜兔競走〉⑨的神話，中國的佤族也有〈老虎與蝸牛〉⑩的類似神話。

2.解釋自然現象神話：這類神話，常把自然現象——雷鳴、閃電、洪水、日蝕、月蝕、山崩、石裂，以及自然物——風、雲、星、雨、雷、電、露水、彩虹等的發生或形成，予以初步的擬人化，圓滿而詩意地解釋出來，表現了原始人對自然現象的看法。中國洛巴族即有解釋「雷鳴和閃電」的神話。[11]

3.開天闢地神話：膾炙人口的〈女媧煉石補天〉[12]與〈盤古開天闢地〉[13]等描述天地創造的神話，想像都非常神奇，意義也很莊嚴。

4.創造人類神話：除了著名的〈女媧摶黃土造人〉[14]的神話之外，如：〈女媧伏羲兄妹婚配繁衍後代〉[15]、貴州布依族的〈洪水朝天〉[16]等描述女媧造人或生子的神話，情節都相當精采。

5.推原神話：推究事物本源的神話，包括：(1)物種起源神話，敘述物種、器物、文明等來源及進化等的神話，如德昂族的〈螃蟹沒有了頭〉[17]神話；(2)風俗神話，描述或說明種種風尚、習俗、制度等的起源及演變的神話，如納西族的〈火把節的來歷〉[18]；(3)各族始祖誕生神話。[19]

6.征服自然神話：原始人面對自然環境的種種束縛和威脅，久而久之就有征服自然、改造自然，甚至革新種種不合理的社會生活的願望和行為，於是出現了許多英雄人物，發生了許多可歌可泣的壯烈事蹟。敘述這些壯烈事蹟的神話，就是征服自然神話。這類神話，量最多，質也最豐富。如〈夸父追日〉、[20]〈精衛填海〉、[21]〈愚公移山〉、[22]〈后羿射日〉[23]等神話，人物活潑生動，情節多采多姿，流傳也最普遍。

第二節　神話的特質

神話的特質有三個：

一、神奇浪漫的幻想情境

原始人對一切的自然現象、社會生活、宇宙萬物，都是透過神奇浪漫的幻想去推測或理解的；因此，神話中就普遍浮漾著神奇浪漫、又不失天真質樸的幻想色彩。

〈雷鳴和閃電〉神話裡，美麗的哈尼亞女神，為了要躲避男神哈魯木的追求，於是擺動了長長的濃髮，在天空中興起滾滾的烏雲，發出怕人的雷聲；有時，甚至刺出長長的髮針，因而放出了耀眼的閃電。長長的濃髮、耀眼的髮針，本是女子美麗的象徵，神話的創作者，卻藉以幻想出神奇的法術，交錯成一幅聲、色、影俱全的絢麗圖景，精采絕倫，頗富戲劇效果。

〈盤古垂死化身〉㉔神話，說盤古臨死前，身體的各部分都發生了劇變——他的呼吸化為風雲，聲音化為雷霆，左眼化為太陽，右眼化為月亮；他的四肢化為東、西、南、北四方，軀幹化為五岳名山，血液化做江河，筋脈化做山川道路，肌肉化做田地，頭髮、髫鬚化做星星，皮膚汗毛化做花草樹木，牙齒骨頭化做金屬礦物和岩石，精神骨髓化為珍珠寶玉，汗水化為雨滴，身上的小蟲化為人民百姓。地球上的萬物，全靠盤古的遺體而一「化」齊全，了無遺缺；神奇而集中的幻想，構成一個美麗完整的立體世界。

神話中神奇浪漫的幻想，使一切的變化、神力和法術，可以通行無阻地隨興發揮，盡情開展。既瑰麗多姿，又樸質清新，令人忘了它的虛幻和誕妄，竟如醉如癡地陶醉在猶真似幻的情境中。

神奇浪漫的幻想，不但強化了神話的詭異氣質，更開啓了後世寓言、童話以幻想為創作核心的先河。

二、性格宏偉的人物形象

絕大多數的神話人物，不管性格或能力，都是超凡絕世的，他們的氣概也是傲岸宏偉的。

愚公因為痛恨太行和王屋兩山，擋住了南北的通路，使來往的人都要繞一個大圈子，竟無懼於兩座方圓七百里、高幾萬尺的龐然大山，以年將九十的高齡，毅然號召全家人同心協力地剷除障礙；而挖下的土石，就單靠子孫三人以畚箕挑著，不遠千里挑到渤海邊倒掉。他的擇善固執，絲毫不因外人的嘲笑而動搖；天帝終於被他的精誠所感動，派了兩個大力士，把兩座山移走了，從此南北的交通也就不再阻塞了。

以圍堵法治水的鯀，為了平息水患，解除民間疾苦，竟向天帝偷了可以無限生長的「息壤」來障堵洪水。他治水沒成功，偷息壤的行為又不被天帝所諒解，終於被天帝派來的祝融給殺了。悲憤不平的鯀，死後三年，屍體還沒腐爛，天帝又派祝融用吳刀剖開他的肚子，不料竟從他的肚子裡跳出了兒子禹，日後繼承他的志業，以疏導法消除水患。鯀最後化為黃龍，潛進羽山下的深水裡，成為鎮水的水神。㉕

神話中所記述的人物，都有超邁前人的膽識和理念，他們堅毅不拔的鮮明性格，都具有積極性的象徵意義。他們或英勇卓絕，或氣吞山河，或法術高強，或神力無邊，都是用來完成不平凡的事功的；他們開創世紀、締造文明、造服人類的事蹟，經過歷代口述者或文人的敷演和鋪述，終於創塑出無數性格宏偉的人物形象，足以鼓舞志氣，為後人的精神楷模。

神話中性格宏偉的人物形象，可以說是後代文學創塑典型人物的濫觴。

三、擬人誇張的敘述手法

神話敘述手法的特色是「擬人」與「誇張」。神話更是一切的文學當中，最早運用「擬人」與「誇張」技巧的一種。

從最原始的「活物神話」，人類賦予動植物、無生物有如人一般的精神和意志，它們能說會想——洪水泛濫是天帝發怒所致，刮風是風神在吹氣，下雨是雨神在落淚，旱災是旱神旱魃發威，星星也會兄弟爭吵。《山海經．海內南經》有：「狌狌（猩猩）知人名，其為獸如豕而人面。」的記載；

《禮記．曲禮上》也有：「猩猩能言，不離禽獸。」明明是禽獸，卻能「知人名」，能「言」，幾乎跟人沒有兩樣了。洛巴族的〈阿巴達尼試妻〉㉖神話，說洛巴族的祖先阿巴達尼原本貧窮，先後和蜂、白母雞、白馬、青牛、風魔、木臼結婚，他殺一個娶一個，最後娶到了太陽之女，帶來無限的財物，從此過著幸福快樂的生活。不管是動物、神魔、無生物，都可以和人結婚，並且帶來了無限的財物。這些都是在「活物」意識下，最早期的初步擬人化幻想。

光是「擬人化」，還不至於使神話產生那麼大的魅力。隨著「誇張」技巧的運用，神話就更顯得精采迷人了。鯀死後三年，屍體不腐爛，後來還從肚子裡跳出了繼承父志的禹，這個情節誇大了鯀壯志未酬的悲憤。而禹胼手胝足，專力治水，甚至三過家門不入，誇大了他不辱父命、公而忘私、追求進步的使命感。追日的夸父，一口氣喝乾了河川的水還無法解渴，誇大了他疲於奔命的辛勞。有關周朝的始祖棄降生的神話，說帝嚳的正妃姜原踩了巨人的足跡而生下棄；姜原本來以為不吉祥，要把棄拋棄。沒想到，把棄丟在小路上，經過的牛馬不敢踐踏；丟到結冰的水溝上，飛鳥竟張開翅膀來覆蓋他，墊著他；姜原這才發覺很神異，決定收養棄。一連串的奇異事件，集中誇張了棄的神聖不可侵犯，形成了後來成為真命天子的基礎，也豐富了他作為周朝開國始祖的神秘性。

誇張的技法，越是到晚期的神話，越是集中、精采。

神話中的擬人及誇張手法的運用，起緣於原始人不自覺的幻想意識，本是無心插柳的戲法，卻成為後世文學藝術的重要手法，尤其對寓言和童話，更形成了一脈相承的唯美傳統，它們的魅力，也因此而歷久常新。

第三節 神話的寫作原則

由於科學知識的普及，相對地剝奪了神話的「流動性、感性與神秘性」的存在可能，現代人要創作新的神話，已有實質上的困難，㉗但是，將缺乏綿密的細部描寫的舊神話素材，加以一番精采生動的描述，進行局部或大部的改寫，仍是一件很有意義的事。

有人說：「古希臘神話的永久魅力，非指古希臘的原始神話，而是指希臘古典時代，經過偉大文學藝術家加工後的希臘古典神話。這種古典神話，已經是文學藝術的一個組成部分，故具有藝術的魅力。」㉘神話所以能散發出迷人的魅力，先決條件是要經過文學藝術的加工，才能夠化粗糙為精緻，進而邁入審美的文學藝術殿堂，變成風貌更高尚、更優美的文學作品。

想為兒童寫出更高尚、更優美的神話，作者在寫作時，必須把握以下四個原則：

一、用心蒐求整理神話素材

寫作神話，首先應多方蒐求神話素材。

蒐求中國神話的素材，除了《山海經》以外，還可以從一些書名有「神」、「諧」、「怪」、

「異」等的古籍㉙裡多方面去蒐求。但是，這些古籍裡的神話材料，往往失諸簡陋零碎，語焉不詳，通常不過只是幾句話或幾十個字而已，其中還可能摻雜著迷信妄誕、捏造作偽的成分；寫作者必須有常識，有眼力，仔細從這些冗雜瑣碎的材料中爬羅剔抉、刮垢磨光，才能蒐求到可用的素材。

對於蒐求到的神話素材，作者必須要掌握住這個神話的「母題」（*motif*）。神話的「母題」，是指這個神話最原始的主題或情節。同一組神話的素材，不管或多或少，都是以某一個原始「母題」為基礎，陸續增加一些枝節，多了一些引伸或發揚而來的；而且，愈是後出的神話，情節愈豐富，內容愈有趣。

〈夸父追日〉的神話素材，《山海經．大荒北經》記述的內容比較鬆散，情節也很簡單：

> 大荒之中有山，名曰成都載天。有人珥兩黃蛇，把兩黃蛇，名曰夸父。后土生信，信生夸父。夸父不量力，欲追日景，逮之於禺谷，將飲河而不足也，將走大澤，未至，死於此。（藝文版《山海經》：四四八～四四九頁）

以前一大半文字用來描述夸父的身世及形象，可說詳細；而後一半敘述夸父追日情形的文字，卻數語帶過，草草了結。而同樣的母題，在《山海經．海外北經》裡，不但對夸父「追日」的情形有了更詳細的描述，而且結局還略有引伸：

> 夸父與日逐走，入日，渴欲得飲，飲於河、渭；河、渭不足，北飲大澤，未至，道渴而死；棄其杖，化為鄧林。（見前書，三一四～三一五頁）

夸父「死於此」後，竟「棄其杖，化為鄧林」，於是引伸出一個神奇的情節來。《山海經．中山經》又對「鄧林」有所補充：

> 夸父之山，……其北有林焉，名曰桃林（鄧林），是廣員三百里。（見前書，二一五頁）

「廣員三百里」，儼然把鄧林說成一座蓊鬱蒼翠的大森林，更增添了它的魅力。後來《列子．湯問》更綜合說：

> 夸父……棄其杖，屍膏肉所浸，生鄧林。鄧林彌廣數千里焉。

「屍膏肉所浸」、「鄧林彌廣數千里」，把夸父死後的影響，做了更深化的引伸和發揚。

神話的寫作者，若能把握住原始神話的母題，再將蒐集到的相關素材，加以比對、取捨、整理、綜合，推測母題所可能引伸出來的發展或結果，配合自己的聯想，做進一步的連綴和組織，充實情節，豐美骨肉，必能寫出一篇完整而有價值的好神話。

熱心從事神話改寫的蘇樺先生，曾根據中國古籍裡的五十篇神話素材，寫成了《中國神話》；又根據台灣原住民布農族、泰雅族、賽夏族、卑南族、阿美族、魯凱族及雅美族流傳的二十個神話素材，寫成了《山地故事》。㉚他的努力，得到了不少可喜的成就；也為神話改寫的工作，樹立了優秀的榜樣。

就神話的寫作實務來說，尤其要重視下面的原則。以下試以蘇樺先生改寫的〈追太陽的夸父〉㉛做例子，逐一探討。

二、人物形象的描繪要深刻

一般神話素材中的人物形象，都是非常粗略籠統的。以前引《山海經》裡記述夸父的文字來說，以「后土生信，信生夸父」簡單兩句話大略地交代夸父的身世，實在很含糊；以「珥兩黃蛇，把兩黃蛇」來描述夸父的形象，也不夠具體真切。這樣的記述，頂多只隱約地告訴讀者，夸父是神祇的後代，有四隻黃蛇附身，不平凡，但對夸父的性格特徵，卻提不出充分的說明。因此，「夸父不量力，欲追日景」的敘述，就更顯得唐突，缺乏必然性的因果關係。

〈追太陽的夸父〉神話，一開始就把夸父描述成一個強壯擅跑、活潑好動的健將，根本不寫夸父的出身；夸父的形象，卻因而顯得更生動鮮明：

每天，天一亮，在北方的載天山下，人們總可以看見一個年輕人，在那兒練習賽跑。這個年輕人，名字叫做夸父。早晨起來，他就放開一匹快馬，用鞭子打牠，讓牠快跑，然後自己追著跑。

就這樣，夸父每天每天地追著馬跑，跑，跑。跑的次數多了，夸父不但練得跟馬一樣地能跑，有時候，甚至比馬跑得還要快。

後來，人們一看到夸父在跑，就紛紛讚歎說：「你們看，夸父真是我們族裡的飛毛腿！」「夸父不但跑得比馬快，恐怕都要趕過飛鳥了！」

夸父跑得快，身體也長得很高大。……（蘇樺著，《中國神話》，一〇一～一〇二頁）

作者先描述夸父好動擅跑、身體也長得很高大，藉以預下夸父「欲追日景」的伏筆。而有了這個前題，夸父日後興起了追太陽的念頭，就成為可能的發展；因果相連，毫無突兀的感覺。事前已有充分準備和鍛鍊的夸父，只要時機一來臨，當然會奮不顧身地立即採取行動，實現理想：

有一天，當太陽從東方天空冉冉升起，把光明灑向大地。夸父忽然想起了一個主意，他想追上太陽，把太陽留在空中，讓大地永遠光明。（見前書，一〇二頁）

夸父長期蓄積的動力，終於爆發出來：

夸父這樣一想，立刻撒開腿，緊緊追太陽跑起來。他像飛一般地，跑過草原，跑過高山，跑過深谷、跑過森林。

到了傍晚的時候，夸父抬頭望望天空，太陽就在對面禺谷的山頂上，好像已經離他不很遠了，他非常高興，心想：只要再跑過那個山頭，就一定可以把太陽追趕上了。（見前書，一〇二頁）

這樣的描述，就把夸父的性格和行為連貫起來了；對夸父的性格和形象，也有了深刻的描繪。「后土生信，信生夸父」，「珥兩黃蛇，把兩黃蛇」，固然也可以用來象徵夸父的出身不凡，但是不必然就要去「逐日」。因為好動擅跑，因為充沛的自信，才會「忽然想起了」一個追太陽的主意；雖然事出突然，卻非常合乎原始人天真浪漫、凡事好幻想的不自覺性格。這個主意的「忽然想起」，有如神來之筆，把夸父粗獷、樸質的形象，突顯更典型、更深刻。

三、情節安排力求精采動人

舊神話的素材，雖然也有情節，卻是空洞貧乏的；必須加以補充，詳實經過，深化內容，以增強神話的精采性。

就在這個時候，夸父突然覺得他的兩片嘴唇就像快要著火的乾柴一樣，熱渴得很厲害。他想忍住口渴，往前再跑，免得被太陽溜走。可是不喝水，腿也使不上勁了，他必須停下來喝一口水才能再跑。因為先前他實在跑得太久，也跑得太快，汗出得太多，口太渴了。這時候，渭河就恰恰在他面前。他跑到了河邊，「咕嚕！咕嚕！」一喝，就把河裡的水統統喝乾了。

「我還是覺得口渴，可是我不能再逗留下去了！」說著，夸父站起身來，踉踉蹌蹌地往北方走，想再到北方喝海裡的水。

可是夸父再跑了一段路，身體就支持不住，在一個水邊倒了下來。他迷迷糊糊地喝著水，把那裡的水都喝光了。可是這並沒有挽回夸父的生命，卻使以後的西北出現一片大沙漠。（見前書，一〇二～一〇三頁）

「夸父突然覺得他的兩片嘴唇就像快要著火的乾柴一樣，熱渴得很厲害」；「不喝水，腿也使不上勁了，他必須停下來喝一口水才能再跑」；「因為先前他實在跑得太久，也跑得太快，汗出得太多，口太渴了」，深刻地描繪出夸父在長期劇烈的奔跑後極端疲累口渴的情況，既生動又感人。而夸父一再擔心因喝水逗留而躭誤了時間，會讓太陽溜走了，他內心的煎熬和掙扎，一片天真無奈，令人摒息難以釋懷。尤其是他「咕嚕！咕嚕！」一口氣猛喝光所有的水，摹聲寫狀，歷歷如繪，更是前呼後應，一氣連貫，令人歎惋不已。最後，超量的水和頑強的意志也挽回不了夸父的生命；他光榮地死了，他成為一位被命運擊倒的悲劇英雄，留下了可歌可泣的事跡。綿密貫串的情節，細膩動人的描述，不但增強了故事的精采性，更使夸父豪邁悲壯的感人形象，深深地烙印在讀者的心坎裡。

這樣清晰而深刻的情節描述，比起「渴欲得飲」、「飲於河、渭；河、渭不足，北飲大澤」、「未至，道渴而死」寥寥數字的簡單交代，要逼真動人多了。

四、故事要能發揚象徵意義

每個神話的母題，都有它所隱含的象徵意義。「棄其杖，化為鄧林」；「其北有林焉，名曰桃林，是廣員三百里」；「棄其杖，屍膏肉所浸，生鄧林。鄧林彌廣數千里焉」。故事到此戛然而止，只是空留遺憾，卻不足以發揚神話的象徵意義。〈追太陽的夸父〉的故事結尾，不但婉轉周延，更發揚了夸父壯烈犧牲的象徵意義：

夸父死了以後，他所留下來的一根手杖，經過了許多許多年，發芽滋長，長成了一大片大樹林，後來又從樹上開出紅灼灼的桃花來。滿樹紅灼灼的花兒，映得樹林裡一片鮮紅，就像太陽照耀一般地明亮。人們稱它為桃林，還說它就是夸父的精魂凝聚成的。因為他活著的時候沒有追上太陽，死了以後，仍舊不忘了要把光明留在大地上。（見前書，一〇三頁）

「滿樹紅灼灼的花兒，映得樹林裡一片鮮紅，就像太陽照耀一般地明亮」，鋪張了鄧林的光彩，也象徵著夸父死後，遺愛人間，萬古流芳，所以，「人們稱它為桃林，還說它就是夸父的精魂凝聚成的」。作者這般刻意的引伸附會，無疑是給「夸父追日」的神話，做了一番積極的詮釋，無形中也浮現了這個神話的「莊嚴美」，讓讀者打從心裡湧起一股虔敬的情愫。㉜整個故事，更以「他活著的時候沒有追上太陽，死了以後，仍舊不忘了要把光明留在大地上」做結語，雖然是一段作者的「自圓其說」，卻也能言之成理，留給讀者無限的思慕和景仰。這個神話，也因而提升得更高尚、更優美、更有價值。

林良先生認為，神話的作者，必須能創造自己的「神話世界」：

> 他不能只是一個「搬運骷髏」的人，他必須能「肉白骨」，使骷髏長肉，長血管，而且有自己的鮮血在那血管裡運行。
>
> 他必須有膽識。在知識方面，他必須能吸收神話學者整理出來的資料，但是他仍然要有膽子，有擔戴，敢寫，而且寫得有自己的道理。㉝

神話不是歷史，也不是科學，是無法印證的。因此，神話的寫作就留給作者相當的發揮空間。〈追太陽的夸父〉的寫作，作者在「吸收神話學者整理出來的資料」的基礎上，大膽地鋪張，合理的引伸附會，入理的自圓其說，不但「美化」了神話的丰采，更表現了獨特的風味。

有些改寫的神話，卻反其道而行，專門在迷信、野蠻、怪誕、戲謔上下功夫，誤以為可以製造想像的趣味，結果竟只能留給讀者「怪力亂神」的迷惑印象，那就比「搬運骷髏」還不如了。因此，我們可以說，改寫得很成功的神話，實在也是一種創作。

發揚神話的象徵意義的同時，還要尊重並維護神話發生的時空背景。洪荒時代，才會有女媧摶土造人的神話，才會有盤古開天闢地的神話；篳路藍褸時期，才會有夸父追日、愚公移山、鯀禹治水的神話。只有在那樣的時空背景下，才會出現那樣神奇的人物，發生那樣不可思議的事件，才會讓人驚異、歎惋，相信它，接受它。失去了足以讓人信賴的時空條件，再好的文筆，再優越的敘事技巧，也無法發揚神話的象徵意義。

第四節　神話欣賞

一、虹從那裡來（推原神話）

從前，住在玉山附近山區的布農族裡面，有兩夫妻。做丈夫的，種田怕苦，打獵又怕遇上危險，所以整天不是閒逛，就是坐著不動，好吃懶做。

他妻子卻像一頭大笨牛，既不會紡紗，也不會織布，加上她丈夫不種田又不打獵，她也用不著燒飯和做菜。

懶丈夫配上笨妻子，真是天生一對寶貝。他們又笨又懶，頭腦無用，四肢不動，只有餓了的時候，才肯去附近隨便找點東西吃，光靠著山上的樹果和草根等過活。日子就這樣一天挨一天地過去；家裡自然是什麼東西都沒有囉。

家裡沒有東西，夫妻倆並不怎麼發愁。只是做妻子的那個笨女人，雖然不會織布，不會做衣服，也沒有錢買衣服，可總覺得做一個女人，身上沒有一件漂亮的衣服穿，真煩惱，真丟臉。

有一天，做妻子的看到村子裡的一戶人家屋外，曬著一件七彩的衣服。那衣服上面，紅一條、橙一條、黃一條、綠一條、藍一條、靛一條、紫一條的相間著，好漂亮的。

她想，這樣一件漂亮衣服，不管穿在那個女人身上，她都會好看起來的。因為她實在太羨慕那件衣服了，所以就偷偷地走了過去，而且趁著四下無人，沒有人看見的時候，悄悄地把衣服從竹竿取下來，掩掩藏藏地往自己家裡。

到了家裡，她急忙把七彩衣服穿在身上，在丈夫面前炫耀說：

「喂！你看，這件衣服穿在我身上，是不是很好看呀？」

正在屋裡坐著不動的丈夫，覺得眼前一亮，瞪大了眼睛說：

「你那裡來的這件花衣服？我們可買不起呀！」

妻子連忙摀住丈夫的嘴，輕聲地說：

「聲音說得小一點，別讓人聽見；我這衣服不是買的，是從人家那裡拿回來的。」

「什麼？你竟然是向人家偷來的。雖然沒有漂亮的衣服穿，你覺得羞恥。你現在偷了人家的衣服，使我覺得加倍的羞恥。難道你敢穿著偷來的衣服出去嗎？」丈夫非常吃驚地說。

被丈夫這麼一說，漲紅了臉的妻子說：

「當時我只看到它是一件漂亮的衣服，可沒想到偷來的衣服是不能穿出去的——這該怎麼辦呢？」

「唉！偷人東西是太丟臉了！依我想，我們已經不能在這裡再住下去，還是趁人家沒有發現丟衣服之前，趕快離開此地，到別的地方去吧！」丈夫歎氣說。

妻子也很贊成，認為只有到一個陌生的地方去，才不會有人知道她穿的衣服是偷來的。

夫妻倆這樣一商量，即刻離開家鄉逃走。他們只怕被熟人撞見，白天專挑草叢茂密、林木幽深的小路行走，夜裡就在星光底下跑。

這一對又懶又笨的夫妻，走過了一座又一座的山頭，渡過了一條又一條溪流。可是有人的地方，他們不敢去；無人的地方，他們也無法住下來。雖然在路上跑了好久，可連一個目的地也沒有。

他們只茫茫然地在路上跑呀跑的。好幾天之後，他們的身心都很疲累，覺得十分痛苦，也十分後悔，就互相抱怨起來。妻子說：「都是你，整天好吃懶做，害得我們家一無所有！」

丈夫卻說：「要不是你愛漂亮，偷了人家的衣服，我們才不至於像現在這樣狼狽！」抱怨歸抱怨，事實上他們已經不能再回家鄉了，只有繼續往前走。

有一天夫妻倆爬上一座很高很高的山頭。他們正在往山下看，想找一條路下山去的時候，卻好像看到山下的一邊，正是他們所要逃離的家鄉。山下的許多人，好像就指著他們現在所站的山頭，指指點點，還在嘰嘰喳喳地說著話。

夫妻倆雖然聽不見山下人說些什麼，卻以為一定是在罵他們不該偷人家的衣服，心裡真是難過極了。這時候，天外突然颳起了狂風，使他們格外地害怕，妻子更緊緊地拉住丈夫的手。可是一陣強烈的狂風，竟然把夫妻倆一起颳走，頃刻間消失得無影無蹤了。

在風停雨歇，天氣晴朗以後，山下的村人忽然發現半空中出現一道七彩的弧形虹，從那兩夫妻最後站立的山頂，彎彎地伸向天空。它的紅一條、橙一條、黃一條、綠一條、藍一條、靛一條、紫一條的鮮明艷麗的色彩，就跟那妻子偷去穿在身上的漂亮衣服一樣。所以村子裡的人就傳說，這彩虹是那一對因偷人家東西而逃走的夫妻變成的；它的顏色鮮艷的部分，就是那件漂亮的衣服。

雖然那對逃走的夫妻，已經被風颳到天上，但是他們還是為了偷竊這件事覺得害羞，掩掩藏藏地，好像見不得人，而且只要太陽照曬它一下，又得偷偷地逃走，真令人惋惜。（蘇樺著，《山地故事》，十八～二十二頁）

這是一篇過去流傳在台灣原住民布農族區推究「彩虹的來歷」的「推原神話」，敘述一對既懶又笨的夫妻，因為妻子偷了人家的漂亮衣服，卻又不敢穿出去；而偷衣服的不光彩行為，使他們覺得非常羞恥，不得不遠離家鄉，逃避鄉人的譴責。不料，他們竟走投無路，最後被一陣狂風一起颳走；狂風平息後，天空突然出現了一道七彩的弧形虹，色彩鮮明艷麗，正如妻子偷來的衣服一樣，紅、橙、黃、綠、藍、靛、紫，一條條重疊排列著。布農族人認為，這道彩虹就是那一件偷來的衣服變成的。

這一篇神話，幾乎已經脫去神力、魔法的詭變。作者運用寫實的筆法，寫出了布農族人樸質的傳統本性；而縝密的情節安排，生動的描述，使整篇神話在經過一番藝術的加工以後，變得有骨有肉，故事更優美，意義更高尚。

既懶又笨的一對夫妻，卻深知「羞恥」，表示他們已生活在一個知名節、講道德的社會；他們的行為已經必須受到道德觀念或法律規範的約束，不能為所欲為。可見，神話產生的時代，已經到了思想進步、意識強烈、觀念文明的開發時期；而神力、魔術的影響力則已大為減低。

夫妻兩人因「羞恥」而逃離家鄉，跋山涉水，歷盡艱苦。可是，即便是他們已爬到一座很高很高的山頭了，仍然覺得「山下的許多人，好像就指著他們現在所站的山頭，指指點點，還在嘰嘰喳喳地說著話」，「在罵他們不該偷人家的衣服」，因而使他們「心裡真是難過極了」。這種不容於天地的恐懼心理，正是原始思維的具體反應；也因而使通篇神話浮現出嚴肅的氣氛，大異於一般神話所呈現的天真浪漫、粗獷豪邁、悲壯悽惋、神怪詭異的情調。

世人總是迷眩於彩虹的絢燦美麗，這個神話卻以彩虹提醒世人，美麗的背景，往往隱藏著一個曾經付出很大代價的慘痛教訓。彩虹所引發的遐思和議論，發人深省。

故事中，對人物的描繪，相當深刻而生動。匹夫匹婦雖然也有強烈的羞恥觀念，卻不知以公開認錯的方式，挽回自己的清白；反而以逃脫的消極作法，企圖避開一切責難或懲罰，這正是既懶又笨的一大諷刺。可是，不管他們怎麼逃，心中仍然被偷竊的罪惡陰影所籠罩，永遠無法解脫。逃脫的天真念頭，使他們背負了更深的無奈和苦惱，使他們受盡了肉體和精神的折磨。作者非常細膩地描述他們內心的徬徨、掙扎與痛苦，沿途的疲累、困頓與折磨，歷歷如繪，令人悲憫歎息。

二、陀螺墾地（開闢天地神話）

在很早很早以前，天庭裡有一位大神，厭倦了天上鎮日無所事事的生活；忽然發了奇想；要到天堂以外的世間走走、看看。

他偶然的從天庭上往下界一望，看到在中國東南方的大海上，洶湧的波濤中，有一個美麗的寶島，高高聳聳的大霸尖山上，布滿蓊蓊鬱鬱的森林，雲霧繚繞中的山頭，好像只要把腳一伸，就可以到達似的。

大神看得滿心歡喜，立即駕著祥光萬道的彩雲，迅速地降落到山上，山上到處響著嘹亮悅耳的歌聲，原來當時的大霸尖山山區，已經有很多很多泰雅族山胞，結社聚居在這座山上。他們一邊勤勞地工作，一邊唱著愉快的山歌。

「我倒要看一看，這些唱著快樂而動聽的歌聲者，究竟是怎樣的人？他們為什麼這樣快樂？難道他們都沒有痛苦和困難？」

大神這樣一想，就搖身一變，化做一個英俊健壯的青年，連蹦帶跳地一路唱著歌，走下山岡。

這時候，有一位泰雅族的姑娘。她是全族最漂亮的姑娘，正在山腰上的樹林裡採野果，忽然看見一個英俊健壯的年輕人，輕輕快快地唱著歌走過來。在這以前，她從來沒有見過這麼可愛的青年男子，因此她就停下手邊的工作，情不自禁地上前問：

「嘿！你是那裡人，我以前好像沒有見過你？」

大神被她這麼一問，立即停下腳步。他端詳一下面前的姑娘，也被她的美麗吸引住了。

「我剛從天上下來，你叫我鐵波好了。姑娘，我願意跟妳做個朋友。妳的芳名是——」他很溫文有禮地回答。

「我呀！我的名字叫綺而美。是這山上的人。」姑娘經這樣一問，倒有點不好意思起來，羞答答地這樣回答。

經過一番對話，大神看綺而美年輕漂亮，綺而美看鐵波英俊健壯，雙方互相愛慕，不久就結成了夫婦。

泰雅族人是一個很勤勞的部族。他們男男女女都努力工作，可是跟綺而美結了婚以後的鐵波，既留戀於人間不想回天庭，但也不跟綺而美的族人一樣勤勞地工作。起先大家以為新婚蜜月，對於他的懶散並沒有十分責怪。後來綺而美都照常上山工作了，鐵波還是躲在房裡不出來。大家就說鐵波太懶惰了。

一天，鐵波的岳母也忍不住了，呵斥他說：

「喂！懶骨頭，你不能一天到晚光吃飯，不做事呀！」

「好！我一定會去做的。」

鐵波雖然這樣點頭答應，可是事實上他仍舊躲在屋裡沒有出去過。人們不知道他躲在屋裡究竟做什麼，都批評他是一個好吃懶做的流浪漢，說了很多不好聽的話。鐵波聽了沒有什麼反應，但綺而美卻受不了，就委婉地懇求他說：

「鐵波，縱然你是天神，入境隨俗，你也不能這樣整天偷懶，一點事兒都不做呀？明天你就跟我一道上山工作吧！」

誰知道鐵波突然出人意外地說：

「好，明天我就跟妳一起上山去工作。」

「呀！太好了，你肯工作，我真高興！」綺而美說著，跳了起來，在鐵波臉上深深一吻。

到了第二天早上，鐵波很神秘地背著一隻大袋子，跟綺而美走到大霸尖山。到了山上，鐵波從袋子裡拿出一大捆絲線，一頭綁在一棵大樹上，又「刷」地一聲，把整個絲線向對面的山頭拋過去。接著他使出天神的法力，一推一盪、一推一盪地把兩山之間的土地都推成平原。然後又伸手從袋子裡拿出許多陀螺——這就是他不做事的日子躲在屋裡做的，一個接一個地放在地上轉動。鐵波就站在中間，嘴裡不停地喊著：

「一二三，快快轉！四五六，別偷懶！」

奇怪的是，陀螺轉過去，地就被開墾好了。一會兒，鐵波停止了叫喊，陀螺一個接一個地落到河裡，向大海流去，那一大片平地卻都被開墾成為可耕的田地了。

鐵波轉過頭來對那站著看呆了的妻子說：

「這是我的禮物，我願意把這些田地送給每一個勤勞的人，就請妳去分配吧！」

大霸尖山區的泰雅族，每一個人都是勤勞的人，所以每一個人都分到了一小塊地，他們也種粟類，也種芋艿，過著自給自足的生活。

經過許多許多年以後，鐵波忽然又想念起天庭的生活來。所以就在一個風雨交加、雷電大作的夜裡，悄悄地溜回了天庭。

綺而美發現丈夫失蹤，非常非常地傷心。到了再一次一個風雨交加、雷電大作的晚上，她想像丈夫離去的情景，在窗口呆呆地仰望天空，突然有一道紫色的電光，穿過窗戶照射到屋裡。就在這一剎那間，綺而美也不見了。

人們都傳說，是綺而美的丈夫天神鐵波把她接到天國去了。（蘇樺著，《山地故事》，一一四～一二〇頁）

神道、仙氣的摻透，使這篇神話變得更活潑、有趣。

開山墾地，是一件多麼艱苦、曠時、費力的大工程；可是，天神一出現，使出神力法術，來個「一推一盪、一推一盪」，轉眼間就推出一片寬闊無垠的大平原。神仙還用許多陀螺鑽鬆土地，開墾成耕地，分送給每一個勤勞的人一小塊地；而安分勤勞的泰雅族人，從此就在自己的田地上，種粟種芋，過著自給自足的生活。神力法術的展現，用來幫助勤勞的人，雖然事出突然，卻不能視為僥倖；而勤勞耕種的泰雅族人，更能夠勤於農事，善用地利，自求多福，沒有辜負天神的恩賜，象徵著「天生人成」的歷史進化。

泰雅族人把他們祖先胼手胝足開山墾荒的豐功偉業，歸於上天的恩賜，與其說，這是他們迷信幼稚，倒不如說他們樂天安命、知足常樂的爽朗性格的具體詮釋。

故事中，天神的灑脫慷慨，綺而美的美麗大方，泰雅族人的勤勞和歌聲，營造出一片安詳和樂的仙境氣氛，正是他們世世代代傳統生活的寫照。而天神鐵波和綺而美的戀愛、結合，進而共創泰雅族人的美滿幸福，最後綺而美也追隨天神丈夫升天成仙，為這個神話平添了不少浪漫美麗的色彩，增進不少歡娛的情趣。這個神話，可以說是集神話、傳說、神仙故事於一體的新神話。

自我評量題目

一、簡要說明「神話」的演化情形。

二、依本章對「神話」內容特質的分析，自行選取一篇課外作品，探討它的內容特色。

三、自行選取一篇「人物形象」描繪得不錯的課外神話作品，舉證說明它的成功之處。

四、自行選取一篇你自認為「高尚而優美」的課外神話作品，進行賞析。

註　釋

①見陶揚、鍾秀合著，《中國創世神話》，頁一。
②見譚達先著，《中國神話研究》，頁二。
③同註②。
④見袁珂著，《中國神話史》，頁二十八。
⑤同註④，頁二十九。
⑥同註④，頁十五～十六。
⑦同註④，頁十三～十四。
⑧同註④，頁十五。
⑨參閱林惠祥著，《神話論》，頁九十七。
⑩類似〈龜兔競走〉的佤族〈老虎與蝸牛〉神話，内容如下：
蝸牛走得很慢，驕傲的老虎非常看不起它，要和它賽跑。雙方約定，途中老虎喊蝸牛，如果不答應，說明蝸牛落後了，也就輸了。比賽開始後，老虎一下子跑出好遠，它喊了聲：「蝸牛！」前面立即答應：「我在這裡。」老虎急了，拼命往前跑，再喊：「蝸牛！」前面又答應：「我在這裡！」這可把老虎嚇壞了，它認爲自己輸了，就夾著尾巴溜進了森林。原來，蝸牛事先和同伴商量

好，在賽跑的路上一段藏一個蝸牛，互相響應，因此蝸牛戰勝了老虎。（見袁珂著，《中國神話史》，頁四五三）

袁氏因此懷疑說：「先秦諸子書中有些寓言是以講述動物故事爲主的，說不定便是古代神話的轉化。」（見前書，頁二十九）

⑪洛巴族的〈雷鳴和閃電〉神話的內容如下：

哈魯木男神和哈尼亞女神倆是兄妹。哈尼亞長得十分漂亮，哈魯木便整天追求她，並要求哈尼亞同他結婚。可是，美麗的哈尼亞卻不喜歡他，總想避開哈魯木的追求，爲了掩護自己，不讓哈魯木發現她，便擺動長長的濃髮，使天空頓時變得烏雲滾滾，從而發生怕人的雷鳴；有時，哈尼亞不得不用頭髮上的長針，刺追趕她的哈魯木，從而發出了耀眼的閃電。（見前書，頁四六二）。

⑫關於〈女媧煉石補天〉的神話，《淮南子．覽冥訓》有如下的記載：

往古之時，四極（四方極遠的地方）廢，九州裂（分裂），天不兼覆，地不周載。火爁炎（蔓延）而不滅，水浩洋而不息（消退）。猛獸食顓民（善良的人民），鷙鳥攫老弱。於是女媧煉五色石以補蒼天（天的西北方有破洞），斷鼇（大龜）足以立（柱子）四極，殺黑龍以濟（貫通）冀州，積蘆灰（蘆草燒成的灰）以止淫水（滔天的洪水）。蒼天補，四極正，淫水涸，冀州平，狡蟲死，顓民生。

⑬關於〈盤古開天闢地〉的神話，譚達先先生曾綜合古籍的記載，按事情發生的先後，譯成白話故事：

宇宙最初是漆黑混沌的一團，像一個極大極大的雞蛋；那時候，沒有地，沒有水，也沒有日月星辰。

這雞蛋的心裡，生出一個人，就是盤古；他給關在這古怪的地方，不能出來。直到一萬八千年過去了，忽然一聲響亮，這個極大的雞蛋——盤古的囚籠——終於裂開了，分成兩半：一半是輕清的，就往上升，成爲天；另一半是重濁的，就往下沉，變成地。這時候，盤古站在天和地中間，一天裡就變了九次。

那時候，一天裡天要往上高一丈，地要往下厚一丈，盤石也跟著一天裡長一丈，他長得可快啦！這樣，一萬八千年又過去了，天是很高了，地是很厚了，而盤古也變得很長了。

這時候的天，只是一大塊青石板；地，也只是一大片黃土。真是冷清清，怪沒意思。

後來盤古死了，他的頭顱化成了四嶽——東西南北四嶽，一雙眼睛化成了日月，身上的脂膏化爲江海的水，毛髮化成了草木，於是天上有日月，地面有山川草木了。世界就是從這個時候開始的。

（見譚達先著，《中國神話研究》，頁五十六~五十七）。

⑭關於〈女媧摶黃土造人〉的神話，東漢應劭的《風俗通義》有較詳細具體的記載：

俗說天地開闢，未有人民，女媧摶黃土做人。劇務（勞累），力不暇供，乃引繩於池中，舉以爲人。故富貴者，黃土人；貧賤者，引絙人也（用繩子揮灑泥漿造出的人）。

⑮關於〈女媧伏羲兄妹婚配繁衍後代〉的神話，唐代李冗的《獨異志》有以下的記載：

昔宇宙初開之時，有女媧兄妹二人，在崑崙山，而天下未有人民，議以爲夫妻，又自羞恥。兄即與其妹上崑崙山，咒曰：「天若遣我二人爲夫妻，而煙悉合；若不，使煙散。」

於是煙合，其妹即來就兄，乃結草爲扇，以障其面，今時娶婦執扇，象其事也。

⑯貴州布依族的〈洪水朝天〉神話，內容如下：

從前有一家伏羲兄妹，種有菜園，爲了不浪費土地，邊邊種滿了葫蘆蓬。當葫蘆長大了的時候，洪水就淹天下了，這時候滿山遍野都有水，人煙無處可藏，於是伏羲兄妹就拿葫蘆來藏身，果然葫蘆救活了他倆，但其他所有的人卻被淹沒了。爲了延續世上人煙，他倆就用磨子來滾坡，看能不能相會合，結果磨子會合了，他倆就以這個磨子作爲證人、媒人，打破兄妹關係，就結爲夫妻了。結婚得三年以後，生下一個無頭無腳的綉球人，他倆很寒心，用鋼刀砍成塊塊飛，全變爲人，並發展成爲千千萬。因此故名爲兄妹成親。（見譚達先著，《中國神話研究》，頁六十八）

⑰德昂族的〈螃蟹沒有了頭〉神話，內容如下：

很古很古的時候，洪水氾濫，人和動物幾乎都淹死了，只有少數的人和動物被天神卜帕法救在葫蘆裡，將葫蘆封了口，讓葫蘆漂在洪水裡，留下了人種和動物種。

後來洪水退了，卜帕法要砍開葫蘆，牛在裡面叫：「我在這裡，砍不得！」要砍那邊，狗在裡面叫著：「我在這裡，砍不得。」砍這邊，這邊有動物叫；砍那邊，那邊有動物叫——都說砍不得。後來兔子說：「就砍這裡吧！」兔子一把將螃蟹推了過去，卜帕法一刀砍下來，就將螃蟹的頭砍掉了。人和動物就從葫蘆裡走了出來。而螃蟹沒有了頭，就只好橫著走。（見袁珂著，《中國神話史》，頁四六七）

⑱納西族的〈火把節的來歷〉神話，內容如下：

有一個名叫子勞阿普的天神，一天在銀河邊遊玩，忽然聽到民間有歌舞之聲。他往下一看，看到人間生活非常美好、幸福。於是他十分惱怒，便差一個天將到人間去，要他把大地燒成一片火海。這位天神到了人間，看到人們都很善良，不忍心將大地毀滅，他就叫納西人家家準備火把，到六月二十五日一齊點燃。這一天天神子勞阿普到銀河邊查看，果然滿山遍野都是火把，把他的眼睛迷住了。子勞阿普以爲大地確已燒毀，方才罷休。納西人因而避免了一場災難。從此，每年六月二十五日就成爲納西族的火把節。（見前書，頁四七〇）

⑲《詩經．玄鳥》有：「天命玄鳥，降而生商。」的詠歌，描述商民族的始祖契，是高辛氏妃簡狄吞下燕子的蛋而出生的。

《史記．周本紀》有：「姜原爲帝嚳元妃。姜原出野，見巨人跡，心忻然說，欲踐之。踐之而身動，如孕者。居期而生子，以爲不祥，棄之隘巷。馬牛過者，皆辟不踐；徙置之林中，適會山林多人；遷之而棄渠中冰上，飛鳥以其翼覆薦之。姜原以爲神，遂收養之。初欲棄之，因名曰棄。」描述周民族的始祖棄爲嬰兒時的情形。

⑳《山海經》有數則對於「夸父追日」事跡的記載：

大荒之中有山，名曰成都載天。有人珥（耳朵上掛著）兩黃蛇，把（手裡把握著）兩黃蛇，名曰夸父。后土生信，信生夸父。夸父不量力，欲追日景，逮之於禺谷（地名），將飲河而不足也。將走大澤，未至，死於此。（《山海經．大荒北經》）

夸父與日逐走，入日，渴欲得飲，飲於河渭，河渭不足，北飲大澤，未至，道渴而死。棄其杖，化

為鄧林。（《山海經．海外北經》）

夸父之山……其北有林焉，名曰桃林，是廣員三百里。（《山海經．中山經》）

《列子．湯問》則有進一步的記述：

夸父……棄其杖，屍膏肉所浸，生鄧林。鄧林彌廣數千里焉。

㉑關於〈精衛填海〉的神話，《山海經．北山經》有如下的記載：

飛鳩之山，其上多柘木，有鳥焉：其狀如烏，文首，白喙，赤足，名曰精衛，其鳴自詨（同叫，呼叫自己的名字）。是炎帝之少女，名曰女娃。女娃游于東海，溺而不返，故為精衛，常銜西山之木石，以堙（堵塞）于東海。

㉒《列子．湯問》對〈愚公移山〉的神話，有如下的記述：

太行、王屋二山，方七百里，高萬仞。本在冀州之南、河陽之北。北山愚公者，年且九十，面山而居。懲山北之塞，出入之迂也，聚室而謀曰：「吾與汝畢力平險，指通豫南，達於漢陰，可乎？」雜然相許。其妻獻疑曰：「以君之力，曾不能損魁父之丘，如太行、王屋何？且焉置土石？」雜曰：「投諸渤海之尾，隱土之北。」遂率子孫荷擔者三夫，叩石墾壤，箕畚運於渤海之尾，鄰人京城氏之孀妻，有遺男，始齔，跳往助之。寒暑易節，始一反焉。河曲智叟，笑而止之，曰：「甚矣，汝之不惠！以殘年餘力，曾不能毀山之一毛，其如土石何！」北山愚公長息曰：「汝心之固，固不可徹，曾不若孀妻弱子！雖我之死，有子存焉，子又生孫，孫又生子，子又有子，子又有孫，子子孫孫，無窮匱也，而山不加增，何苦不平？」河曲智叟亡以應。

操蛇之神聞之，懼其不已也，告之於帝，帝感其誠，命夸娥氏二子負二山，一厝朔東，一厝雍南，自此，冀之南，漢之陰，無隴斷焉。

㉓關於〈后羿射日〉的神話，《淮南子．本經訓》的記述如下：

逮至堯之時，十日並出，焦禾稼，殺（晒死）草木；而民無所食。猰貐（吃人的怪獸）、鑿齒（人形兇惡怪物）、九嬰（水火之怪，吐火噴火）、大風（即風伯，害人的惡鳥）、封豨（大野豬）、脩蛇（即巴蛇，長千尋）皆爲民害。堯乃使羿誅鑿齒于疇華（南方澤名）之野，殺九嬰于凶水（北方水名）之上，繳（指以生絲縷繫矢以射殺）大風于青丘（東方澤名）之澤，上射十日而下殺猰貐，斷脩蛇于洞庭（南方澤名），擒封豨于桑林（桑山之林），萬民皆喜。

㉔關於〈盤古垂死化身〉的神話，梁朝任昉的《述異記》有如下的記述：

首生盤古，垂死化身。氣成風雲，聲爲雷霆，左眼爲日，右眼爲月，四肢五體爲四極五岳，血液爲江河，筋脈爲地理，肌膚爲田土，髮髭爲星辰，皮毛爲草木，齒骨爲金石，精髓爲珠玉，汗流爲雨澤，身之諸蟲，因風所感，化爲黎甿。

㉕關於〈鯀治洪水〉的神話，《山海經．海內經》有如下的記述：

洪水滔天，鯀竊帝之息壤（天帝的神土，可以無限生長）以堙洪水，不待帝命。帝令祝融殺鯀于羽郊，鯀復（同腹）生禹。帝乃命禹卒佈土，以定九州。

鯀死，三歲不腐，剖之以吳刀，化爲黃龍也。

㉖洛巴族之祖阿巴達尼曾與飛禽、走獸、蟲豸爲婚。一日，達尼偕蜂妻達崗至白母雞之村，謂白母雞容納日喀崩曰：「若等當無力殺死達崗！」容納日喀崩憤而與達崗鬥，竟殺死之。達尼遂與之婚。偕行至白馬之鄉，謂白馬沙給崩龍曰：「若等當無力殺死容納日喀崩！」沙給崩龍竟殺死之，達尼亦與之婚。偕行至青牛之鄉，謂青牛絲白嘎央曰：「若等當無力殺死沙給崩龍！」絲白嘎央亦竟殺死之，達尼亦與之婚。偕行至大樹林中，達尼呼風魔涅龍也崩來，謂之曰：「汝定無策殺死絲白嘎央！」風魔吹氣，狂風大作，刮倒巨樹，壓殺絲白嘎央，達尼遂與風魔爲婚。復從樹上折得一棍，猛擊壓死絲白嘎央之巨樹，搗出一木臼，達尼因驅走風魔，而與木臼爲婚。達尼攜木臼至太陽之鄉，遇一老嫗，謂老嫗曰：「吾此木臼無人能毀，不信試之。」老嫗呼少女之羣出，輪流搗此木臼，均不能毀，失望而去。老嫗曰：「吾尚有一女，可毀此臼。」但聞絲溜一聲，其女即出，輕舉其臼，又輕而擲之，其臼立毀。達尼願與此女爲婚，老嫗初不欲捨，思以羣女替之。達尼一一看過，俱言非是。老嫗只得交出毀臼之女，此女蓋太陽之女冬妮海依，老嫗即太陽所化。達尼遂與冬妮海依爲婚。攜之至己住處，屋內唯一將死老狗及一小雞，餘皆乾草。海依見而憐之，乃與達尼一葫蘆，謂之曰：「持此去，無豬可以有豬，無雞可以有雞。」達尼拔去葫蘆塞，豬雞悉從葫蘆中出，滿園皆是。自後阿巴達尼與冬妮海依遂皆幸福生活，愉快度日矣。（見袁珂著，《中國神話史》，頁三十五～三十六）

㉗見林文寶著，《兒童文學故事體寫作論》，頁一三七。

㉘同註④，頁十四。

㉙如晉代干寶的《搜神記》、六朝梁劉之遴的《神錄》、宋東陽無疑的《齊諧記》、、梁吳均的《續齊諧記》、宋劉敬的《異苑》、梁任昉的《述異記》、宋代李昉的《太平廣記》等筆記小說。

㉚蘇樺著，《中國神話》，國語日報附設出版部，民國六十九年七月第一版。《山地故事》，幼獅文化事業公司，民國八十一年四月初版。

㉛參閱蘇樺著，《中國神話》，頁一〇一～一〇三。

㉜參閱林良著，〈神話跟兒童文學〉，《淺語的藝術》，頁一五一。

㉝同註㉜，頁一五七。

參考文獻

(一)

1.林良著 **淺語的藝術** 國語日報附設出版部 六十五年七月一版。

2.林文寶著 **兒童文學故事體寫作論** 台東師院語文教育學系 七十九年元月初版。

3.林惠祥著 **神話論** 台灣商務印書館 六十八年十一月台三版。

4.袁珂著 **中國神話史** 時報文化出版公司 八十年五月初版。

5.陳天水著 **中國古代神話** 羣玉堂出版事業公司 七十七年十二月一版。

6.譚達先著 **中國神話研究** 台灣商務印書館 七十七年八月台初版。

(二)

1.司馬遷著 **史記**(三家注標點本) 洪氏出版社 六十四年九月一日三版。

2.任昉著 **述異記**(魏晉小說大觀) 新興書局 四十九年六月初版。

3.列禦寇著 **列子**(聚珍本四部備要) 中華書局 五十九年一月台二版。

4.佚名 **山海經**(郝懿行箋疏本) 藝文印書館 五十六年十一月再版。

5.李冗著　**獨異志**（唐朝小說大觀）　新興書局　四十九年四月初版。
6.劉安著　**淮南子**（劉文典集解本）　台灣商務印書館　六十三年一月台二版。
7.蘇樺著　**中國神話**　國語日報附設出版部　六十九年七月一版。
8.蘇樺著　**山地故事**　幼獅文化事業公司　八十一年四月初版。

第6章 寓言

學習目標

——研讀本章後，學習者應能達成下列目標：

一、了解「寓言」的意義、種類及價值。
二、認識「寓言」的內涵特質。
三、熟悉「寓言」寫作的原則及技巧。
四、把握閱讀欣賞「寓言」的訣竅。

摘要

「寓言」是一種精緻而實用的文學體裁。它的特殊風格及精神，對兒童尤其具有啓發思想、薰陶品德的功能。

由於「寓言」的內容，大抵包含以下兩個特質：一、題材廣泛，涵蓋普遍的人生現象，是活生生的人生反映；二、透過鮮明傳神的比喻或影射，含蓄委婉地表露寓意，不是露骨地批判或教訓。

因此，我們爲兒童創作「寓言」時，必須講究如下的原則：

一、篇幅力求短小精悍，並強化故事的趣味性。

二、人物描繪要恰如其分，擬人化虛構時，要合乎「物性」。

三、講究寓意呈現的技巧，寓意要有啓示性，並注重時代意義。

第一節 寓言的意義

一、寓言的意義

「寓言」是一種用來闡釋哲理、揭露世態、諷刺人事、勸誡人生或寄託道德教訓、啓發思想觀念等實用目的的簡短風趣故事。「寓言」的積極目的，在垂教示訓、傳達人生的知識與經驗，故事只是它賴以實現目的的形式外殼而已。

「寓」的本義是「寄託」。「寄託」的概念，觸發了早期聰明的民間文學家們的靈感，使他們學會運用一種別緻的表達技巧——「比喻」——不直接把意思說出來，卻借用性質相關或相類似的具體事件，技巧地影射出來。後來，由於人們已「不滿足於單調的、三言兩語式的簡短比喻，而迫切希望在內容上、形式上有新的突破。於是，他們在形象化的比喻基礎上，進一步加上改造，發展成為有故事情節以至有性格形象的比喻型態」，①於是膾炙人口的「寓言」終於產生了。所以有些文學家認為，「寓言」是比喻的延伸，是比喻的最高形式。

就這樣，寓言的作者，先將嚴肅認真的哲理、諷刺、勸誡或教訓，融化進巧妙貼切的比喻中，然後再以樸實簡潔而風趣的語言、溫滑含蓄而深刻的表達，不露痕跡地透過一個人物妙肖、場面逼真、情節有趣的虛構小故事，娓娓敘述出來，使聽或讀的人在不知不覺中，默默神往而領悟出其中深含的教訓或道理。「寓言」這種借重比喻與啓發的特殊表達技巧，絕不對人物或事件做直接劇烈的拆穿或批判；而是以亦莊亦諧的口吻，對人物或事件做含沙射影式的巧妙暗示或譏刺，達到既不傷到人的顏面，又能點化人心智的神奇效果。「寓言」的品味，也因此變得更精純，既機趣又高貴。

譚達先先生在《中國民間寓言研究》一書裡說：

> 寓言就是民間作者根據從生活和社會實踐中得到的某種哲理概念或處世教訓，虛構出一個和這兩者相合拍、相適應的巧妙故事，以便更好地印證哲理或教訓，增強其說服力，務使聽者相信。②

許義宗教授說：

> 寓言是用淺近假託的事物，隱射另一事件，來闡述人生哲理，表達道德教化，含有啓發性、積極性、教育性的簡短故事。③

張美妮教授則說：

寓言是一種隱含著明顯諷喻意義的簡短故事。「寓」的意思是寄託，「寓言」也就是寓託之言。寓言作者把要說明的某個事理或哲理寓於一個虛構的短小故事中，讓讀者自己去體會、領悟，從中獲得教訓。④

機智風趣的寓言作者們，因為洞悉了人們喜歡聽故事的習性，就因勢利導，以短小精悍、通俗有趣的故事，來寄託深刻雋永的哲理，傳授經驗或教訓，以收一舉兩得的功效。

但是，「寓言」的故事只要求「情節簡單，語言精鍊，意象鮮明」，只要人物形象、故事情節能引出一個哲理或教訓，寓言的任務就算完成了；它的故事情節、人物形象只是為理性認知而產生的。⑤所以，就「寓言」的整體來說，不管故事多麼有趣，多麼吸引人，也只是一種副產品而已。寓言作者巧妙地把故事當做引誘人們的糖衣，把所要傳達的諷刺、教訓或哲理，完好神秘地緊緊裹著；當人們才出神地品嚐了一則生動活潑的故事，突然一轉身，就察覺了故事的「弦外之音，言外之意」，了悟其中所寓含的那個嚴肅認真的哲理或訓誡。

可見，「寓言」是一種寓意與故事相結合的文學體裁；成功的「寓言」必須要寓意與故事密切地相依相存，才能相得益彰。故事是肉體，是軀殼；寓意才是靈魂，才是神髓。只有寓意而沒有故事，寓意便無所寄託，即使勉強做成膚淺粗劣的比喻，必成道德訓詞，算不得是好的「寓言」；只有故事而沒有寓意，故事將喧賓奪主，縱然寫得再精采動人，勢將功敗垂成，同樣也不是成功的「寓言」。

有一則意味深長的故事，大意是說：

古時候，「真理」從天上降臨人間，他一絲不掛地跑進皇宮，用枯燥無味的哲理向國王說教。國王聽也不聽，把他轟出去。

第二次，「真理」從文人騷客那裡借了一件華麗辭藻的外衣，滔滔不絕地向國王宣揚道學。國王很不耐煩，又把他轟走了。

後來，「真理」把自己打扮成娓娓動聽的故事，國王聽入了神，不知不覺地接受了他的勸諫。從此，國王一天天聰明能幹起來了。這些寄託著哲理、勸誡的故事，也就成了皇宮裡的座上賓。⑥

二、寓言的種類

陳蒲清先生將中國歷代的寓言，分成「哲理寓言」、「勸戒寓言」、「諷刺寓言」、「詼諧寓言」四大類。⑦以下，我們就根據他的分類，來探討「寓言」的一般內容。

㈠哲理寓言

我國先秦諸子的哲理散文中，有許多用來說明作者的學說或論點的「哲理寓言」，這些寓言主要是為闡述各學派的思想、觀點和主張而創作的，如《戰國策》裡就保留了許多遊說之士為了打動國君的心，引用來比喻說理的寓言故事。因為哲理通常比較抽象艱深，一般人不容易了解，而「寓言」的具體性和形象性，正有助於學說或論點的解說和傳播。例如：《孟子》以〈揠苗助長〉⑧的寓言來說明遇事不可過於急切，免得前功盡棄；《莊子》以〈渾沌之死〉⑨的寓言來闡明人必須順應自然的道理。「哲理寓言」以生動有趣的故事深入淺出地解說哲理，消除了認知上的許多困擾和障礙，使哲理變得淺顯而易懂。

(二)勸戒寓言

歷代的學者文士，也提出不少探索經世濟民的策略或鍼砭人生現象的「勸戒寓言」，他們熱切地想透過寓言來傳達歷史的經驗教訓，給統治者或一般人必要的勸導或規戒，以免重蹈覆轍。這些寓言，故事簡潔、口吻委婉熱情，既可淋漓地抒發自己的心得和理念，又可避免議論的尖銳化，減少正面的衝突，幫助了理念的宣示。例如：《韓非子》以〈守株待兔〉⑩與〈削足適履〉⑪的寓言來勸戒統治者執法時應知順時變通，以避免陷入進退維谷或僵化呆板的泥淖；以〈自相矛盾〉⑫的寓言來勸戒人，做事要考慮周詳，以免前後矛盾、互相牴觸，令人難以信服。「勸戒寓言」顧左右而言他，和緩深刻，聽起來不覺刺耳，當然自有一番功效。

(三)諷刺寓言

一般有關道德修養的訓示，語多簡扼精微，難免淪為空泛迂闊的教條格言，不容易被精確地把握和遵行；若以「寓言」來做淺明具體的範例，以諷刺的方式來突顯事件的本質，不但可以使人領悟其中的可貴和奧妙，更能學會有效地把握行止的分寸，效果遠勝直接訓示。例如：《孟子》以〈齊人之福〉⑬的寓言，諷刺時人為求富貴利達而不顧羞恥的可鄙；以〈月攘一雞〉⑭的寓言，諷刺人知錯而不能改的可悲；《淮南子》更有〈塞翁失馬〉⑮的寓言，諷刺那些不能豁達為懷，以至於輕易被眼前的得失所困惑的人。「諷刺寓言」是寓言的正宗，數量也最多。法國的大寓言家拉封登，以大量的「寓言詩」來抨擊並諷刺當時法國封建社會的種種黑暗及不平；俄國寓言家克雷洛夫，也以寓言來諷刺沙皇的暴政。各國多的是諷刺統治者或一般人的墮落、消極、顢頇、腐化的寓言。這類寓言，因故事短小幽默、容易體會，又不留明顯難堪的教訓，讓聽的人知所省察，時時引為殷鑒。

(四)詼諧寓言

「詼諧寓言」的特色是：「作者有意識地通過評贊點明和發揮笑話故事的意義，把笑話和寓言自覺地有機地結合在一起」。⑯因為冷嘲熱諷的氣氛很熱烈，趣味性和娛樂性也增強了。明代劉元卿的筆記故事集《賢奕編》有一則〈爭雁〉⑰的寓言，故事中有兩兄弟在射飛雁時起了爭執，大哥說：「雁子射下後，要用煮的。」弟弟卻說要用烤的。兩人爭執不下，就氣沖沖地去找村長評理。村長建議他們，把雁子分成兩半，一半用煮的，一半用烤的。兩兄弟的爭執雖然解決了，然而，雁子卻飛走了。江盈科的笑話集《雪濤諧史》也收了一則寓言〈鷗鳥哺鶵〉，⑱說有一隻鷗鳥想餵小鳥，但卻到處找不到食物；好不容易才抓到一隻貓，把牠丟在巢裡，準備用來餵小鳥。沒想到貓一口氣就把巢裡的小鳥統統吃掉；鷗鳥很生氣，貓竟悠哉悠哉地說：「你別生我的氣，是你請我來的。」這兩則寓言都很詼諧，作者對兩兄弟與鶥鳥的冷嘲熱諷，很能引發讀者的笑意，初看像是笑話；但很明顯地，作者是想藉兩兄弟及鶥鳥的「迂闊不切實際」來垂教示誡讀者。「詼諧寓言」的用意比較直接，不像其他三種「寓言」那麼詭譎含蓄，最難得的是笑裡有淚，比只想博君一粲的「笑話」來得意味深長，耐人尋味。

三、寓言的價值

寓言很明顯地具有下列三項價值：

1.傳授人生經驗：絕大多數的寓言以動物為主角，進而由動物的性格、舉止、生活情態來影射或諷刺人類的本質和行為。牠們和人一樣，會說話，會思想，會做事，牠們有脾氣，有喜、怒、哀、樂，有憂愁，有悲傷，有恐懼，實際上是人的化身或反映，是寓言作者刻意用來反映現實人生的。所以，寓言就像一面鏡子，照出各類型人物的優點、缺點和特徵，善意地提供各種人生經驗，而其中健康的、正面的可貴態度和事例，更可以給人莫大的啓發和鼓舞。這些林林總總的人生經驗，透過具體的形象和生動的故事演示出來，尤其對少不更事的兒童，有幫助他們認識生活、了解正確的人生態度、培養道德倫常觀念、建立高貴的價值意識、珍視人性尊嚴等功能，對兒童的人格教育，有莫大的助益。

2.增進想像力：寓言的作者，充分運用比喻、象徵、誇張、影射、對比等藝術手法來表現思想概念，可以誘導兒童開展想像的潛力，從幻想的故事情節中，聯想、類比、推測客觀世界的真實情境，因而擴大他們的視野，推廣他們的想像空間。寓言中多采多姿的比喻，風格別具，更可以豐富兒童的想像力，靈活他們的思考方式，啓發他們的邏輯推理能力。

3.饒富娛樂興味：寓言的故事通常出於虛構，並不惜以誇張渲染的手法來突顯人物事件的特殊性、矛盾性及荒謬性，往往極盡嬉笑怒罵的本領，令人忍俊不止。寓言作者對負面人物的描繪，總是既詼諧又犀利。當兒童看到那些驕傲、狂妄、自私、狡猾、邪惡、霸道、懶惰、虛榮、貪婪、愚昧、意氣用事、賣友求榮、居心不良、狼狽為奸的反派人物，終於被揭穿或失敗，並且得到應有的懲罰或制裁時，他們會感到無比的安慰和興奮；看到那些謙虛、勤奮、正義、沈穩、仁慈、和藹、樂善好施、老實而被欺負、默默耕耘而不計較收穫的人物，最後得到勝利成功，他們會感到莫大的溫馨和快樂。而且寓言中那些誇張的作風、囂張的行為、譏諷的言談、可笑的嘴臉，經過作者巧妙而生動的描繪，更是精采絕倫，深富戲劇效果。尤其，作者洗練而富有獨特風格的詞令，簡潔而樸素，機智而幽默，尖銳而深刻，無不讓兒童大呼過癮。兒童閱讀或欣賞寓言，全心沈浸在濃郁的戲劇氣氛中，可以享受愉樂的興味。

第二節 寓言的特質

我們若仔細檢視寓言的內涵，就不難發現到它具有以下兩個重要的特質：

一、題材廣泛，涵蓋人生現象

寓言的題材，有些是作者直接採擷提煉現實人生中某些典型的具體事件而來的；有些則是根據現實人生中的原始事件，進一步加以想像、虛構而成的。由於作者對現實生活中的人物及事件，有深刻的認識和體悟，自然能精確地抓住事件的核心，完成維妙維肖的描繪，將事件的本質及人類的本性，赤裸裸地呈現出來。

譚達先先生根據中國寓言的題材，將中國歷代的寓言，歸納成三十三個類型：

1. 諷刺某些人名與實、言與行不相符的作風。
2. 諷刺倚仗主人的威勢而欺人的奴才們。
3. 揭露統治者用狡計瞞騙人民的醜態。
4. 講明集體的智慧和力量的偉大。

5.講明對待敵人應捨勇用謀。
6.揭露財迷心竅者的愚蠢。
7.強調彼此間的友好團結。
8.講述學習和工作必須專心致志。
9.批評主觀主義者的可笑。
10.批評以主觀願望代替客觀法則的荒唐。
11.批評經驗主義者和機械論者的錯誤。
12.批評機械地、靜止地看待事物者的錯誤。
13.批評脫離實際的教條主義者的可笑。
14.批評自誇自吹、脫離實際者的可笑。
15.批評只講形式、忽視內容者的可笑。
16.歌頌堅持耐心、有始有終地學好本領的重要性。
17.歌頌有真本領而不自吹噓的老實人。
18.講述對敵人麻痺大意、放鬆警惕，就會遇到很大的災禍。
19.講述言行不一致、兇殘成性的人，不是交友的對象。
20.講述即使是最強有力的人，若驕傲而不思積極振作，必會自取滅亡。
21.講述兇殘的敵人，是不值得同情的。

22.講述片面地誇大自己的力量，不去認真地對待敵人，就會被敵人消滅。
23.講述對事物的現象和實質，要做正確、深入的分析，才不會上當。
24.講述向敵人哀求以保存性命的人，必會死在敵人手中。
25.講述對壞人所說的破壞友誼的話，不要輕信。
26.講述沒有本領卻驕傲自大的人，是不足取的。
27.講述忘恩負義的人，應得到不好的下場。
28.講述沒有真實的本領，只靠欺騙和謊言去取得重要地位的人，是不會長久的。
29.講述只追求外表上的漂亮，而不肯下功夫充實自己的人，必定誤人毀己。
30.講述有堅強毅力的人，必能成就大事。
31.講述無自知之明的必會受辱。
32.講述貪心無厭的人終無所得。
33.講述對人類最有貢獻的東西，才是最應受到尊重的。⑲

譚先生所仔細歸納出的這些類型性的題材，可以說，已經將現實人生一般可見而且具有代表意義的現象都包羅進去了。現實人生中不勝枚舉的類型性現象，或值得稱頌讚譽，或應該鼓勵提倡，或殊堪垂教示訓，或理該諷刺批判；它們在思想敏捷、眼光銳利、見解獨到的寓言作者的心坎裡，都留下深刻的印象，經過他們一一捕捉攝取、提煉剪裁，終於成為無數珍貴的題材。

雖然寓言中的角色，只有少部分是人類，幾乎大多數是禽獸、植物、無生物；但是，它們所體現的種種題材，實際已廣泛地涵蓋了我們耳熟能詳的一切人生現象。

正如拉封登所說的，寓言作者所描述的，是「一齣互不相同的百幕大喜劇，卻以世界為舞台」，⑳學者更做深入的解說：

這齣戲的舞台背景是眾所熟悉的鄉間；這是法國外省（巴黎以外的省份）的景色，四時變化的草原、麥田、麻田、小溪、池塘與道路。出現的角色有狼、狐狸、烏鴉、青蛙、牛、蟬、蟻、獅子、公雞、驢子、貓、兔子、羊、黃鼠狼……等禽獸；至於人類，則有牧師、老頭子、智者、賣牛奶的女人、修鞋匠、金融家……等。拉封登賦予每個角色特殊的顏色與型態，作為象徵。譬如獅子是王，黃鼠狼的尖鼻，貓的絨毛，狐狸隨時會發亮的眼珠，貓頭鷹的抑鬱，老鼠的輕躁，山羊的癡呆……等。藉各種角色的對話，拉封登描敘現實情境中人類的習俗，甚至影射當代人物。……作者似乎更有意嘲弄現實社會的小人物、僧侶、訴訟人等。㉑

有些寓言的題材，雖然間接擷取自神話、歷史傳說、民間故事、成語典故、民謠諺語、童話或訓誡文，但其中的詼諧幽默、尖辛潑辣，卻十足地閃爍著人類智慧的火花，洋溢著淋漓多姿的人性本質，它們的精神歷久彌新，同樣是人生現象的真實體現。

二、寓意透過鮮明的比喻表現出來

就表現的技巧來說，寓言總是透過鮮明的比喻來表現「寓意」。比喻的鮮明處，在於生動有趣地突顯出人物事件的矛盾或荒謬，以觸發聽眾或讀者產生類推或類比的聯想，不致於一味地沈緬於故事情節的趣味中，因而適時地覺悟出故事是「另有所指」的，進而去探索、推得與故事內容有密切關聯的「寓意」來。

因此，寓言不用直截了當地說出它的主題意義，而是透過淺顯易懂的故事情節和鮮明生動的人物形象，以迂迴、影射或暗示等「言在此而意在彼」的方法表現出來。寓言是用如此含蓄委婉的筆法，預留寬廣的思考空間，使聽眾或讀者從中獲得必要的啓發，因而領悟其中的「寓意」。

〈漁翁得利〉㉒的寓言，作者為了要闡明「兩人相爭不讓，終將為人所乘」的「寓意」，虛構了兩個性格都很倔強的擬人物——鷸鳥和河蚌（不以真人登場），杜撰了令人怵目驚心的故事——鷸嘴緊咬住蚌肉不放，蚌殼也不甘示弱地緊夾著鷸嘴不放；最後，漁翁突然出現，輕輕鬆鬆地把鷸鳥和河蚌一併捉走了。藉「鷸蚌相爭」的鮮明比喻，以觸發聽眾或讀者的類比潛能，因而領悟到人與人也常常發生如此劇烈的爭鬥，自然就超越了精采迷人的故事內容，猛然警覺出深刻的「寓意」。

柳宗元的寓言〈永某氏之鼠〉，㉓以老鼠們「肆虐囂張，不知節制，終遭捕殺厄運」的荒謬事件，來諷刺人類「猖狂妄為，樂極生悲」的可憐可悲。老鼠們居然肆虐囂張到「散步時與人爭路」、「集體爬上飯桌吃飯」的地步，實在令人髮指，而這般極盡囂張的荒謬情景，卻意外地被某氏所容忍，這是與現實的矛盾處。正因為故事情節的誇張性和荒謬性，才能刺激人們的深省，從而悟出了「猖狂妄為，樂極生悲」的「寓意」。後人形容不知收斂的人為「鼠輩」，典故正是由此而來，而其中的「寓意」，千古以來一直被引為殷鑒。

伊索的寓言〈鹽販和他的驢子〉，㉔以「自以為聰明的笨驢子，偷懶的詭計終於被識破，以致遭受到鹽販的處罰」的事件來警惕世人，「詭計只能僥倖得逞於一時，壞主意終究會被揭穿。」在世人的眼光中，驢子是一種笨動物。寓言中，驢子第一次發現鹽會被水溶化掉的「祕密」，就自以為聰明地暗生詭計，以圖僥倖偷懶；沒想到牠的伎倆馬上被鹽販識破，終於得到了嚴重的處罰。伊索以此來突顯驢子的「笨」形象，而人以萬物之靈自居，不也最愛耍弄詭計，自命聰明嗎？實則「詭計只能得逞一時，不能騙人一世」，當初好施詭計，自以為聰明的人，等到被識破而吃盡了苦頭，才覺悟到耍弄詭計是最不切實際的，才發現到：自己原來是很不聰明的人。人總是在事跡敗露後，才暗自叫苦，後悔莫及，這又與自作聰明的驢子何異？伊索用這個寓言來諷刺自作聰明、自以為是的人類，有如當頭棒喝；而以驢子來象徵，更是極盡挖苦的本領。用心的讀者，不難領會到其中的「寓意」，而心有戚戚焉！

寓言中所要表達的「寓意」，都是從亙古以來實際的人生現象及經驗中得來，具有永恆和普遍的教育價值，可以放諸四海、通行無阻。

第三節 寓言的寫作原則

傳統的「寓言」，重在寄託諷刺教訓或闡述哲理，大多忽略了文學藝術性，品質難免良莠不齊。古今中外有許多「寓言」作品，甚至只做簡單的比喻或對話，情節過於單調，不但缺乏故事性，趣味性也很低，有如訓育教材。

新時代的「寓言」，更應加強文學藝術性，注重形式與技巧，強化故事性，提高趣味性。以下，我們來探討「寓言」的寫作原則：

一、篇幅力求短小精悍，並強化故事的趣味性

由於「寓言」特別重視實用功能，基本上，應該力求情節簡潔、篇幅短小，著墨經濟而有趣，必須能「以短短數百字讓讀者在一瞥之下，或看到一幅生動的人生畫面，或聽到一個人物的真摯心聲，或感受到一份特殊的情緒，或領悟到一點可貴的真理。」㉕因為，任何一則寓言，如果情節過於繁複曲折，篇幅過於冗長拖沓，反而會分散了讀者的注意力，以致不能迅速、有效地領悟出其中所含的「寓意」來。

寓言的篇幅雖然短小，仍然要具備開端、發展、高潮、結局等完整的故事組織，並且要注意到故事的趣味性和教育性。看《莊子．山木篇》裡著名的寓言〈螳螂捕蟬〉：

莊周在雕陵的一個果園裡散步，看到一隻體型很大的鵲鳥從南方直飛而來。鵲鳥的翅膀張開了有七尺寬，眼珠子的直徑也有一寸大。牠直直地飛過來，竟然觸到了莊周的額頭，卻一點也不在乎，又急急地飛棲在一棵栗樹上。

被觸了額頭的莊周很生氣：「這是什麼鳥？翅膀那麼大，也不好好地飛高些，眼珠子那麼大，也不好好地看清楚！」於是他拉高衣襬快步走到栗樹下，拿著彈弓準備射殺鵲鳥。這時，他看到一隻蟬正忘我地在濃密的葉蔭下乘涼；蟬的背後，有一隻躲在暗處的螳螂，已擺好了姿勢，正想捕殺蟬。只顧著要捕殺蟬的螳螂的背後，正是那隻大鵲鳥，牠也正想趁機撲殺螳螂。

它們都只看到眼前的好處，卻忽略了緊跟在身後的禍害。莊周突然感覺到自己的背後可能也有危險，連忙丟下了彈弓掉頭走。沒想到，果園的管理員這時已經從後面一路喝叱著追過來了。（著者譯寫）

整個故事的情節逐層深進，內容豐富而多變化，布局詭譎，步步驚魂，藝術手法高，故事性強，趣味性也濃——蟬只為貪圖在葉蔭下乘涼，忽略了身後正有一隻螳螂要捕殺牠；螳螂也因為一味想吃掉眼前的蟬，沒發現身後正想撲殺牠的鵲；鵲因為一直死盯著螳螂，以致沒有察覺樹下正拿著彈弓要射殺牠的莊周。這樣互為利害的連鎖關係，終於引發了莊周的顧忌，使他悟出了「牠們都只看到眼前的好處，卻忽略了緊跟在身後的禍害」的道理。果然，當莊周急急地丟掉手中的彈弓，正要掉頭離開時，誤把莊周當小偷的果園管理員，已經來勢洶洶地追上來了。將寓意隱藏在這樣一個詭譎精采的故事裡，故事的趣味性一時間沖淡了寓意的嚴肅性，讓讀者在看完整個故事後，才恍然大悟故事中的「寓意」，令人回味無窮。

「寓言」終究不是童話或小說，所以篇幅必須節制，以保持機趣。為了節制寓言的篇幅，寫作時必須注意：

1.故事情節務須儘量地濃縮、緊湊、集中，只求扼要地交代事件的重點，無須鋪敘，也不蔓生細節。

2.人物不需要做細膩的刻畫，只能「寫意式」地輕描淡寫幾筆，以保持人物的神秘性，避免畫蛇添足。

3.敘述要精簡樸素，重要的是高潮與結局，開端與發展必須從簡，序幕與尾聲可以捨去。對話要短潔有力，不做多餘的解說與無謂的議論，以保持故事的機趣與魅力。

二、人物描繪要恰如其分

寓言中的人物，包羅萬象。中國人因為尚實際而忌談「怪、力、亂、神」，寓言大多以人物出場；西洋的寓言，人物則擴大到仙魔、鬼怪、動物、植物、無生物等等。

㈠根據「物性」進行擬人化「虛構」

人有一定的傳統習性，可以依據觀察、分析、歸納後的結論來加以描繪；人對仙魔、鬼怪，總有或好或惡的傳統印象，也不難加以設定塑造。同樣地，對於動物、植物、無生物等，作者必須對它們先有一番深入的接觸和觀察，熟悉它們特殊的型態、行為與習性，了解它們的生理特質或物理屬性，然後賦予它們人的性格與感情，才能藉以進行擬人化「虛構」。

俄國文學家高爾基說，「虛構」的完成，是：

> 仗著作者嚴格地按著自己主人翁的本性去說完要說的話，做完應做的事。㉖

虛構時，作者必須要「嚴格地按著自己主人翁的本性」，可見，「虛構」必須遵循一定的規則，是絕對不可以隨心所欲的，只因為動物、植物或無生物各有它們不同的「物性」。換句話說，「虛構」的行為「是自由的，又是不自由的。絕對的自由，是沒有的，自由只是相對的。」㉗所謂「自由的」，是指作者在進行虛構的活動時，要「嚴格地」根據動物、植物或無生物等各自的「物性」，不能只憑自由心證漫無節制地創造與發揮，否則就要「指鹿為馬」了。所以說，擬人化的「虛構」，沒有「絕對的自由」。而所謂「相對的自由」，就是要「遵循物性」，要掌握動、植物的固有本性，不能越出他們的自然規律，使動、植物的物性和人性相結合，並發揮人性。「物性」和「人性」合而為一，擬人化了的物雖然可以發揮「人性」，但仍然是原來的物；「物性」並沒有變，只是投合了人性，能像人一樣說話、做事或思想罷了。因此，螃蟹可以被擬人化為理髮師，向日葵可以被擬人化為體操選手，魚可以被擬人化為游泳選手或跳水選手，並且進一步「虛構」出相關的事件或情節。必須「物性」與「人性」合理化結合，「擬人化」才能入木三分，「虛構」情節才能被讀者相信和接受。

人類根據長時間的接觸和觀察得知：虎豹是殘暴的，豺狼是陰險的，狐狸是狡猾的，獅子是蠻橫的，驢子是愚蠢的，狗是忠實的，羊是善良的，螞蟻是勤勞的，豬是懶惰的，猴子是機智的，貓頭鷹是深沈的，蛇的無情，孔雀的驕傲，鷹的狠……在不違反牠們的自然特性，在符合一定的邏輯推理的原則下，為牠們注入了人的特性和氣質，這是「擬人化」；然後讓牠們披上人的外衣，扮演人類社會中形形色色的悲劇或歡情，遭遇人類的喜怒、哀樂、感傷、憂愁、恐懼、成功或挫折，使讀者覺得親切可信。

伊索寓言〈橡樹和蘆葦〉：

一棵很大的橡樹，被狂風連根拔起，吹越過一條小河，飛落在蘆葦叢中。橡樹對蘆葦說：「真奇怪，你們這樣的輕巧柔弱，怎麼反而沒有被狂風吹斷呢！」蘆葦回答說：「你膽敢和狂風抗爭，所以失敗受傷了。我們卻不敢，連在微弱的風前，也都彎腰低頭，所以能逃過被摧折

的危險。」（著者譯寫）

橡樹的樹幹堅挺粗壯，蘆葦的枝莖卻是纖細柔弱的，伊索掌握了這兩種不同的外在形象，描繪出它們在遭遇狂風襲擊後的不同結局，並且藉蘆葦的嘴來說出它們不同的生存態度和哲學。伊索的「擬人化」描繪可說維妙維肖，很能發揮它們的特性，而「虛構」的情節也相當合情入理。

㈡對於反面人物的性格和行為要加以「誇張」描繪

寓言中出現的人物，不論在個性上或品格上，往往是對立的，如：好與壞、善與惡、強與弱、美與醜、是與非，慈悲對邪惡、聰明對愚笨、勤勞對懶惰、老實對狡猾、謙虛對驕傲、富貴對分贓、樂觀對憂戚、進取對墮落、溫和對暴戾等等，因為有這些對立的狀況和條件存在，所以才會產生衝突。寓言的作者，尤其要就反面人物的特殊性格或行為加以「誇張」描繪，以達到「以諷刺反面角色而達到從正面地啓發和教育大眾的目的」。㉘

著名的〈龜兔賽跑〉寓言：

烏龜和野兔在爭論誰跑得快。於是雙方決定日期和地點，比賽跑步。野兔因為生來就跑得很快，一點也不著急，就在路邊睡著了。烏龜知道自己跑得很慢，就不停地走，結果超越了熟睡的野兔，得到了勝利。（吳憶帆譯，《伊索寓言》，三十四頁）

野兔和烏龜除了有速度快、慢的對立外，牠們的性格也有驕傲（野兔因爲生來就跑得快，一點也不著急，就在路邊睡著了）與謙虛（烏龜知道自己跑得慢，就不停地走）的對立。有了這麼明顯的對立，牠們卻誰也不服誰地「爭論誰跑得快」，衝突終於不可避免地發生了。驕傲的野兔，以為自己天生就跑得快，就大意地在路邊睡著了，終於讓速度慢、個性謙虛的烏龜意外地獲勝了。伊索在寓言中特別以「野兔因為生來就跑得快，一點也不著急，就在路邊睡著了」的描述，來「誇張」野兔的驕傲性格和行為，以強化「驕者必敗」的教訓。

〈守株待兔〉的寓言裡：「兔子再也沒有出現過；然而，農夫依舊繼續在枯樹旁癡心地等待兔子自己送上門來，因而成了宋國人的大笑談。」是對固執而不知順時變通的怪異性格的「誇張」描繪。〈削足適屨〉的寓言裡：「我寧可相信尺碼，也不肯太相信自己。」〈齊人之福〉寓言中：齊人「在東門外的墳場，向祭掃墳墓的人乞討祭墳剩下的酒肉，狠吞虎嚥地吃著；沒吃夠，又東張西望地搜尋其他墳上的殘餘食物。吃飽喝足後，洋洋得意地從外頭回來，在自己的妻妾面前恣意炫耀，裝出一副不可一世的模樣。」是對貪圖利達而不顧廉恥的荒謬性格的「誇張」描繪。〈永某氏之鼠〉寓言中：老鼠「成羣結隊肆無忌憚地爬上飯桌，津津有味地用餐。大白天大搖大擺地出來散步，猖狂地與人爭路。」是對囂張狂妄性格的「誇張」描繪。〈漁翁得利〉寓言中：「鷸嘴緊咬住蚌肉不放，蚌殼也不甘示弱地緊夾著鷸嘴不放。」是對倔強不讓性格的「誇張」描繪。這些有目的的「誇張」，在在突顯了諷刺對象的怪異和荒謬，反而增強了「諷刺」的效果。

三、講究寓意呈現的技巧

「寓意」的呈現，不能不特別注意到以下三個要點：

1.要有積極正確的啓示性：寓言的「寓意」，要有積極正確的啓示性，才能充分發揮垂教示訓的功能。「寓意」要有向上、向真、向善、向美的啓發作用，要揭示對人生有正面意義的訓戒；消極性的、頹廢性的、破壞性的、悖亂性的寓意，根本就不應該出現。尤其是給兒童讀的寓言，「寓意」一定要明顯易懂，使兒童容易了解；如果「寓意」不夠肯定明確，太籠統或太玄奧，就無法有效地展露其中所寓含的教訓或啓示了。

2.要注入新的時代意識：現代寓言的「寓意」，也要注入新的時代意識，以現代的人物事件、現代的題材、現代的生活背景，結合現代人的視角和精神，展現新觀念、新思想、新知識、新視野、新風格。封建、落伍、迂腐等違反時代潮流及風情的陳腔濫調，要及時拋棄；一再地炒冷飯、借屍還魂的寓言，是不會被兒童接受的。

3.要講究呈現的技巧：「寓意」呈現的方法有三種：

(1)由作者直接「宣示」寓意：《伊索寓言》常常在故事後面拖著一條教訓的「結語」。例如：〈老鼠集會〉的結語是：

想是一回事，但確實地執行卻又是另一回事。㉙

〈野豬和狐狸〉的結語是：

當軍號響起，要開始作戰時，再去磨刀就為時已晚了。㉚

〈騾子〉的結語是：

事實是一體兩面的，必須兩面都看到，再來做出選擇。㉛

(2)藉人物言談以「揭露」寓意：《伊索寓言》〈捕鳥人和蝮蛇〉，最後以捕鳥人自怨自艾的感歎來「揭露」寓意：

我太粗心大意了，只顧獵物，卻沒有發覺自己正面臨死亡。㉜

〈橡樹和蘆葦〉，最後以蘆葦教訓橡樹的話來「揭露」寓意：

> 你膽敢和狂風抗爭，所以失敗受傷了。我們卻不敢，連在微弱的風前，也都彎腰低頭，所以能逃過被摧折的危險。（見本章著者譯文，二八五頁）

〈狠和小綿羊〉的故事結束時，以狠自己的話來「揭露」寓意：

> 不管你的辯解是多麼巧妙，我還是要吃掉你的。㉝

(3)讓故事情節「暗示」寓意：作者不明顯地以特定的話語來揭示「寓意」，完全隨著故事情節的進展，若隱若現地「暗示」寓意。這種方式的特色是，讓故事情節自己「說話」，憑讀者的智慧去領會。

伊索寓言的〈龜兔賽跑〉、《莊子》的〈螳螂捕蟬〉、《戰國策》的〈漁翁得利〉、《韓非子》的〈自相矛盾〉、《淮南子》的〈塞翁失馬〉、劉元卿的〈爭雁〉等寓言，作者都避免以赤裸裸的教訓辭令來進行直接的諷刺或教訓，而是讓讀者自行從故事的情節中去領悟其中所「暗示」的寓意。

大陸兒童文學先進陳伯吹教授說：

> 寓言對於人的諷勸，是間接而不是直接，是暗示而不是提示，是委婉而不是率直，是幽默而不是莊重，是溫柔而不是嚴厲的，是津津有味的訴說而不是嘮嘮叨叨的訓斥，是輕描淡寫的

印象而不是鄭重其事的警告。㉞

讓故事情節去「暗示」寓意，以委婉、幽默、溫柔、津津有味的方式表現出來，應該是一種最高明的技巧。

第四節　寓言欣賞

捕鳥人和蝮蛇

有一個捕鳥人帶著粘膠和粘竿去捕鳥。他看到很高的樹上停著一隻鶇鳥，想要去捉，就把粘竿伸得很長，眼睛也盯在鳥身上。他就這樣一心一意抬頭看上面，沒有發覺自己正踩在一隻睡著了的蝮蛇身上。蝮蛇咬了這人一口。臨死時，他很懊悔地說：

「我太粗心大意了，只顧獵物，卻沒有發覺自己正面臨死亡。」（吳憶帆譯，《伊索寓言》，一三六頁）

伊索的這一則寓言，和《莊子》的〈螳螂捕蟬〉構思非常類似，但只要稍加比較，就可以看出它們明顯的不同。〈捕鳥人和蝮蛇〉寓言，故事內容相當貧乏，情節也非常單薄，不像〈螳螂捕蟬〉那麼詭譎多變，工於經營，只是大略地交代一下事件的經過而已；但寓意卻一目瞭然——捕鳥者的話，使讀者有了觸目驚心的感受，教訓是明顯、驚懼而有力的。這樣的寓言，寫來猶如套公式一樣，卻是《伊索寓言》的傳統筆法——不是在故事的結尾處，由人物自行說出他的勸誡或教訓；就是在故事結尾處，加上一兩句作者「總結性的敎訓話語」。雖然，這樣平凡而單薄的寓言，已能做到經驗與敎訓融合一體，一氣呵成的手法相當經濟；可惜故事性不夠，趣味性也不高。

螞蟻和蜣螂

炎熱的夏天，一隻螞蟻在田裡來來去去，撿拾大麥和小麥，為冬天的貯糧而忙碌。蜣螂看到了，說：

「你為什麼要這樣賣命地工作呢？趁現在天氣好，一起來玩耍不是很好嗎？」螞蟻什麼也沒說。

冬天到了，雨水把蜣螂的食物——牛糞都沖走了，蜣螂只好餓著肚子來找螞蟻，請求分給牠一點食物。螞蟻說：

「蜣螂啊！我努力工作的時候你嘲笑我，如果那時候你也一起工作的話，現在就不至於因為缺乏食物而來求我了。」（吳憶帆譯，《伊索寓言》，一八七頁）

這則寓言，情節的推進落在螞蟻和蜣螂的相互對話上。螞蟻代表正面人物，蜣螂是反面人物，對話表現了各自不同的性格——螞蟻的勤勞和蜣螂的懶惰貪玩，正好是兩種對立的性格，牠們的結局已隱然可見。伊索特別以蜣螂的問話：「你為什麼要這樣賣命地工作呢？趁現在天氣好，一起來玩耍不是很好嗎？」「誇張」蜣螂「懶惰貪玩」的性格和態度，來達到強烈諷刺反面人物的目的，並藉以增強人物性格互相衝突的對立效果。故事中，簡潔純樸的對話，使情節推進的節奏顯得快速而明朗，寓意也自然順利地浮現出來。

月亮的話　　顏炳耀

一隻螢火蟲，從鄉下飛到城市。

當牠看到到處閃耀的霓虹燈、寬闊的街道兩旁的水銀燈，回頭再看看自己身上帶著的「小燈籠」，深深地感到自己實在太渺小。

於是牠抬起了頭，羨慕地對路旁的水銀燈說：「你的光芒不知比我大多少，你真是比我偉大多了！」

但是，水銀燈並不以為然，它對螢火蟲說：「不！你看那皎潔的月光，它高掛在天空，照耀著大地，它不是比我更偉大嗎？」

月亮在天空聽到了，不禁微笑著說：「你們那兒知道：跟天空中所有的星星們相比起來，我可是最渺小的一個；而且，我的光還是因為太陽的緣故哩！又怎能跟自己會發出光的螢火蟲

來比呢？」（林鍾隆等著，《現代寓言》，八十一～八十二頁）

螢火蟲在夏夜裡會發出閃爍晶瑩的亮光，作者不但抓住了這個自然特性加以「擬人化」，並且拿螢火蟲如豆粒般微小的亮光，來與更大的水銀燈光、月光比較，想像螢火蟲「深深地感到自己實在太渺小」的自卑心理。可是，螢火蟲這種無限欣羨偉大光芒的心境，卻在月亮和藹慈祥的話語開導下，豁然開朗起來，螢火蟲將因此而不再自卑，更會因「自己會發出光」而覺得安慰和自信呢！這則寓言中，月亮微笑的話語，有如母親充滿著關愛的娓娓訴說，對於那些動輒無端地羨慕別人、對自己毫無信心，以致幾乎產生自卑心理的小朋友，無疑是一帖很有效的強心劑。

大石頭與小石子　　徐紹林

大石頭常常看不起小石子，認為小石子活在這世上是多餘的。小石子也知道自己處處不如人，只默默地做自己該做的事。

一天，主人想蓋一間雞舍養點小雞，挖了四個大洞，放進木柱，再填上大石頭，可是，木柱就是不牢。大石頭為了表現自己的偉大，用盡自己的身子，仍舊不能使木柱堅穩。

主人可發牢騷了：「這些大石頭真不管用，找些小石子填上去試試看。」於是，主人找來好多的小石子，在大石頭的縫隙處，填上了小石子，於是，四根木柱便堅穩了。（見前書，一一一頁）

「天生我材必有用」，是這則寓言所要「暗示」讀者的寓意，和〈月亮的話〉有異曲同工的妙趣。作者用「強弱對比」的方式，來分別闡明大石頭和小石子各自的用途。大石頭的重量大、形體大，一般的用途也比較多，因此養成它「常常看不起小石子」的驕傲心理，認為小石子是多餘的。可是，大的東西卻往往比較粗疏，不夠精密，就像故事裡所發生的事件那樣，大石頭的縫隙，就需要靠細小的石子來填塞，才能使大柱子堅穩地站立起來。這時候，小石子不但不是多餘的，反而是不可或缺的。人都容易犯了「以貌取人」的偏見，更常常「顧影自憐」，對自己失去信心。須知：外表雖然平凡的人，也可以有一番大作為呢！

獵人和馬

有一天，在森林裡，一頭馬和一頭鹿爭吵得很兇。於是馬就跑到一個獵人那裡去，求獵人在牠和鹿爭吵時，要幫牠這一邊。

獵人答應了，但是向馬說：「我可以幫你打敗鹿，不過咱們可得先講下了條件，我要把鞍和繮繩裝在你的背上和嘴上。」馬同意了這個條件，獵人即刻把那兩樣東西套在馬身上去了。獵人一跳跳上了背，騎在馬鞍上，一同前去作戰，果然把鹿打敗了。當他們回來時，馬就對獵人說：「現在請你從我背上下來，除去我身上的鞍和繮繩，因為現在事情已經過去了。」獵人立即說：「別忙，馬朋友，我既然把繮繩套在你身上，你就從此要做人類的奴隸了！」（林海音譯，《伊索寓言》，二十三～二十四頁）

人往往遇事不知瞻前顧後，不能審慎衡量得失，以致草率行事，一失足而成千古恨。這匹馬因為一時氣憤，就跑去向獵人求援；獵人正需要騎馬，以便到遠地去打獵，並且可以在打獵的時候追逐野獸，所以開出了「我要把鞍和韁繩裝在你的背上和嘴上」的條件，彼此各取所需，馬誤以為條件公平合理，就欣然同意了。沒想到，一被套上鞍和韁繩的馬，從此就要像奴隸一樣，任獵人宰制，再也沒有自己的自由了。人何嘗不也是如此？常常只顧眼前的好處，卻不知做長遠的打算；也許，一時可以得到一些小利益，卻要付出永遠無法彌補的大代價，真是得不償失。這則寓言的構思，是以獵人和馬的傳統對立關係為基礎的，馬對於獵人的意義，就是套上鞍和韁繩的奴隸。一個人如果一時衝動，答應了別人所提出的苛刻條件，可能就會像這匹馬一樣，得到非常慘痛的下場。

齊人之勇

有兩個講求勇氣的齊國人，一個住城東，另一個住城西。有一天，兩人突然在路上相遇，其中一人說：

「難得碰面，今天一定要和你喝個痛快！」

酒過數巡，其中一人說：「有酒無肉，不能盡興，去買些肉來下酒吧。」

誰知另一人竟提議說：「何必買肉呢？你的肉、我的肉，不都可以下酒嗎？為了買肉得跑一趟多麻煩，我看，在你我的肉裡加些調味料倒還有些必要。」

於是兩個人同時拔出刀來，互相割取對方的肉，細細品嚐，到死為止。（著者譯寫，《呂

氏春秋・孟冬紀》）

這是一則「極端誇張」到荒唐透頂的寓言。兩個好朋友，久未碰面，有一天，突然相遇，當然喜出望外，於是相約喝個痛快，這是常有的事。但是，喝酒喝到痛快時，竟彼此拔出刀子互相割取對方的肉來下酒，這就不可能了。古人崇尚義氣，往往歃血為盟，相約共患難、同生死，這是沒有意義的「血氣之勇」，只能逞一時的快意，其實於事無補。這個寓言在告誡人：真正的勇氣，要用在有意義的事件上；否則，只為逞一時之快，就太不值得了。死，有重於泰山，有輕於鴻毛；若真能為正義公理而赴湯蹈火，才是有意義、有價值的。

高樓搬家

仇春霖

一座高樓蓋成了。建築師總結說：「樓要蓋得高，基礎一定要打得牢。」

高樓聽了很不滿意：「什麼？地基和我有什麼相干，我是憑著自己的腰桿子站在這裡的呀！」

「朋友，別太自信了，要是沒有穩固的地基，就不會有你這座高樓。」建築師提醒高樓說。

高樓非常不服氣：「難道離開這塊地基我就不能存在？高樓就是高樓，走遍天下也是一座高樓。地基，算什麼東西！我非得要依靠那些爛泥巴不可嗎？」於是它決定搬家。

高樓挺起了胸脯，氣勢洶洶的出發了。可是，當它剛邁開步子，就「轟」的一聲倒塌了。

（張建忠編，《寓言選》，一五九～一六〇頁）

世間萬物，相依相存，因此，人不可忘本；忘本就會失去依靠，終而無以立足。故事一開頭，作者就以建築師的口吻，說了兩句「點題話」——「樓要蓋得高，基礎一定要打得牢」，寓意已經暗示出來了。充滿著自信、胸脯挺得高高的、氣勢洶洶的高樓，一再說出狂妄而幼稚的大話；建築師也理性地一再提醒它：「要是沒有穩固的地基，就不會有你這座高樓。」「地基，算什麼東西！我非得要依靠那些爛泥巴不可嗎？」驕傲的高樓剛說完了極端不屑的話，才邁開腳步，就「轟」的一聲倒塌了。人再怎麼得天獨厚，再怎麼強壯，也不能孤伶伶地存活。這則寓言在告誡人：自私自利、唯我獨尊的人，是注定要失敗的。

風箏　　克雷洛夫

一個乘風飛入雲霄的風箏，從高空中向下面山谷裡的一隻蝴蝶喊著：

「我簡直看不清你了，我可以肯定地說，你一定很羨慕我能夠飛得這麼高吧！」

「羨慕？才不呢！你根本沒什麼了不起！不錯，你們飛得很高；但你總是被繫上了繩子。我的朋友，這跟真正的快樂相距太遠了。雖然我沒有什麼可得意的，但我可以任意在空中翱翔，我可不願意一輩子供別人做無謂的消遣。」（見前書，一九八頁）

擁有自由，人才能得到真正的快樂，人生才有意義。這是一則寓意相當深刻、高遠的寓言，作者（克雷洛夫是橫跨十八、十九世紀的俄國現實主義文學家，著有《克雷洛夫寓言集》，一生寫了兩百多則寓言）透過一個被遙控著飛入雲霄的風箏，向山谷中一隻自由自在翱翔的蝴蝶喊話，炫耀自己「飛得這麼高」。可是，蝴蝶看穿了一切：風箏飛得再高，也不是出於自己的意願；風箏是沒有不飛高的自由的，它永遠被繩子繫著，永遠受人的操縱和控制，它永遠只是供人做「無謂的消遣」，是得不到「真正的快樂」的。蝴蝶心中最得意的是：自己能夠「任意在空中翱翔」；能夠自由自在地翱翔，才是真正的快樂。這是一則高意識的寓言，主題思想接近《莊子》的〈逍遙遊〉。人也一樣，失去了自由，縱使強言「樂不思蜀」，也只能供別人做無謂的消遣，還有什麼快樂可言？

自我評量題目

一、簡扼敘述「寓言」的意義及對兒童的教育價值。
二、試依種類說明「寓言」的功能。
三、舉例說明「寓言」如何反映人生現象。
四、舉例說明「寓言」如何透過鮮明的比喻表現寓意。
五、扼要說明「寓言」的寫作原則。
六、另舉一則具有現代意識的「寓言」，並略加扼要解說。
七、自行選取兩則「寓意」相類似的寓言，比較它們的優劣。

註釋

①見劉燦著，《先秦寓言》，頁十二。

②見譚達先著，《中國民間寓言研究》，頁一。

③見許義宗著，《兒童文學論》，頁六十一。

④見張美妮著，《兒童文學概論》，頁七十五。

⑤參閱註①，頁九十九。

⑥同註①，頁一。

⑦參閱陳蒲清著，《中國古代寓言史》，頁十二。

⑧《孟子·公孫丑上》：「宋人有閔其苗之不長而揠之者，芒芒然歸，謂其人曰：『今日病矣！予助苗長矣！』其子趨而往視之，苗則槁矣。」

⑨《莊子·應帝王》：「南海之帝爲儵，北海之帝爲忽，中央之帝爲渾沌。儵與忽時相遇於渾沌之地，渾沌待之甚善。儵與忽謀報渾沌之德，曰：『人皆有七竅以視聽食息，此獨無有，嘗試鑿之。』日鑿一竅，七日而渾沌死。」

⑩《韓非子·五蠹》：「宋人有耕田者，田中有株，兔走，觸株折頸而死，因釋其耒而守株，冀復得兔，兔不可復得，而身爲宋國笑。」

⑪《韓非子．外儲說左上》：「鄭人有且置履者，先自度其足而置之其坐，至之市而忘操之，已得履，乃曰：『吾忘持度。』反歸取之，及反，市罷，遂不得履，人曰：『何不試之以足？』曰：『寧信度，無自信也。』」

⑫《韓非子．難一》：「楚人有鬻楯與矛者，譽之曰：『吾楯之堅，莫能陷也。』又譽其矛曰：『五矛之利，於物無不陷也。』若曰：『以子之矛陷子之楯何如？』其人弗能應也。」

⑬《孟子．離婁下》：「齊人有一妻一妾而處室者，其良人出，則必饜酒肉而後反。其妻問所與飲食者，則盡富貴也。其妻告其妾曰：『良人出，則必饜酒肉而後反；問其與飲食者，盡富貴也；而未嘗有顯者來，吾將瞷良人之所之也。』蚤起，施從良人之所之，徧國中無與立談者。卒之東郭墦間之祭者，乞其餘；不足，又顧而之他。此其饜足之道也。其妻歸，告其妾，曰：『良人者，所仰望而終身也，今若此！』與其妾訕其良人，而相泣於中庭，而良人未知之，施施從外來，驕其妻妾。」

⑭《孟子．滕文公下》：「今有人日攘其鄰之雞者，或告之曰：『是非君子之道。』曰：『請損之，月攘一雞，以待來年，然後已。』」

⑮《淮南子．人間訓》：「近塞上之人有善術者，馬無故亡而入胡，人皆弔之，其父曰：『此何遽不爲福乎？』居數月，其馬將胡駿馬而歸，人皆賀之，其父曰：『此何遽不能爲禍乎？』家富良馬，其子好騎，墮而折其髀，人皆弔之，其父曰：『此何遽不爲福乎？』居一年，胡人大入塞，丁壯者引弦而戰，近塞之人死者十九，此獨以跛之故，父子相保。」

⑯同註⑦，頁二七九。

⑰〈爭雁〉：「昔人有睹雁翔者，將援弓射之，曰：『獲則烹。』其弟爭曰：『舒雁烹宜，翔雁燔宜。』竟鬥而訟於社伯。社伯請剖雁，烹、燔半焉。已而索雁，則凌空遠矣。」

⑱〈鵰鳥哺雛〉：「鵰鳥哺雛，無從得食。摟得一貓，置之巢中，將以飼雛。貓乃立囓其雛，次第俱盡。鵰不勝怒，貓曰：『你莫嗔我，我是你請將來的。』」

⑲同註②，頁十七～五〇。

⑳見莫渝譯，《拉封登寓言》，頁一六五。

㉑同註⑳，頁八。

㉒《戰國策．燕策上》：「蚌方出曝，而鷸啄其肉，蚌合而箝其喙。鷸曰：『今日不雨，明日不雨，即有死蚌。』蚌亦謂鷸曰：『今日不出，明日不出，即有死鷸。』兩者不肯相舍，漁者得而并擒之。」

㉓〈永某氏之鼠〉：

永有某氏者，畏日拘忌異甚，以爲己生歲值子，鼠，子神也，因愛鼠不畜貓犬，禁僮勿擊鼠。

倉廩庖廚，息以恣鼠不問，由是鼠相告皆來某氏，飽食而無禍。

某氏室無完器，椸無完衣，飲食，大率鼠之餘也。

晝累累與人兼行，夜則竊齧鬥暴，其聲萬狀，不可以寢，終不厭。

數歲，某氏徙居他州，後人來居，鼠爲態如故。

其人曰：『是陰類惡物也，盜暴尤甚，且何以至是乎哉？』假五六貓，闔門撤瓦灌穴，購僮羅捕之，殺鼠如丘，棄之隱處，臭數月乃已。」

嗚呼，彼以其飽食無禍爲可恆也。

㉔〈鹽販和他的驢子〉：

一個鹽販，牽著他的驢子到海邊去買鹽。

回家的路上，經過一個斜坡，驢子因爲馱載過重，竟連驢帶鹽地滑進水裡去了。

鹽被水溶化了不少，減輕了許多重量，從水裡爬起來的驢子，背上馱的就輕鬆多了，牠心裡很得意。

鹽販並不甘心，又牽著驢子回到海邊去買了更多的鹽。

回程，又到了斜坡的地方。驢子就故意假裝爬不上去，再一次滑進水裡，讓背上的鹽溶掉一大半，以減輕負擔。

鹽販終於看出了驢子的詭計，馬上想出了教訓驢子的妙策。

第三次從海邊回來時，鹽販給驢子一大袋海綿。上斜坡時，驢子又故意滑到水裡。可是，這一次，海綿飽飽地吸滿了水，使驢子的負擔足足地加重了一倍，一路上馱得上氣不接下氣。（著者譯寫）

㉕見沈謙著，〈寓言與極短篇（上）〉，聯合報，民國七十一年四月二十九日，副刊。

㉖見洪達主編，《世界名作家談寫作》，頁二一二。

㉗見洪汛濤著，《童話學》，頁一七一～一七二。

㉘同註②，頁七〇。

㉙見曾延埕譯，《英文世界著名寓言》，頁三十五。
㉚同註㉙，頁十五。
㉛同註㉙，頁十九。
㉜見吳憶帆譯，《伊索寓言》，頁一三六。
㉝同註㉜，頁六十二。
㉞同註㉗，頁一二一。

參考文獻

〔一〕

1. 許義宗著　**兒童文學論**　自印　六十七年再版。
2. 蔡尚志著　**兒童故事原理**　五南圖書出版公司　七十八年九月初版。
3. 林文寶著　**兒童文學故事體寫作論**　省立台東師範學院　七十九年一月初版。
4. 譚達先著　**中國民間寓言研究**　台灣商務印書館　七十七年八月初版。
5. 劉燦著　**先秦寓言**　羣玉堂出版事業公司　八十年十一月初版。
6. 陳蒲清著　**中國古代寓言史**　駱駝出版社　七十六年八月出版。
7. 洪汛濤著　**童話學**　富春文化事業公司　七十八年九月初版。
8. 洪達主編　**世界名作家談寫作**　故鄉出版社　七十一年二月初版。
9. 沈謙撰　**寓言與極短篇**　聯合報　七十一年四月二十九、三十日　副刊。

〔二〕

1. 李奕定選輯　**中國歷代寓言選集**　台灣商務印書館　六十一年四月六版。

2.林鍾隆等著 **現代寓言** 兒童圖書出版社 六十四年六月初版。
3.林海音譯 **伊索寓言** 國語日報附設出版部 六十九年八月四版。
4.莫渝譯 **拉封登寓言** 志文出版社 七十七年五月再版。
5.吳憶帆譯 **伊索寓言** 志文出版社 八十年十一月初版。
6.曾延埕譯 **英文世界著名寓言**（英漢對照本） 將門文物出版公司 八十年十二月一版。

第7章 童話

學習目標

——研讀本章後，學習者應能達成下列目標：

一、能詳述童話的定義和類別。
二、能具體說明童話的特質。
三、能應用童話的寫作原則創作童話。
四、能根據童話的內容和形式欣賞童話。

摘要

童話是最能引起兒童閱讀興趣的文學體裁。它是專爲兒童編寫，以趣味爲主的幻想故事。根據童話的發展，童話分爲古代童話和現代童話兩種。《格林童話》屬於古代童話；而安徒生的《醜小鴨》、柯樂笛的《木偶奇遇記》則屬於現代童話。

童話的特質有三項：趣味性、幻想性、象徵性。趣味性是爲了滿足兒童遊戲的需要，符合兒童閱讀興趣。幻想性是超現實的，不依自然法則和科學規律的。象徵性是利用具體的事物，暗示抽象的觀念或情感。

了解童話的定義、類別和特質後，即可創作童話。創作童話時應注意的原則是：首先要深入探討題材，研討人物、環境和情節；其次是選擇正確而有趣的主題去貫串題材；接著安排適當的結構；最後是活用敘寫技巧。

在認識童話的特質和寫作背景後，可以從內容和形式兩方面入手來欣賞童話作品。在內容方面，分析它是什麼題材、什麼主題；在形式方面，研究它的語言、人物特性刻畫、結構和敘述觀點。如此，便可以較有條理地深入欣賞作品。

童話是兒童文學的主體，是最能引起兒童閱讀興趣的一種文學體裁。通常成人在回憶小時候聽過或看過的故事中，最令他們難忘的，大多是童話作品，像《白雪公主》、《灰姑娘》、《傑克與巨人》、《美人魚》、《國王的新衣》等。兒童文學先進國家如美、英、法、日等的兒童文學出版品中，童話書籍所占比例很高；而小學語文教科書上，也大量選載童話作品。我國對童話的關心起步較慢，可以說是清末民初以後才開始。不過，近年來國人創作的童話作品已漸漸多起來；而國小的「國語」教科書裡，也選用了一些童話作品。由這兒可以知道，國人對童話文體也越來越重視。

童話是什麼？它的類別、特質、寫作原則及有名的作品爲何？這些是研究童話的人應該知道的，現在簡單說明於後。

第一節　童話的意義

一、童話的定義

童話是什麼？有些人認為童話就是「兒童故事」，或是「兒童文學」。這樣的見解並不完全正確。

我國「童話」詞語的使用，導源於日本。童話詞源雖然是外來的，但是「童話」一詞的涵義卻是中國的。林守為先生根據蘇尚耀先生在民國五十五年寫的一篇考證文章而判斷於下：

就字面來說，「童」是「兒童」，「話」是「說話」。不過，這種說話並不是像一般人在日常生活中所說的話，而是跟宋代「說話人」的「說話」，同樣的涵義。當時「說話人」的「說話」內容都是「半真半假的故事」，童話的「話」，也是屬於這樣性質的故事。依此解釋，才不致於誤以「童話」為「小兒話」；而與一般所稱的「講故事」、「聽故事」，也可以加以區別。①

童話並不是「兒童的話語」。洪汛濤先生對「童話」詞語的涵義看法，也跟林先生相同。他在《童話學》中說：

第一、中國自古即有「童謠」之名，那是韻文體的；散文體的不稱「謠」，該叫「話」。有「童謠」，必定有「童話」。童謠、童話，一謠一話同為兒童文學作品，只是韻文、散文的區別。第二、中國古小說稱為「評話」或「話本」；「童話」即兒童之評話、話本。第三、從我國早期那些稱做「童話」的作品來看，可說都是沿用宋元評話、話本的寫法的；前面有一大段楔子式的評語，而後始進入故事正文。（三十二～三十三頁）。

由童話一詞中的原涵義，有屬於「給兒童看的半真半假的故事」來看，有的日本人把「兒童故事」叫童話；②我國人把英文的 *"fairy tale"*，屬於小神仙、小仙子的故事也叫童話，就可以理解如此稱呼的緣由了。

把「兒童故事」叫做童話，或把「兒童文學作品」統稱童話，結果童話跟寓言、神話、歷史故事、兒童小說……不分。這在分類詳密，研究精進的今天，顯然是不適當的。再加上現在的童話，跟古代的童話不盡相同，因此童話的定義也會有變。國內學者目前對童話定義的看法，雖然不全相同，但是跟「兒童的故事」或「兒童文學的總稱」，已有很大的差別。

根據蘇尚耀、朱傳譽、林文寶、蔣風、林艮、林守為、嚴友梅、林鍾隆、洪汛濤、張美妮等十位先生的童話定義來看，童話的構成要素，在欣賞對象上屬於「兒童」；在文體上屬於「故事」；在特質上屬於「想像或幻想」、「趣味」；在教育內容上，重視「意義」；有它的特定範圍。前述有的日本人把「童話」解釋為「兒童故事」並不妥。林文寶先生在《兒童文學故事體寫作論》中說：

兒童故事在廣義的解釋裡，雖可以建立在事件敘述或情節的觀念上，認為故事是童話、神話、寓言、小說等的總稱，而把童話當做兒童故事的一種文體，但是實質上，並不能以兒童故事來解釋童話。這就像萬物可以包含人、石頭、鳥、器具等，而不能解釋「人」就是「萬物」一樣。（八十四～八十五頁）

所以用「兒童故事」來解釋「童話」，是不周延的。同樣，童話是兒童文學的一種文體；如果以「兒童文學的總稱」來解釋童話，也不妥當。

根據前面十位先生的童話定義來看，構成童話的主要條件有下列幾項：

1.兒童：童話主要是為兒童編寫的，因此童話的取材、語言、主題、結構等方面，都應考慮兒童的興趣、需要和理解能力。

2.趣味：兒童看故事是為了得到快樂，因此童話非常重視趣味性。由於偏重趣味性，童話與偏重寓意為主的寓言，就有很大的差別。

3.幻想：幻想是虛幻的想像。童話中常可見到誇張、擬人及與客觀事實不合的情節，因此這種文體跟一般以寫實為主的兒童小說、兒童故事，有很大的差別。

4.故事：故事的意義具備目標、行動和結果的三個基本要素。童話即具有「故事」的這三個要素，如果缺乏這些要素，童話可能就變成兒童散文了。

以上四大項是童話的主要形成條件。至於「意義」是理想童話的要素，這兒可以不必列入。根據以上四大項要素，童話的定義就是：專為兒童編寫，以趣味為主的幻想故事。③

二、童話的類別

童話的起源很早，如果它不比神話、傳說早，至少也與神話或傳說同時產生。假如把童話的發展區分為兩個階段，那麼童話可以分為古代童話和現代童話。

(一)古代童話

原始的童話，有的存留在古籍裡，有的存留在民間口頭上。根據古代典籍中的童話材料而整理、改寫的，有的叫它做「古典童話」；根據留傳在民間口頭上的童話而蒐集、整理、改寫出來的，有的叫它做「民間童話」或「傳承童話」。古典童話、民間童話的故事來源雖然不同，但是實質上並沒什麼不同。編寫者得到這些材料後，大多根據兒童心理及觀點，重新加以估量、構思，再寫出來。為了簡便稱呼，我們把它合稱為「古代童話」。

從事古代童話的整理、改寫，較有成就的有貝洛爾（*Charles Perrault*）、格林兄弟、喬考柏斯等人。貝洛爾是法國人，他在西元一六九七年出版了《鵝媽媽的故事》，共收錄了八篇有名的童話，例如睡美人、小紅帽、小拇指、灰姑娘、穿鞋的貓等。格林兄弟是德國人，哥哥叫雅各．格林（*Jacob Grimm*），弟弟叫威廉．格林（*Wilhelm Grimm*），他們蒐集來而加以改寫的《格林童話》，共達兩百多篇。喬考柏斯是英國人，他所蒐集、改寫的《英國童話集》中，也有許多名著。例如：《三隻小豬》、《傑克與巨人》等都是膾炙人口，風行世界的童話。我國古代童話的材料蘊藏豐富，例如《詩經》、《山海經》、《穆天子傳》、《楚辭》、《莊子》、《列子》、《聊齋誌異》等，都有許多可以改寫的材料，可惜國人像貝洛爾、格林兄弟等整理古代童話事業的人並不多，因此還沒有產生像貝洛爾、格林兄弟這麼有名的人。至目前為止，做得較有成績的似乎只有蘇尚耀、楊思諶、馬景賢先生等人。蘇尚耀先生的《小黃雀》、楊思諶先生的《五彩筆》、馬景賢先生的《三隻小紅狐狸》，都是較有名的古代童話作品。

經過整理、改寫的「古代童話」，葛琳女士認為在內容上，大多已剔除荒謬、恐怖和粗俗的部分，也剔除了嚴肅和迷信；充實、美化了故事中感人的情節及各角色的活動。在寫作技巧上，也有下列幾個特徵：

1. 善用擬人化的寫作方法。
2. 故事人物少而活動多。
3. 故事的情節多是特殊而誇張，異乎尋常。

4. 善用魔法與神技解決問題。
5. 善有善報，有令人滿意的結局。④

㈡現代童話

根據古代童話材料加以整理、改寫的作品，叫做「古代童話」；仿照古代童話樣式，而另行創作的童話作品，叫做「現代童話」。由於現代童話是屬於創作的，因此有人將其稱為「創作童話」。

由古代童話演進到現代童話，最重要的人是丹麥的安徒生。安徒生也整理、改寫過童話，例如《國王的新衣》就是根據西班牙《國王與織布騙徒》的故事改寫而成。但是安徒生根據童話的特質，自己也創作新童話，例如：醜小鴨、美人魚、勇敢的錫兵等篇。由於安徒生率先自創童話，而且又寫得那麼美、那麼好、那麼多，因此後人便尊稱他為「童話之王」，或是「現代童話之父」。

安徒生自創童話以後，後人效法他的很多，使得童話的發展由古代童話演進為現代童話。後人創作現代童話，有名的作家和作品相當多。像義大利人柯樂笛（*Collodi*）的《木偶奇遇記》、英國路易斯‧加樂爾（*Lewis Carroll*）的《愛麗絲漫遊奇境記》、王爾德（*Oscar Wilde*）的《快樂王子》、美國懷特（*E. B. White*）的《夏綠蒂的網》、蘇修博士（*Dr. Seuss*）的《何東孵蛋》等等，都是很好的現代童話。

我國的現代童話出現較晚，不過現在已有不少人從事這方面的創作。例如嚴友梅、林良、林鍾隆、朱秀芳、陳玉珠、孫晴峯、管家琪、洪汎濤、鄭淵潔先生等人，也有很好的成績。

現代童話除了繼承古代童話的大部分特徵外，也出現了古代童話欠缺的特色。林良先生曾分析現代童話跟古代童話不同的地方如下：

1. 角色選擇的自由：現代童話《勇敢的小錫兵》寫的是玩具兵。《醜小鴨》寫的是一隻小天鵝。
2. 洋溢著善良的人性：古代童話故事中有善人，也有惡人。故事中對於自私、貪婪、殘忍、惡毒，一律不加以避諱。這本來是成人文學的特性。……古代童話的內容有些是相當野蠻的，但是安徒生的創作童話，卻給人溫馨的感覺。
3. 創意的想像趣味，取代了法力、巫術和國王的賞賜；也就是說，安徒生的童話提高了童話境界。大家欣賞的是童話中令人愉快、富創意的想像，而不再是「善有善報，惡有惡報」，或者突來的財富、突然降臨的好運等這種現實的利益。⑤

林良先生又說：「現代西方國家的童話作家所寫的“*modern fantasy*”，日本童話作家所寫的“*fantasy*”，我國童話作家所寫的『童話』，都有一個共同的根源，那就是安徒生的『創作童話』。」⑥由此可見，現代童話已成為童話的主流。

從童話的演進來看，童話可分為古代童話和現代童話。它們之間除了一個是根據古籍或民間流傳的童話素材加以整理、改寫；一個是創作的不同外，仍有不同的寫作特性。

第二節 童話的特質

童話跟一般文學作品一樣，是很複雜的文體，具備的特質相當多。林良先生在《童話的特質》一文中，提出了不少的說明，現摘述於後。

1.物我關係混亂的特質：在兒童世界裡，物我關係是混亂的。如孩子可以跟樹葉說話，向路燈說再見。這種「物我關係的混亂」與詩人的「明月幾時有，把酒問青天」是同一個類型，是一種文學藝術上的美。

2.一切的一切都是人：童話世界裡，貓罵老鼠，老太婆請棍子幫她趕豬過橋……這是把一切的一切都看成人。

3.時空觀念的解體：童話世界裡，不管「哪年哪月」，不論「何地何方」，均「不受時空觀念限制」。例如英國童話《傑克與巨人》中，具有魔幻的豆梗，一夜之間就可以由地上長到天上；巨人住的地方比空氣更輕。童話作者不必去顧慮時、空是否合理。

4.超自然主義：童話裡的許多安排，常常是常識上的「不可能」，是自然法則所不能接受的。如：天上掉下綠色帶黏性的雨點。

5.誇張的「觀念人物」：人是複雜的，人的言行常受現實生活的修正，所以在「現實世界」裡，並沒有「單一觀念」的人物；像好吃的人，不會一天到晚「狼吞虎嚥」；好撒謊的人，不會一天到晚「信口開河」。但是在童話裡，往往有「單一觀念」的人物，如安徒生童話《國王的新衣》中的國王，因為愛穿新衣，受騙到光著屁股在大街上遊行。這種觀念人物，只有個性，沒有理性；只有觀念，沒有思想。⑦

林良先生提出的這五個特質，主要是在說明童話是屬於「幻想」的。童話是幻想的產物，因此它具有物我關係混亂、擬人、時空解體、超自然、誇張等特性。

林守為先生在《童話研究》一書中，對童話的特性提出了五個觀念，現摘述於後。

1.遊戲性：小孩子的生活是遊戲的生活；他們視閱讀為一種遊戲。童話是為小孩子寫的，作者設計有趣的情節乃是為滿足兒童遊戲的樂趣。

2.想像性：童話係出自想像力而成的故事。

3.包容性：童話中，時間、空間、人物都不限定。童話的世界非常寬廣，包含了一切。

4.單純性：童話有一種基本精神——博愛；基本德性——和善；基本旋律——優美；基本情調——天真；基本形式——完整；基本效果——喜悅。童話具有單純的特性，故能受兒童歡迎。

5.喜劇性：為使兒童得到歡笑與輕鬆，童話中充滿喜劇的意味（十三～十四頁）。

林守為先生提出的五個特性，除了單純性是敘述理想童話的內容與形式外，其餘可分為幻想與趣味性兩種。想像性與包容性跟「幻想」的特質相近；遊戲性與喜劇性跟「趣味」的特質相近。

綜合以上見解，以及筆者研究童話作品的心得，歸納童話的特質於後：

一、趣味性

兒童的生活離不開遊戲，因此有人說遊戲是兒童的第二生命。林文寶先生說：「兒童文學製作的理論，在於『遊戲的情趣』。」⑧童話是供給兒童欣賞的主要文學作品，因此非常注重趣味性，以滿足兒童遊戲的需要。童話作品中，諸如題材的奇特、新穎、親切；內容的幽默、滑稽；人物的誇張、變形、擬人；情節的神奇多變；敘述時，「物我混亂」、「時空觀念解體」，以及重視懸疑性、延宕、活潑；語言的淺顯、意象、有味，都是為了使故事生動、吸引人，以符合兒童閱讀興趣。

童話有許多是事前未曾料到的發展與結局，或出現未曾料到的人物，引起兒童驚奇，使兒童產生趣味的作品。例如蘇修博士的《古賓斯的五百頂帽子》。故事中的主角古賓斯，頭上會長帽子，一頂脫下來後又長出一頂。這是多麼地令人驚奇！在故事發展中，國王命令製帽專家、神箭手、智慧老人、劊子手等要除去古賓斯頭上的帽子，結果都沒辦法，這不是很神奇嗎？結尾中敘述國王要把他從高塔上推下去時，發現古賓斯的帽子居然變得很漂亮、很貴重，於是用五百個金幣跟他交換。結果古賓斯的頭不再長帽子了，這又是令人驚奇的事。又如英國史威福特（*Jonathan Swift*）的《格列佛遊記》裡，有許多有趣的事。小人國裡的人，身高不到六英寸，大約是格列佛的十二分之一；小人國裡的麻雀只有蒼蠅般大；小人國中的兩國打仗，苦戰了三十六個月，損失了好幾萬的生命，打仗的原因，原來只是為了爭執人們吃蛋時，應該先打破雞蛋較大的那頭，或較小的這端。在大人國裡，人的身高像教堂的尖塔那麼高，比格列佛高了十幾倍；蒼蠅像百靈鳥般大，黃蜂也像一隻大松雞，蘋果像一個大酒桶；格列佛在大人國經歷了許多驚險的事，讓讀者為他捏一把汗。這些驚奇的事件，都能引起讀者閱讀的興趣，讓讀者享受到閱讀的快樂。

二、幻想性

童話是幻想的故事，不是寫實的，因此「幻想」是童話文體的最大特質。童話中不管是人物的設置、情節的演進、故事的解決，常常是超現實的、不依自然法則和科學規律的。例如英國達爾（*Dahl Roald*）寫的《魔指》是敘述好打獵的葛家人，打下了十六隻野鴨後，發現槍失靈了，打不到低飛的另外四隻野鴨。葛家的人回家休息後第二天一早起床，他們的雙手變成了翅膀，身體像小鳥一樣小。起先他們還很快樂地飛翔，但是後來發現長得跟人一般高的四隻巨型野鴨占領了他們的家。他們無家可歸後，就傷心地哭了起來。為了生存，他們築了鳥巢；以果子裹腹。那個晚上，睡在鳥巢裡的葛家四口，遇到了大風雨，折騰了一夜。天亮後，那四隻巨型的野鴨竟舉槍要射殺他們。在惶恐、畏懼中，他們向野鴨求情，發誓不再打獵，終於得到鴨子的原諒，脫離了險境。後來他們變回人身，再也不打獵了。在這篇童話中，人變成野鴨，野鴨變成人；人再跟野鴨講話、談條件，這些在現實生活中都是不可能發生，是充滿了幻想的故事。

童話中的「物我關係的混亂」、「一切的一切都是人」、「時空觀念的解體」，都是屬於幻想、與現實世界不合的。現實世界裡，物、我分得極清楚，如我們和狗、貓的溝通有限度，與石頭、木頭等無生物，則幾乎不可能溝通。但是，童話世界裡，物我關係是混亂的、是相通的；人可以跟狗、貓講話，也可以和石頭、木頭溝通；一切萬物都可以有人的思想。現實世界裡，有時間的限制，人不可能一睡一百年，且醒來時同睡前沒什麼變化；但在童話世界裡，則是沒有時間的限制。如在《睡美人》的童話中，睡美人在睡了一百年後，醒來時仍和一百年前一樣漂亮；周遭的人、馬、火爐也沒什麼變化。在現實世界裡，有空間的限制，例如島不可能浮在天空；但在童話世界裡，由於沒有空間限制，所以島可以飄浮在天空，而且像一條船，可以藉著一根繩索停靠在巴黎鐵塔旁。這是超自然的。童話中的幻想成分很高，這與寫實的兒童小說、兒童故事是非常不同的文體。

三、象徵性

童話是幻想的故事，充滿誇張、神奇，跟實際人生似乎沒什麼關係；其實童話的幻想是建築在現實的生活上，也就是根據現實，透過變形的人物，應用誇張、超現實的情節而寫出來的作品，因此，童話作品的內容與實際生活是有關的。童話反映了現實的社會，以及展現未來的理想社會；此即為童話所具有的象徵的特質。英國王爾德的《快樂王子》童話，敘述某個城裡有一尊快樂王子的塑像。有一天，快樂王子看到城裡窮人的悲慘生活以後，掉下了眼淚。眼淚恰好滴在一隻想飛到南方去過冬的燕子身上。快樂王子請燕子幫忙，把嵌在劍柄上的紅寶石、當眼睛的藍寶石，及身上的純金葉子，都銜去救濟城裡的窮人。小燕子因幫助王子做好事，而耽誤了飛往溫暖的南方。後來天氣越來越冷，小燕子仍不願離開已經瞎了眼的王子，結果凍死在王子腳下。王子那顆鉛做的心也因而裂成兩半。天亮後，市長嫌王子塑像難看，於是把他拆掉。後來天使把燕子和王子的心送到天堂去，得到上帝的讚美。這篇童話中，有錢人在漂亮的房子裡飲酒作樂，窮人卻沒有東西吃，此象徵社會貧富非常不均，也就是社會出了問題。王子看到這個現象後，請燕子把自己身上的紅寶石、金葉子及藍寶石送給窮人。這象徵有高貴情操的人，應該奉獻一切，幫助苦難的人；不應該只會詛咒黑暗。燕子為了幫助王子，樂於耽誤南飛而凍死。這象徵有高貴情操的人，會引起他人的共鳴和效法。市長把王子塑像拆了，象徵不管人民痛苦的官吏，只重視外表的美醜，不重視實際的本質。天使把燕子和王子的心送到天堂去，上帝甚為讚美，象徵能犧牲奉獻、關懷他人的人，最後會受到真理的肯定、眾人的敬佩。

童話作品中，寫的雖然是銅像、燕子或其他貓、狗、鯨魚、大象的故事，其實都是寫人的故事。例如美國李歐尼著的《小黑魚》，敘述大海中有一羣小紅魚和一條小黑魚。有一天，兇猛的鮪魚來了，吞食了一羣小紅魚。小黑魚雖僥倖逃開，卻時時擔心又被大魚吃掉，因此躲在大海深處不敢游開。後來牠在小石頭和水草間，看見一羣跟牠一樣小而膽怯的魚，也怕被大魚吃掉不敢游出去。小黑魚就想出法子，把一羣小魚集合在一起，組成大魚，而自己當眼睛。結果牠們在大海中悠游，不必躲躲藏藏，有時候甚至嚇走了大魚。這篇童話中的小魚，象徵弱小的人。一羣小魚嚇走大魚，也就是象徵力量弱小的人，如果能夠團結在一起，就不怕惡勢力了。

第三節 童話的寫作原則

了解童話的定義、類別和特質後，我們應該進入學以致用的層次，從事童話寫作。從事童話寫作應注意的原則有以下幾點：

一、深入探討題材

題材是文章的基本。巧婦要燒出好菜，首先需要準備充分的魚肉、蔬菜等材料；同樣的，童話作者要寫出好作品，首先就要蒐集題材、研究題材。

蒐集題材的要領很多，例如選擇一句「有意義、有價值的話」深入想像；或是由人物特性、既有事件、物品特性、地方特徵深入研討；此外，也可以根據聯想直接找材料。⑨如安徒生的《醜小鴨》，就是作者回憶往事，把自己坎坷的遭遇，借用鴨子為主要人物而寫出來的故事。又如孫晴峯的《小紅》，即是根據一張稿紙深入想像而得到寫作材料的。另外，陳正治的〈大白榕的故事〉，也是因看到台灣墾丁國家公園裡的大白榕樹，及銀葉板根樹而得到寫作材料的。

找到題材以後，就要深入探討題材，如人物、環境、情節等各種個別題材。

㈠人物的研討

人物是童話的核心。童話的人物有現實人物，也有變化人物。現實人物如安徒生的《國王的新衣》中的國王、大臣、騙子等都是；這是屬於常人體的人物。變化的人物像安徒生的《醜小鴨》中的鴨子，作者採用轉化的方式，賦予鴨子有人的思維、人的性格、言語和行動等特性；這是屬於擬人體的人物。再如達爾的《魔指》中的女孩，作者採用誇飾的方式，賦予這個女孩有特殊的魔力，她在生氣的時候，向別人一指，別人就會變成其他形體的動物；這是屬於超人體的人物。童話的人物有常人、擬人、超人等三種形象。寫作童話時，對於採用什麼人物形象，應該周密地考慮。例如以「棄嬰」的題材來說，可以採用「常人」的角色來寫童話，也可以採用「擬人」的角色來寫。但是為了引起兒童閱讀興趣，以及增進寫作效果，採用「擬人」形象，以貓或狗當主角，就比採用「常人」形象，以小女孩當主角較好。確定童話人物形象後，還要研討人物的性格。人物的性格有「共通性」和「個別性」。人物的共通性，就是指各型人物的共同特徵。以貓來說，牠會爬樹，不會飛；愛吃魚，不會游泳；會捉老鼠，跟狗處不好；尾巴長，眼睛可以在夜間看清東西……。個別性，就是指各型人物的特殊性，也就是各自的外在特徵和內在特性。以貓來說，有的貓外表很美，有的貓外表醜陋；有的貓脾氣溫和，有的貓脾氣暴躁。這就是每隻貓的不同個性。

(二)環境的研討

童話的場景有現實的環境，也有變化的環境。例如懷特童話《夏綠黛的網》，大部分是過去美國的農家場所，屬於現實的環境；而鮑姆（*L. Frank Baum*）的《綠野仙踪》（又譯爲神秘歐兹國），卻是虛幻想像的奇境，也就是變化的環境。虛幻想像的奇境，不受時間、空間的限制；它打破了人、生物、非生物的界限，使宇宙間的一切，彷彿混同一起。現實環境，就是指童話中的環境背景，跟現實的生活相同。另有一種童話的環境背景是現實和變化的和諧統一。例如達爾的《魔指》，就有幻想世界和現實世界和諧統一的境界。不同的環境背景常有不同的故事發展，因此寫作童話時，要先確定故事中人物活動的環境背景。

(三)情節的研討

童話的情節有現實中可能發生的情節，也有現實中不可能發生的變化情節。現實的情節像懷特《夏綠黛的網》，父親要殺小豬，小女孩阻止，並答應負責養小豬。這些情節是現實生活可能發生的。變化的情節像英國古代童話《傑克與巨人》，傑克爬到天上巨人家偷東西的情形。這些情節是現實生活不可能發生的。童話作者設計情節時，要多思考故事中主要人物的行動目標是什麼？在達到目標前，或放棄目標前，有沒有遇到障礙？如何解決？這些都是需要深入思考的。

二、選擇正確而有趣的主題

主題是文學作品的中心思想；文章有正題，才能把寫作材料貫串起來。童話是文學作品，但是它跟大人常說的「文學」仍舊有些不同。兒童文學家張劍鳴先生（安珂）說：

兒童文學雖然就是文學，但是它跟大人常說的「文學」還是有些不同。……這兩者之間的真正差別是存在於兒童文學的作者在思想上、觀念上和語文運用上所受的限制。……兒童是在一個人的成長階段，知識、經驗和閱讀能力有限；同時，他們的思想觀念和語文運用能力都在形成階段，即使在玩兒，也是在學習。我們不希望我們的作品對兒童有任何誤導，希望兒童文學能發揮「文學」的功能……，所以為兒童寫作的作者在寫作的時候，就不能像給大人寫作那麼自由。必須考慮到主題意識是否正確（有沒有違反教育，或社會道德要求的地方？會不會產生副作用——誤導的地方）？⑩

張先生的這段話，對童話主題的條件，提供了大部分的答案。童話的主題應該是正確和有趣的。正確的主題就是思想純正，對兒童有益的。凡是樂觀進取，或以服務創造為目的、為正義而奮鬥等發揚倫理、啓迪人生、美化人生和指導人生的，都是正確的主題；凡是悲觀消極，或以奪取為目的、表現人性醜陋，甚至否定人生等思想，都是不正確的主題。格林童話中的《睡美人》，敘述小公主受到巫婆詛咒，昏迷了一百年；結果遇到愛她的王子，終於復活。這篇童話呈現「罪惡雖然有時會戰勝善良，但是愛必定會在最後戰勝罪惡」的思想，這是正確、健康的主題。再如伯靈罕著的《炮彈小黑》，主題是「被遺棄的孩子應自立自強，關心他人，才能成為有用的人，創造出幸福美好的未來」，這也是正確、健康的主題。

至於有趣的主題，不強調故事中有什麼微言大義，更不是要教訓小孩，只依據兒童喜愛遊戲的天性，提供趣味的故事，陶治兒童性情，滿足兒童娛樂的需要。像滑稽的、冒險的、驚奇的、神秘的主題，只要不違反教育、誤導孩子，都是有趣、有益的主題。如雷伊的《猴子喬治惹麻煩》等類二十四本童話書，寫猴子喬治由於好奇惹出許多麻煩、有趣的故事，就是「有趣」主題中極為突出的優良作品。

三、安排適當的結構

童話作者研討過題材和主題，覺得有寫成文章的價值後，接著的工作就是安排適當的結構，把題材和主題結合、貫串起來，使作品成為層次井然、完整、首尾圓和、經脈相連的有機藝術品。

童話的結構類型有多種，但是它的基本形式可分為開頭、中段、結尾三部分。在這三部分裡，各部分有各部分的特性，部分與部分的連接也有原則。

(一)開頭部分

童話的開頭是故事的開端。開端的主要任務是向讀者介紹了解本篇故事所要認識的一切初步事實，以及喚起讀者的好奇心。包括故事發生的時間、地點、社會環境等，故事人物的身分和人物的關係，故事人物的努力目標或面臨的難題。如《三隻小豬》的開頭：

> 從前有三隻小豬，離開了他們的媽媽的家，到遠地方去旅行。老大很活潑，愛跳舞。老二很快樂，愛唱歌。老三很聰明，總記得狼隨時要害他們。（四頁）

這個開頭除了把了解故事所需要的時間、地點、人物及人物特性等交代出來，讓讀者知道將發生的故事情勢外，也提出人物面臨被野狼迫害的問題，構成懸疑而引起讀者的好奇心。好童話的開頭部分，為了配合童話急於想早些接觸故事中的人物和事件的心理，為了喚起讀者閱讀的興趣及好奇心，它的敘述原則大多如以上例子的特徵：形式簡短、敘述明快而不拖沓、問題富懸疑，及主要人物上場而且開始活動。至於介紹故事的時間，現在有些童話已省略不寫。例如《鐵巨人》的開頭：

> 鐵巨人來到懸崖的頂上了。
>
> 他從哪兒來的？沒有人知道。他走了多少路？沒有人知道。他是怎麼造成的？也沒有人知

道……。（一頁）

㈡中段部分

童話的中段是故事的主幹。它的任務是生動地處理故事人物在開頭所提出來的努力目標或難題。好童話的中段部分，大多是充滿曲折變化的情節及生動感人的故事，並且使衝突逐漸升高，直到頂點，形成高潮。如何運用寫作手法使中段的情節生動、活潑呢？研究童話的金燕玉、洪汎濤、林守為先生等人，都提出了很好的意見。金燕玉提出了六種常用的技巧：夢幻法、三次反覆法、循環反覆法、對照法、大小故事法、現實與幻想並行發展法。洪汎濤提出借替法、假定法、誇張法、反覆法、循環法、對比法、烘托法、推進法、擬境法、懲罰法、自敘法、夢幻法、誤會法、巧合法、引申法、反道法。對於反覆法的使用，林守為先生更深入分析出不同方式。現從這些方法中，介紹最常用、最重要的七種方法於後：

1.反覆法：反覆法是對同性質情節的反覆使用。它除了使童話的結構富有韻律化外，還可以加強兒童的印象。例如《三隻小豬》的童話中，野狼哄騙小豬走出屋外，第一次約小豬拔蘿蔔，第二次採蘋果，第三次逛展覽會，就是運用反覆法來推展情節。林守為先生分析童話中貫串情節、推進情節的反覆類型有七種：並列性、連鎖性、漸升性、漸降性、還原性、密集性、隔離性等。[11]可見反覆法被運用得相當廣而變化多樣。

2.對比法：童話作者在中段部分的衝突裡，常運用對比法推展情節。例如《三隻小豬》中，野狼處處設計加害小豬；小豬老三處處提防野狼。一個是加害者，一個是受害者，形成了強烈的對比。

3.循環法：金燕玉對這個方法有很明確的說明。他認為循環法就是以某個形象為起點，像連鎖反應一樣產生一連串基本相同的情節，從一個形象轉到另一個形象，轉了一圈，最後又回到起點。就像《老鼠選女婿》的故事：老鼠不把女兒嫁給老鼠青年，而要選世上最強的人當女婿，結果選到太陽。太陽說雲比它強。老鼠選到雲，雲說風比它強。老鼠選到風，風說牆比它強。老鼠選到牆，牆說老鼠比它強。結果還是回到原來的地方，選了年輕的老鼠當女婿。⑫

4.現實與幻想結合法：這種方法是把現實生活和幻想結合在一起，創造出似真似幻的童話。例如孫晴峯寫的《小紅》。皺紋紙在書店裡的歷險，屬於幻想的世界；小男孩買皺紋紙做了一半紅一半白的康乃馨，紀念新、舊媽媽，屬於現實的生活。

5.包孕法：包孕法就是大故事中包含了一個一個的小故事，例如《天方夜譚》的故事就是。

6.巧合法：巧合法即在情節進行中，安排偶然的巧合，使故事充滿驚奇效果。例如《三隻小豬》中，老大想蓋房子，就遇到搬運乾草的人而得到建草屋的材料；老二想蓋房子，就遇到運木條的人而得到建木屋的材料。

7.誇張法：誇張法就是對某一個事件或某一個人的行為，誇大或縮小，使其離開事實很遠而吸引讀者。例如安徒生的《國王的新衣》，把國王的愚蠢誇張到赤身裸露在街上遊行，還以為自己穿著一身華麗的衣服。

㈢結尾部分

童話的結尾是故事的結束，它的任務是清楚地交代故事的結果。例如《三隻小豬》的童話，結尾部分是野狼從煙囪鑽入屋裡，結果落在小豬早已準備好的熱水鍋裡燙死了。野狼一死，故事也就結束了。好的結尾有以下幾個特徵：結局驚奇而圓滿、交代清楚、形式簡潔、餘味盎然。⑬

總之，好的童話作品要有妥當的安排結構，使作品呈現藝術化、多樣化。

四、活用敘寫技巧

有了題材，決定了主旨，安排適當的結構後，下一個步驟就是把它寫出來。怎樣寫才最好呢？這是屬於敘寫技巧方面的問題。沈謙先生在《案頭山水之勝境》中說：

通常情況而言，文學作品有三種敘述語態：第一是評論式語態。第二是描寫式語態。第三是表達式語態；或作呈現語態。評論式語態常用貶褒性的詞語，帶著評價優劣的意味。描寫式語態常用形容詞與譬喻，著重在人物與情景的狀態與狀況之描繪。表達式語態主要在呈現而不告知；照現代小說的技巧來講，就是作者並不直接說明人物個性與主題意義，而是運用暗示性的語言，讓讀者參與，自行體會設想。（一〇五頁）

這三種敘述語態各有特色，我們可依不同需要而採用。例如國語日報社出版的《金嗓子和狐狸》的童話書，開頭部分介紹公雞和母雞白第樂的文字是這樣的：

這隻漂亮的公雞，有七隻母雞陪著，每一隻母雞的羽毛，都跟牠的一樣漂亮。那隻歌喉最婉轉的，是美姑娘白第樂。牠謙恭、細心、文雅、會交際。（十一頁）

這一小段文字採用評論式語態，三言兩語的把人物勾勒出來，是一種極簡潔的刻畫手法，因此大部分的童話作者，都將它應用在次要人物或背景人物的敘述，有時候也用在主要人物的刻畫上。純文學出版社翻譯的《鐵巨人》，對於鐵巨人的外表敘述是這樣的：

在漆黑的深夜裡，鐵巨人站在懸崖頂的邊緣上，他比一棟房子還要高。風從他的手指縫裡吹過去，發出呼呼的響聲。他的鐵頭比一間臥室還要大，形狀有點像個字紙簍，慢慢地轉向左，又慢慢地轉向右。（一頁）

這一小段文字採用描寫式語態，直接把鐵巨人的外表描繪出來。

林良先生寫的國小國語課文〈兩條金魚〉，有一段黑色金魚和紅色金魚的對話：

……這天晚上，黑色的金魚練習過跳高以後，就說：「主人睡了，主人的小孩子也睡了，沒有人來看我們了。真沒意思！」

紅色的金魚說：「沒有人來看我們，才有意思。我不喜歡有人瞪著我看。」（第七冊二十課）

這一小段文字採用表達式語態，也就是呈現式手法，利用「對話」的方式，把黑色金魚的外向、愛熱鬧、愛表現的個性，紅色金魚的內向、愛清靜、害羞等個性，生動地表達出來。呈現式的手法比評論式或描寫式，更具體、生動，因此有志童話創作的人，要多多研究這種敘述技巧。

第四節　童話作品欣賞

一、欣賞童話的方向

欣賞童話並沒有固定的方法；不過最主要的是根據童話作品本身的內容和形式，深入欣賞。現在從這兩方面略加說明。

㈠內容方面

欣賞童話內容，可以根據主題和題材。主題就是作品中呈現出來的中心思想；而題材就是表現主題的材料。例如朱秀芳著，得到第十屆洪建全兒童文學創作獎童話類第一名的《齒痕的祕密》一書，主題是「愛」，包含人與動物的愛，及母與子的愛。而題材是：母狗生小狗；主人嫌狗多，要把小狗送人；小狗流浪在外，表現優異；母狗、小狗團聚……。欣賞童話，先從情節、人物、環境方面了解題材特色，然後根據題材推斷出它的主題。

㈡形式方面

欣賞童話形式，可以根據語言的鍛鍊、人物特性的刻畫、結構的安排、觀點的選擇等項。語言是文學的主要表達工具。童話作品中的語言是否淺易、準確、生動有味，都是欣賞者應該注意的。人物是構成故事的重要條件。人物特性為何？他們的共通性和個別性是什麼？作者如何刻畫人物？這些都是欣賞童話時應該注意的。題材經過處理後的安排、貫串，需要設計，這就是結構問題。童話作品根據不同內容，呈現不同結構。欣賞者欣賞童話的時候，能注意作者所安排的結構是否妥當，也是一件重要的工作。至於敘述故事，作者為了生動、感人，常注意「由誰來說故事」、「透過誰的眼睛和思想來說故事」的觀點選擇。欣賞者也應分析作者採用的敘述觀點有什麼特色？是不是最妥當的？至於其他具有特色的敘述技巧，欣賞者也應一併注意。

二、童話欣賞舉例

優秀的童話作品很多。以古代童話作品來說，法國貝洛爾的《小紅帽》；德國格林兄弟的《灰姑娘》、《白雪公主》、《睡美人》；丹麥安徒生的《國王的新衣》；英國喬考柏斯的《三隻小豬》、《傑克與巨人》；中國蘇尚耀的《小黃雀》等，都是很好的作品。以現代童話作品來說，丹麥安徒生的《醜小鴨》；義大利柯樂笛的《木偶奇遇記》；英國加樂爾的《愛麗絲漫遊奇境記》、王爾德的《快樂王子》及葛拉罕姆的《柳林中的風聲》；美國鮑姆的《綠野仙踪》、羅福廷的《杜立德醫生》、懷特的《夏綠黛的網》與《天鵝的喇叭》、蘇修的《古賓斯的五百頂帽子》及《烏龜大王亞特爾》；日本濱田廣介的《紅鬼哭了》、香川茂的《冰海小鯨》；中國孫晴峯的《小紅》、朱秀芳的《齒痕的祕密》等，都是不錯的作品。現在試舉美國懷特的作品《夏綠黛的網》，欣賞於下。

《夏綠黛的網》是敘述一隻名叫韋伯的豬，一生下來後，便面臨被殺的威脅，幸而一個小女孩和蜘蛛救了牠的故事。詳細的情形是這樣的：

小豬韋伯一生下來，由於長得又小又弱，主人拿著斧頭想把牠殺掉。幸而主人的小女孩芬兒哭著阻止，躲過了被殺的危險。韋伯在芬兒的照顧下，度過了愉快的五個星期，然後被賣到芬兒的叔叔家去，住在豬圈裡。芬兒常常去看韋伯，因此韋伯也過得很快樂。將近兩歲的時候，韋伯覺得天天生活在豬圈這個小地方，很寂寞，於是聽從鵝的建議，離開了豬圈，到果樹園去拱土、刨草根。結果仍被趕回豬圈。第二天韋伯又覺得生活在豬圈裡，沒有朋友，非常寂寞和難受。牠要跟鵝做朋友，鵝沒空；牠要跟羊、跟老鼠做朋友，也得不到。因此韋伯很傷心，整天不吃東西。蜘蛛夏綠黛知道後，主動伸出友誼的手，跟韋伯做朋友。韋伯有了朋友後，生活得不錯。尤其整天有吃、有喝，又睡得好，體重不停地增加。

有一天，綿羊告訴牠，主人把牠養大了，為的就是要殺牠，把豬肉賣給人家吃。一到冬天，主人大概要在過年前殺牠。韋伯聽了，哭著喊道：「我不要死！救命啊！誰來救我呀！」蜘蛛夏綠黛同情韋伯，答應一定想辦法幫助牠度過危險。

夏綠黛想出好方法了，牠在豬圈上織了一個蜘蛛網，網子上織出「好豬」兩個字。結果引起大家注意韋伯。牧師在講奇蹟的時候，他說蜘蛛網上的字，證明人應該常注意奇蹟的出現。過了一段日子，蜘蛛夏綠黛在網上織了「非凡」兩個字，農場裡每天又有上百人來看這條非凡的豬。因此，韋伯的命暫時保住了，主人並沒有動手把牠殺來吃。

村子裡的趕集大會快到了。韋伯希望在趕集比賽上得個大獎，使生命更有保障，因此拜託夏綠黛一起去。夏綠黛快要生產了，但為了朋友，只好跟著去。老鼠為了得到更多的食物，也一起去。夏綠黛在新的豬圈上空織了「謙虛」兩個字後，那天晚上牠結了一個蛋囊。蛋囊裡的蛋將來可以孵出小蜘蛛。這次趕集大賽，人們發現傳說中的蜘蛛網奇蹟又重演了，他們驚奇地看著韋伯這條長得壯壯的、不同尋常的豬。比賽結果，韋伯得到特別獎。韋伯也就不用擔心生命會喪失了。

韋伯小心翼翼地把夏綠黛的蛋囊銜在嘴裡，想帶回農場。牠被主人趕進木箱準備回去的時候，抬頭望著夏綠黛，依依不捨地道別。過了幾天，夏綠黛死了。一年以後，蛋囊中夏綠黛的孩子出世了。有許多小蜘蛛隨風飄到別的地方去生活；有三隻小蜘蛛留在農場和韋伯作伴。每當韋伯看到牠們，就想到好朋友夏綠黛。

懷特的這篇童話，以豬的誕生、成長和面臨被殺為題材，再加上蜘蛛如何救小豬的事件，組成了一個美好的故事。故事的主題呈現了高貴的友情。小豬韋伯在面臨孤單、寂寞，以及擔心被殺的時候，好朋友蜘蛛夏綠黛不惜一切犧牲地安慰牠、幫助牠。夏綠黛死後，韋伯懷念好朋友，為好朋友照顧後代。書中闡釋了真正的友情是關心、奉獻、犧牲、不居功、不誇耀；這也是懂得報答、不忘恩負義的高貴行為。

這本書除了闡釋高貴友情的主題外，作者還提出幾個令人深思的問題。例如故事中小豬屢次尖叫說：「誰來救我？」小豬的喊叫不正是控訴社會的不平嗎？豬一生下來，就注定要被人殺來吃嗎？豬是否也有安享天年的生存權？蜘蛛的犧牲、奉獻使小豬逃過大劫，也成了名，但是故事中，眾人一再稱讚豬，卻沒人讚美蜘蛛。我們的社會是不是也常只注意表象，忽略實質，忘了鼓勵、讚美默默耕耘、犧牲、奉獻的人？另外，故事中的人，看了蜘蛛網上的字，便以為這條豬很神奇，因而一再讚賞這條豬。由這兒，是不是也給予我們一個啓示：人類常常容易受騙，我們應如何訓練自己不受外面表象的迷惑，而失去判斷力？

從形式方面來看，《夏綠黛的網》的語言簡潔，文句也富有情趣。例如文章中，大部分是適合兒童閱讀的短句，也富有節奏美。文句中也常有「言淺意深」的地方，例如老鼠吃得又大又肥，跟一隻小貓差不多，老綿羊跟牠說：「如果你少吃一點，你還可以多活一些時候。」老鼠卻回答：「誰想永遠活著呢？」「我只要目前能享受就夠了。」說完牠拍了拍肚子，睡覺去了。這兒的文句把老鼠的眼光淺短、貪婪心生動地表達出來，語言極富有情趣。

再看人物特性處理上，也是有計畫而不亂的。書中重要人物的特性是這樣的：

- 蜘蛛的特性：夏綠黛可以說是理想型的社會人物。牠富有愛心，不停地幫助小豬，引導小豬度過難關；捕到蒼蠅時，先把蒼蠅麻醉了再吃，減輕被獵者的痛苦。牠也是機智、謙讓的。牠想出許多辦法幫助小豬；幫助小豬之後，功成身退，不居功。牠有思想、有學問，說的話富有哲理。例如批評老鼠說：「老鼠就是老鼠。」把老鼠的特性一語道出。
- 小豬的特性：小豬具有像現實生活中那些天真、可愛的兒童的特性。牠也守信，說過的話一定去做。心地相當善良，並懂得感激別人。
- 老鼠的特性：老鼠屬於狡猾、勢利的小人。牠每次幫忙做事，總希望得到好處。是小人的典型。
- 老綿羊的特性：老而世故，但是缺乏同情心。

•芬兒的特性：富有愛心、天真可愛的個性。

在人物敘述方面，作者採用直接手法，也用間接手法。例如刻畫老鼠的特性即採用直接手法，說老鼠是：最沒有道德，也沒有良心，不猶豫、不顧慮、不禮貌、沒有感情，也沒有友情。間接刻畫採用人物自我表現方式，例如後半篇敘述大豬的平凡、粗俗、暴躁、不可愛的個性，就用了動作和對話的手法暗示出來。

故事的結構和敘述觀點的選擇，也是欣賞童話作品應注意的事。《夏綠黛的網》先寫芬兒救小豬、餵小豬；次寫小豬被賣到新家去，跟許多動物生活在一起，及擔心長大被殺；後寫小豬得到蜘蛛的幫助，逃過被宰的命運。全篇故事結構，有明確的開頭、中段、結尾等三部分。各部分也能注意主體和體裁的統一；句和句、段和段，以及前後情節的聯貫；敘寫詳略得體的勻稱原則。在敘述觀點上，作者採用全知觀點，大部分以小豬的所見、所聞、所知來表述，有時候轉移到小女孩芬兒、蜘蛛夏綠黛的角色去。

自我評量題目

一、童話是什麼？它跟兒童故事有什麼不同？
二、從童話的發展來說，童話的類別有幾種？能否舉出作品說明？
三、童話有什麼特質？請舉例說明。
四、童話的寫作原則是什麼？
五、童話的結構可分哪三部分？各部分有什麼特性？部分與部分的連接有什麼特性？
六、如何欣賞童話？請找一篇童話自行欣賞、分析。
七、請根據童話寫作原則，創作一篇童話。

註釋

①見《童話研究》，五十九年版，頁十五。
②見《童話與兒童研究》，六十七年版，頁五十五。
③見《童話寫作研究》，七十九年版，頁四～七。
④見《兒童文學創作與欣賞》，六十九年版，頁一三八～一四〇。
⑤見《談童話》，東師語文學刊，第三期，頁二〇五。
⑥同註⑤。
⑦見《兒童讀物研究第二輯——童話研究》，五十五年版，頁十一～十二。
⑧見《兒童文學故事體寫作論》，七十九年版，頁十二。
⑨見《童話寫作研究》，七十九年版，頁八十三～九十一。
⑩見〈兒童文學是什麼〉，載於民國七十五年四月六日國語日報。
⑪見《童話研究》，五十九年版，頁一八九～一九二。
⑫見《兒童文學初探》，七十四年版，頁七十九。
⑬見《童話寫作研究》，七十九年版，頁一七二～一七九。

參考文獻

(一)

1.沈謙著　**案頭山水之勝境**　台北：尚友出版社　民國七十年十二月。
2.林文寶著　**兒童文學故事體寫作論**　台東：國立台東師院　民國七十九年元月。
3.林守爲著　**童話研究**　台南：自印　民國五十九年十一月。
4.林良等著　**兒童讀物研究第二輯——童話研究**　台北：小學生雜誌社　民國五十五年五月。
5.松村武雄著　**童話與兒童研究**　台北：新文豐出版公司　民國六十七年九月。
6.金燕玉著　**兒童文學初探**　廣州：花城出版社　一九八五年五月。
7.洪汎濤著　**童話學**　台北：富春文化公司　民國七十八年九月。
8.陳正治著　**童話寫作研究**　台北：五南圖書出版公司　民國七十九年七月。
9.葛琳著　**兒童文學創作與欣賞**　台北：康橋出版社　民國六十九年七月。

(二)

1.朱秀芳著　**齒痕的祕密**　台北：書評書目社　民國七十三年九月。。

2.安徒生著　**安徒生童話全集（五本）**　台北：聯廣圖書公司　民國七十五年八月至七十六年八月另有高雄：大眾書局選譯版。

3.格林兄弟著　**格林童話全集**　全套中譯本有將軍版、聯經版、聯廣版　選譯版有高雄：大眾書局。

4.庫妮著　張秀亞譯　**金嗓子和狐狸**　台北：國語日報社　民國五十四年十二月。

5.孫晴峯著　**小紅**　台北：民生報社　民國七十八年四月。

6.游復熙譯　**鐵巨人**　台北：純文學出版社　民國七十年四月。

7.達爾著　游復熙譯　**魔指**　台北：純文學出版社　民國六十八年六月二版。

8.懷特著　**夏綠黛的網**　中譯本有台北：李宗怡譯　正中書局的《夏綠黛的網》，六十七年二月；朱傳譽改寫，學生出版社的《小豬和蜘蛛》，六十八年一月四版；陳清玉譯，九歌出版社的《神豬妙網》，七十二年三月。

9.羅斯改寫　**三隻小豬**　台北：國語日報社　民國五十五年十二月。

10.蘇尚耀著　**小黃雀**　台北：小學生雜誌社　民國五十五年四月。

11.蘇修著　朱傳譽譯　**古賓斯的五百頂帽子**　台北：學生出版社　民國六十五年七月四版。

12.陳正治著　**大白榕的故事**　載於《童話城》　頁一一〇～一一五　台北：聯經出版社　民國八十四年十一月二版。

第8章 兒童小說

學習目標

——研讀本章後，學習者應能達成下列目標：

一、能詳述兒童小說的定義及類別。
二、能具體說明兒童小說的特質。
三、能應用兒童小說的寫作原則創作兒童小說。
四、能根據兒童小說的內容和形式欣賞兒童小說。

摘要

兒童小說是專爲高年級以上的兒童編寫，依據他們的心理需要和理解能力，配合情節和環境的具體描繪，深入刻畫人物活動的故事。根據兒童小說的內容和性質，可分爲現實小說、歷史小說、冒險小說、推理小說、動物小說、科幻小說等六種。

兒童小說的特質有三項：兒童性、真實性、細膩性。兒童性是兒童小說與成人小說的最大區別。真實性是兒童小說與童話、神話等幻想性文體的最大不同。細膩性是兒童小說與其他兒童文學體裁寫作手法最大的分別處。

了解兒童小說的定義、類別和特質後，應該嘗試兒童小說創作。從事兒童小說創作時，應注意的原則是：一、選擇適合兒童需要的主題，並自然呈現。二、塑造鮮明的人物形象。三、設計生動的情節。四、布置合適的環境。五、活用敘寫技巧。

欣賞兒童小說作品，在認識兒童小說作者的生平和時代背景後，可以從作品的內容和形式兩方面入手。在內容上分析它是什麼題材，什麼主題；在形式上研究它的敘述語態、敘述觀點、人物刻畫、結構等。如此，便可以較有條理地深入欣賞作品。

第一節　兒童小說的意義

兒童喜歡閱讀兒童文學作品。兒童喜歡的兒童文學作品，由於年齡的增加，知識的增進，喜歡的文體也會不一樣。一般來說，年紀小的兒童，較喜歡以動物為主角的故事，或是淺易而富幻想的兒童文學作品，例如兒歌、兒童故事、神話、童話等。年紀大的兒童，知識較廣，對實際的社會生活更想深入了解，因此較喜歡思考性的或寫實性的兒童文學作品，例如寓言、兒童詩、傳記、兒童小說等。兒童小說的題材，較接近紛繁的真實社會生活；敘述也較重視細膩的人物刻畫和真實的環境描繪。因此，兒童小說的主要讀者是年齡較大的兒童，也就是大約國小五、六年級以上的孩子。

一、兒童小說的定義

兒童小說是什麼？研究兒童小說的學者提供了寶貴的看法。

林守為先生在《兒童文學》裡說：

兒童小說是要依據兒童生活經驗、心理需要，運用兒童語彙而寫，雖然在寫作技巧方面

（如故事結構、人物描寫、高潮設計等），它和成人小說是相差無幾的。（一六九頁）

林飛在《兒童文學大全》裡說：

小說是作者運用典型化的方法和敘述語言來展開故事情節，描繪典型環境，塑造典型人物形象，藉以表現主題的一種文學體裁。以少年、兒童為讀者對象，為少年、兒童所理解和喜愛的小說就是兒童小說。（二四七頁）

任大霖在《兒童小說創作論》裡說：

什麼是兒童小說？我覺得可以分兩層意思來回答：第一，兒童小說是小說。小說是文學作品中重要的體裁之一，是通過人物、情節和環境的具體描寫，廣泛而多方面地反映社會生活的敘事作品……。第二，兒童小說是為少年、兒童創作的小說……。作者在創作兒童小說時，所考慮的主要是如何適合少年兒童的理解能力、閱讀愛好、心理特點，使他們喜聞樂見，對他們的成長有所助益。（一～二頁）

由上面幾位學者對兒童小說的看法來說，兒童小說可以從兩方面來探討：一是兒童，一是小說。

兒童方面是屬於兒童小說的服務特定對象。作家寫兒童小說，必須針對兒童的心理需要和理解能力。小說方面是屬於兒童小說的體裁特色。作家寫兒童小說，必須透過人物、情節和環境的具體描寫來呈現故事。因此，兒童小說的定義可以歸納為：兒童小說是根據兒童心理需要和理解能力，配合情節和環境的具體描繪，深入刻畫人物活動的故事。

二、兒童小說的類別

兒童小說的類別，由於分類的方式不同，也有不同的種類。例如根據篇幅的長短，可以分為短篇小說、中篇小說、長篇小說。根據敘述方式，可分為第一人稱小說、第三人稱小說。第一人稱小說中還有自傳體小說、日記體小說、書信體小說、回憶錄體小說等的特殊形式。根據作品的著重點，可分為情節小說、人物小說。根據寫作手法，可分為理想的和寫實的小說。現在根據兒童小說的內容和性質，介紹兒童小說的類別於後。

兒童文學家林守為先生，在民國五十三年出版的《兒童文學》一書中，依據作品內容，把兒童小說分為：歷史小說、傳記小說、冒險小說、神怪小說、義俠小說、推理小說等六類後，後來研究兒童文學的人，大多根據這個類別加以增刪分類。例如吳鼎先生即分為歷史小說、探險小說、傳記小說、神怪小說、傳奇小說、武俠小說。①許義宗先生即分為現實小說、冒險小說、偵探小說、動物小說、歷史小說、科學幻想小說。②傅林統和林文寶先生也都提出增刪的類別。林守為先生在民國七十七年增訂版的《兒童文學》一書中，又增列了科幻小說和動物小說二類。③現在參考以上學者的看法，把兒童小說分為六類：

㈠現實小說

現實小說就是根據兒童現實生活中可能發生的事而編成小說。兒童在現實生活中，不管是家庭生活、學校生活或是社會生活，都有許多感人的故事發生，作者把這些材料編成小說，就是現實小說。例如美國女作家奧爾柯特（*Louisa May Alcott*）的《小婦人》，便是屬於家庭生活的現實小說。這篇小說敘述四個性格不同的姊妹，在遊戲、工作中時而摩擦，時而和諧相處的家庭生活故事。美國巴涅特夫人（*Frances Eliza Busnett*）的《小公子》和《小公主》、法國馬洛（*Hecfor Henri Malot*）的《苦兒流浪記》和《孤女努力記》，也是現實生活的小說。國人寫的兒童小說，也有很多是現實小說。例如謝冰瑩作的《小冬流浪記》、林鍾隆的《阿輝的心》、李潼的《再見天人菊》，都是這一類的兒童小說。

㈡歷史小說

歷史小說就是以歷史上的人物或事件為題材，然後加上作者的想像和渲染寫成的。歷史小說是想像力的產物，不是歷史事實的記錄，但是作者在虛構故事的時候，必須了解那個時代的特有狀況和問題，接受歷史事實相當程度的約束。例如寫岳飛的小說，敘述岳飛大戰金國拐子馬的故事，可以虛構岳飛軍隊第一次遇上拐子馬的慘痛損失，描寫岳飛沈痛的心情，想像宋兵的畏懼情景。但是到最後的情節，一定是岳飛大敗了拐子馬，不能寫成拐子馬大敗岳飛。因為歷史事實是岳飛勝利。中國有許多歷史小說，如《三國演義》、《隋唐演義》、《說岳全傳》、《北宋楊家將》、《大明英烈傳》等，但是這些作品並不是為兒童編寫的。近幾十年來，有些出版社（如東方出版社）把這類作品改寫成兒童可以閱讀的，使兒童有了許多歷史小說書籍。外國也有人編寫兒童的歷史小說。像英國文豪史蒂文生（*R. L. Steven*）的《受騙的狄維特》、美國作家肯斯萊（*Charles Kingsley*）的《英雄傳》，都是歷史小說。

㈢冒險小說

冒險小說是敘述主角遭遇許多危險，然後運用智慧克服困難的小說。這種小說可以滿足兒童愛好刺激、愛好幻想的心理；也可以啓發兒童，遇到危險的時候要如何解決。例如英國狄福（*Daniel Defoe*）寫的《魯賓遜漂流記》，敘述英國青年魯賓遜遇到船難，漂流到一個荒島上。他憑著堅強的意志及大無畏的精神，以一個人的力量，解決食、衣、住等生活問題。像搭建小木屋、挖掘洞穴、製造工具、種植大麥、畜養山羊、製作衣帽、烘製麵包。他在荒島度過二十八年後，才回到英國。這篇小說，可以激發兒童自立自強、自動自發的精神。再如史蒂文生的《金銀島》，也是冒險小說。這本書敘述一個名叫傑姆的兒童，偶然間發現了海盜的藏寶圖，就把它獻給當地的鄉紳和李醫生。後來他們招募船員，搭上大船去尋寶，海盜也隨行前去。鄉紳和李醫生得到傑姆的幫助，終於打敗海盜，把金銀財寶搬回家。其他如美國馬克吐溫（*Mark Twain*）的《湯姆歷險記》和《頑童流浪記》，也是冒險小說。

(四)推理小說

推理小說是敘述運用智慧，根據事件的因果關係，判斷問題、揭開謎底的小說。這種小說的寫作，以倒果為因，採用倒敘方式提高事件的懸疑效果及趣味性；而冒險小說大多以時間先後順序撰寫，比較容易陷於刻板。但兩者皆強調思考、推理以解困的重要性，可以培養讀者猝然臨事的應變能力。④例如瑞典林葛琳（*Astrid Lindgren*）的《少年偵探》，敘述卡萊、安迪和愛露娃三個十二歲左右的孩子，喜歡玩冒險、偵探的遊戲。但是沒想到真的發現一件竊盜案，他們偵察到三個匪徒搶奪鉅額珠寶的事。後來他們被關在古堡的地下室，幸而脫險成功，幫助警察破了案。德國卡斯特奈（*Erich Kastner*）的《愛彌兒捕盜記》，敘述一個上小學的男孩愛彌兒，到柏林親戚家去的時候，口袋裡的錢被偷了。他追蹤可疑的小偷，碰到一個帶著響笛的小朋友施達夫，於是得到很多小朋友的幫助。在他們的協助下，借用汽車追蹤，並在旅社外監視，終於捉到小偷。而這個小偷是柏林城正全面緝拿的大盜，因此愛彌兒受到大家的褒獎，也得到五萬元的賞金。這些都是推理小說。

(五)動物小說

動物小說就是以動物為主角，敘述牠跟人類、自己、其他生物或大自然界的故事。例如英國鄂力．耐特的《來喜回家》便是一本很好的動物小說。這本小說敘述一隻名叫「來喜」的牧羊犬，非常忠愛主人。牠每天下午四點差五分的時候，就會到學校門口接小主人回家。後來牠被賣到一個有錢的公爵家去，可是牠仍舊想辦法去接小主人。公爵把牠從英格蘭帶到蘇格蘭去，也就是離開舊主人的家幾百英里，但是牠不顧一切困難，大膽地向老家走去。途中遭遇許多危險，也生過病，最後帶著病回到老家去迎接小主人的故事。《來喜回家》雖然寫的是狗的高尚品格的故事，其實也暗示人類應追求這種品格。再如日本椋鳩十的《奮鬥在天空》，描寫一對小鷹在喪失父母以後，為了生存，不斷努力堅強奮鬥的故事。美國碧維莉·柯里爾瑞（*Beverly Cleary*）的《小排骨》，敘述一隻狗的故事。這些都是動物小說。

㈥科幻小說

科幻小說就是科學幻想小說；也就是具有科學理念，又有幻想特質的小說。例如法國儒勒·凡爾納（*J. Verne*）的《海底兩萬里》，便是科幻小說。這本小說敘述公元一八六六年，海上發生一件離奇、神秘，無法解釋的怪事。許多船隻發現海底有一隻大怪物，比鯨魚大得多，也比鯨魚游得快。第二年，有一艘船受到海底怪物的撞擊，船上的鋼板被銳利的器械戳出傷痕，大家更覺得怪物的可怕。後來有一艘戰艦追蹤怪物，結果被怪物撞了，戰艦上的一位科學家和他的兩個助手都掉落海裡，失去蹤影。八個月後，失蹤的三個人出現了，敘述他們被怪物俘虜，最後逃出來的事。怪物是什麼?原來是一個仇視陸地上的人所造的船。這種船可以潛在海底。失蹤的三個人曾被迫在海底搭著這種船，旅遊了萬里。這篇小說發表時，科學家並未發明出潛水艇來，但是科幻小說已出現潛水艇。從這兒看，科幻小說是科學未來的預告書。國內外從事科幻小說的成果不錯，例如美國作家拉撒魯斯（*Keo Fel-*

ker Lazarus）寫的《來自外太空的滴滴》、日本作家福島正實的《奇幻界失蹤記》、澳大利亞女作家帕特里夏‧賴特森的《外空人遇險記》，以及我國黃海先生的《奇異的航行》，都是很生動，能激發讀者科學幻想的好作品。

第二節　兒童小說的特質

兒童小說的特質是什麼？林文寶先生在《兒童文學故事體寫作論》中說：

> 小說的特質在於真實感。而這種真實感就兒童小說而言，則在於容量簡單和敘述寫實。就容量簡單來說，兒童小說出現的人物不會太多。情節敘述的方式以正敘和插敘為主。主題不能過於深奧，像《紅樓夢》的「人生就是虛無」或像《荊軻》的「俠義和氣節的表現」，對兒童來說，顯然不易了解；一些富於哲理思考的小說也不易為兒童所接受。就寫實性來說，無論是人物、背景和情節，兒童小說趨向現實。我們可以這樣說，兒童小說在童話世界與成人世界之間搭起一座橋樑，它驅使兒童由幻想走向現實，進而窺取實際人生的真義。（二七八頁）

林先生在此提出兒童小說的特質是「容量簡單和敘述寫實」的兩個特性。葛琳女士認為兒童小說的創作，要達成下列三項應有的特質：一是兒童小說的主題重在思想的啓發，與人生意義的詮釋，所以內容的涵義比一般故事深刻；一是主要角色應由兒童擔任；另一是要有令兒童喜愛的情節，及愉悅兒童心靈的氣氛。⑤根據以上見解，及筆者研究兒童小說作品的心得，歸納兒童小說的特質為以下幾點：

一、兒童性

兒童小說的第一個特質是「兒童性」。林守為先生在《兒童文學》裡說：

> 兒童小說和成人小說有什麼不同呢？最簡單的答覆：兒童小說應是「兒童的」，所謂「兒童的」，就是說：兒童可以接受（理解）的；兒童樂於接受（興趣）的。為要使兒童可以接受並樂於接受，兒童小說就得以反映兒童生活和心理，就得以適應兒童生活和心理為內容、為目的。（一六八頁）

林先生說明兒童小說和成人小說最大的不同是：兒童小說是「兒童的」。此即指出兒童小說的特質。小說的三要素是：人物、情節和環境。成人小說具備此三要素，兒童小說也具備此三要素。成人小說的主要閱讀者是成人；兒童小說的主要閱讀者是兒童。由於閱讀者不同，寫作方向也會不同，這就是兒童小說和成人小說最大的差異。

兒童小說有什麼要求？林鍾隆先生認為：

故事是合乎兒童心理的。舉例言之：幻想、夢想、想像、同情、好奇、冒險、好強、好勝、愛逞英雄、俠義，都是兒童的心理特性。思想、意識、技巧是合於兒童程度的。能有助於兒童各方面的成長的。⑥

兒童小說是為兒童寫的，因此在主題上應該正確，且有益於兒童各方面的成長。例如《來喜回家》這本小說，敘述狗不忘舊主人；舊主人也疼狗的故事。主題健康、積極，適合兒童閱讀。至於消極、悲觀或太高深哲理的主題，並不適合寫給兒童欣賞。

在角色的選擇上，有些人主張兒童小說應該由兒童擔任主角，至於配角可允許有成人角色。這個論點也是根據「兒童的」特質推論出來的；當然，有一些兒童小說是這樣的，例如《湯姆歷險記》或《愛的教育》。但是另有一些人認為：兒童小說的角色可以由兒童擔任，但也不一定是由兒童擔任的。例如林文寶先生在《兒童文學故事體寫作論》中說：

所謂的合乎「兒童的」要求，亦即是從兒童的觀點立論。兒童在心理、生理、社會等方面皆有異於成人，「兒童有心，余忖度之」，凡事假兒童之觀點視之，描寫令兒童產生興趣的情景，探討對兒童具有相當意義的問題，再試而出之以仿兒童口吻，則是所謂合乎「兒童的」要求。至於主角是否為兒童，或事件是否為兒童參與，與造詞用字的深淺，並不構成兒童文學與成人文學之分際。（二五七頁）

林先生的這個觀點較合乎一般人的看法。像《來喜回家》的主角是「狗」，《奮鬥在天空》的主角是「鷹」，《魯賓遜漂流記》的主角是「成人」。這些故事中的主角都不是兒童，但是大家仍認為這些是兒童小說。

在意識上兒童小說也應該合乎兒童意識的。例如《湯姆歷險記》中的湯姆刷牆。作者描寫湯姆被罰刷牆，卻裝做刷牆是一件很快樂、很好的工作，引得他的朋友羨慕而想參與。湯姆答應朋友的要求，並收到許多小禮物。這個事件的安排，作者應用的是兒童意識技巧。又如在《來喜回家》中，敘述來喜被賣後，舊主人全家都不快樂。後來牠回來了，全家又快樂起來。作者這樣寫著：

一切都恢復了老樣子，在周的小腦袋裡，實在有點想不通，為什麼，是什麼原因，一切都恢復成老樣子呢？這時候，來喜走進來，臥在火爐前面的地毯上，周就倒在地毯上和牠並排躺著。

突然，他得到答案了，那是來喜！當然都是牠。以前牠在家的時候，樣樣事都對；等到牠被賣了，離開家的時候，什麼都走了樣；現在牠又回來了，萬事全又恢復成老樣子，大家都過得很高興了。

「牠回家，帶給我們運氣。」他想，「的確是這樣，牠回家帶給我們運氣。」（二六七～二六八頁）

在這一段中，小朋友周的想法，就是「兒童意識」的應用。

兒童小說屬於兒童的，因此主題、角色、意識、技巧、語言、想像、題材，都應該考慮「兒童的」要素。

二、眞實性

兒童小說的第二個特質是「眞實性」。林守為先生在《兒童文學》中說：

兒童小說與童話最主要的分別是在於：前者所重的是「眞實感」。小說中的人物，不但是我們生存的世界中所能找到的，而且他的一舉一動、一言一語都是合乎「人情物理」的。如果其中有幻想的成分，那也僅是為著情節的需要。後者所重的是「趣味感」。童話作者為求其作品能激起讀者高度的興趣，可憑藉其豐富的想像力，把事物寫得很誇張、多變；而不管這種寫法是否和實際情況相符。（一六七頁）

林先生說明兒童小說和童話最大的不同是：兒童小說具有真實性，童話具有趣味性、幻想性。由此可知，真實性是兒童小說的特質。

兒童小說的類別中，現實小說是根據兒童現實生活中可能發生的事而編成的，因此現實小說中的人物、情節和環境，都是真實的。例如《小冬流浪記》中，小冬、胖警察、言太太、汪子瑞，都是真實的人物，不是擬人，也不是超人；至於小冬的挨打、挨餓、被拐騙等情節，也是現實生活中可能發生的；而警察局、輔育院等環境，也都是真實環境。

歷史小說是以歷史上的人物為主角而寫成的小說。改寫給兒童看的歷史小說，人物仍然是真實的人物，環境也是真實的。即使部分情節略有誇張，不近事實，但是仍然建立在事實的基礎上。像《說岳全傳》的岳飛大破拐子馬，都是近事實的故事。

冒險小說、推理小說也許有虛構的人，但是這種人在現實生活中仍有可能存在。冒險或推理的情節，即使世上沒發生過，但是也合乎常情，有可能發生。像魯賓遜獨處荒島，靠自己一個人而生活下去，在這世上是有可能發生的。愛爾兒追蹤小偷的情節，也是可能發生的。

動物小說是敘述動物的故事，這樣的動物故事在現實上也可能發生。例如《來喜回家》，狗回家找舊主人、狗忠於主人，都是可能發生的。

科幻小說有科學理念，又有幻想特質，也許幻想特色高一些，但是也跟現實有密切的關係。例如祝士媛在《兒童文學》中說：「凡爾納寫《海底兩萬里》時，世界上還沒有潛水艇，作品中卻讓人坐上潛水艇漫遊海底世界。他還在《從地球到月亮》一書中描繪了宇宙飛行的情況，甚至生動地描寫了人在宇宙飛行中遇到的失重情形，而當時還沒有一個人離開過地球。如今這些誘人的幻想都變成了現實。」（一五六～一五七頁）。由這個例子可以知道，科幻小說也具有真實的特性。科幻小說不是描寫現實，而是把未來或過去尚未實現的事情當做現實來描寫；即使未來仍不能實現，可是由於它是建立在今天的科學知識上，想像有了依據，仍舊有極高的真實性。例如科幻小說中敘述人的手臂斷了，結果服了從壁虎身上提煉出來的某種藥後，終於又長出手臂來。這個情節在現實生活中並未出現，即使將來也不可能實現，但是作者的想像是根據壁虎的尾巴斷了仍可以長出來的知識，幻想出可以長手臂的藥，這也是屬於具有真實性的特徵。

三、細膩性

兒童小說為了適合兒童閱讀，雖然在結構、人物安排、敘寫方面都比成人小說簡要，但是在兒童文學的各文體中，它仍較具細膩性。

林守為先生在《兒童文學》一書中，比較了兒童小說和兒童故事的寫作方法：

> 兒童故事中雖有人物，但作者所著重的不是人物的描寫，而是事的敘述。小說所重視的便是人物的描寫；一篇小說成敗的關鍵，就在於作者刻畫人物的技巧如何。兒童故事從頭至尾是以平鋪直敘的方式來敘述；小說為要加強它的藝術效果，必須注意結構和變化。（一六六頁）

林先生這裡所說的重視人物描寫、注意小說的結構和變化，也就是指兒童小說在人物描寫和情節設計等，比兒童故事細膩。兒童小說由於主要是提供給年齡高一些的兒童欣賞，因此人物的刻畫、結構的安排，都比兒童故事、寓言、神話、童話、兒童戲劇等文體的作品細膩、複雜。例如在人物刻畫方面，作者常常採用人物自我表現方式，利用人物的對話、獨白、動作、心理活動；也常常採用他人襯托方式，利用他人來正襯、反襯或側襯；更有的是利用環境烘托，或作者直接的肖像描繪等種種方法，細膩地表現。舉例來說，如《湯姆歷險記》中敘述湯姆被姨媽處罰刷牆的工作，遇到玩伴班恩·洛傑斯走來。作者對這件事的敘述，就很細膩。

> 班恩嘴裡啃著蘋果，還不時發出「鈴—鈴—鈴—咕咚—咕咚」有節奏的聲音，因為，他正模仿著輪船航行的情形。
>
> 但是，湯姆連看也不看他一眼。
>
> 「喂，湯姆，你又遭殃了，是不是？」
>
> 湯姆並不答腔，只顧刷他的牆，就像是個藝術家，邊畫邊欣賞自己的傑作似的。
>
> 班恩走過來和他並排站著。湯姆看了那個蘋果一眼，饞得口水直流，但他仍假裝很有興趣地繼續工作著。
>
> 班恩說：
>
> 「喂，湯姆辛苦了。好不容易盼到星期六，你怎麼還要工作呀？」

湯姆突然轉過身來，裝做才看到他的樣子說：

「嘿，班恩，原來是你，我還沒注意到呢！」

「湯姆，我就要去游泳了，怎麼樣？你想不想去？當然嘍，你要工作，為了工作，是不能去游泳的。」

湯姆裝做不懂的樣子，看了對方一眼。

「你在說什麼工作、工作的？」

「你在這裡不停地刷牆壁，不是在做工嗎？」

「哦！這個嗎？這怎麼算是工作，我頂喜歡做這種事呢。」

「哼，算了吧！你的心裡當真喜歡這工作嗎？」

湯姆手裡的刷子一個勁兒刷個不停。

「哼，我為什麼不喜歡，難道小孩子有機會天天刷牆壁嗎？」

這番話說得很有道理，班恩的嘴也不再啃蘋果了，只是用兩眼直勾勾地看著湯姆。

只見湯姆很細心地刷過來又刷過去，然後又退後幾步欣賞刷的效果如何，接著又在這裡抹一下，那裡補一下，就好像一個小畫家在作畫似的。

班恩注視著他的一舉一動，越看越感到有興趣，然後，他就說：

「喂，湯姆，讓我也來刷刷看。」

湯姆歪著頭一想，剛要答應他，可是又改變了主意。

「不行，不行，絕對不行的，我姨媽對這道牆非常注意。這是正對著大街的地方呀！要是後面的圍牆，姨媽也許會馬虎一點兒，我也就無所謂了。可是，這道牆，一定要仔細地刷。我想一百個孩子裡面，不，也許一千個孩子裡面，都找不出一個能夠像我這樣，要把它刷得多好看就有多好看的。」

「真的嗎？湯姆，讓我來試試看，那怕刷一點點也好。」

「班恩，我倒是可以通融的，不過，我那姨媽，唉！吉姆想刷，她不讓吉姆刷；席德想刷，她也不給他刷。你想，我是多麼受重託呀！要是你刷壞了，我豈不是要挨罵嗎？」

「湯姆，不要緊的。我也會像你那般小心地去刷，讓我刷刷看，我把吃剩的蘋果給你！」

「哼，你咬過的，我才不要吃！」

「那我把另一個蘋果給你。」

湯姆內心求之不得，卻裝做一臉不情願的樣子，把刷子遞給班恩。這隻「大輪船」接過刷子以後，就在太陽底下勤奮地工作著，累得滿頭大汗；可是，那位退休的「藝術家」，卻坐在附近陰涼地方的大木桶上，吃著那個剛到手的蘋果。（錄自東方出版社，七十九年革新版，《湯姆歷險記》，二十六～三十一頁）

這一大段描述湯姆刷牆和戲弄玩伴也刷牆的事，採用了人物自我表現的方式，讓湯姆說話、做動作、思考來刻畫湯姆鬼靈精、淘氣的個性，便寫得極細膩。一般故事、寓言、神話、童話，很少做這樣細膩的描寫。

第三節　兒童小說的寫作原則

寫作原則是歸納眾多優良作品而得到的，因此了解寫作原則，有助於文學創作。兒童小說的寫作原則，主要有以下幾項。

一、選擇適合兒童需要的主題，並自然呈現

主題是文學作品的中心思想；文章有主題，才能把寫作材料貫串起來。寫作兒童小說，應該選擇兒童需要的主題。兒童需要的主題是什麼？任大霖在《兒童小說創作論》中說：

兒童小說由於它的特定對象，更應當有一個比較鮮明、積極的主題。少年兒童的思想水準、閱讀水準還沒有完全成熟，所以兒童小說的主題不能過於含蓄、隱晦。同時，因為兒童小說對我們的下一代負有思想、知識、審美上的教育任務，所以它的主題是應當比較積極的。

（四十一頁）

任先生的看法很正確。兒童的思想尚未成熟，辨別力也不夠，因此給兒童看的小說，應該具備鮮明、積極這兩樣的主題特色。世界上著名的兒童小說，都能注意到這個特點。例如義大利作家亞米契斯（*Edmondo De Amicis*）的《愛的教育》，除了以一個小學三年級學生為主角來敘寫的日記式小說外，還有每月例話的生動小說。全書的主題以愛心為基礎，敘述了許多國家之愛、民族之愛、父母之愛、朋友之愛、祖孫之愛等故事。主題鮮明、積極。再如美國門德爾特．狄雍（*Meindert De Jong*）的《六十個父親》，敘述我國在抗日戰爭時，一個名叫天保的小孩子，在日軍轟炸下跟家人分散，後來救了一位美國飛行員。天保離開日軍占領區，到後方尋找父母親。在流浪中遇到美國在華的六十個空中飛行員，得到像父親一樣的愛護，直到找到自己的父母。這本書明確地表達出人與人間珍貴的情誼。主題鮮明、積極，是兒童需要的主題。

至於主題的表達，要自然呈現，最好是透過感人的情節，或是生動的人物形象自然呈現出來。不要讓作者跳出來直接告訴讀者這寫的是什麼主題、什麼思想；也不必透過文中的人物對白揭示出來。例如《六十個父親》的小說中，作者對主題的表達方式就是採用自然呈現法，讓讀者從小說中的人物和情節中自己體會出主題，而沒有加上一般主題說明的文字。

二、塑造鮮明的人物形象

在兒童小說中，人物是呈現主題、開展情節的要素。人物塑造得真實可信、有血有肉，作品才能吸引人，才能永恆；人物寫得蒼白無力，形成概念化，作品也就無足輕重，不能引起他人注意。因此，塑造鮮明的人物形象，是寫作兒童小說的重要工作。

兒童小說中的人物，可以是兒童，也可以是成人，更可以是動物或機器人。不管是兒童、成人，或是動物、機器人，都要塑造出人物的形象。如何塑造人物形象，達到鮮明的目標呢？可由以下兩方面著手：

㈠研究人物特性

兒童小說的人物要寫得真實可信，就必須多觀察、多體驗。觀察各階層、各年齡人物的不同個性，體驗各種人物的性格和想法。以兒童的角色來說，年齡、性格、時代等特徵，都應該加以研究。任大霖先生認為各個不同年齡的兒童，有不同的生理和心理特徵。比如說，很多孩子希望自己能和大人一樣獨立活動，並且引人注意。這種心理在學齡前兒童的身上，往往表現為單純地模仿成年人動作，而在小學高年級的兒童身上，則往往表現為有意不聽大人的話，力求擺脫成人的約束，或莫名其妙地幹一些冒險的勾當；在年齡更大的少年身上，則表現為處處以大人自居。寫兒童小說應該準確地掌握不同年齡兒童的不同個性，不要把兒童寫成「成人化」或「娃娃化」。⑦任先生的話極有道理，研究人物特性，不可不注意年齡特徵。至於性格特徵，有共通性，也有個別性。共通性就是指各型人物的共同特徵，例如上述各年齡兒童的共同特性就是。個別性是指各型人物的自我外在特徵和內在特性。自我的外在特徵，諸如外形的肥瘦、高矮、黑白……動作上的摸鼻、皺眉、咬手指頭；內在特性屬於思想、情感、氣質、習慣、語癖等。這些特徵都是作者應該注意的。而時代特徵是指人物對所處時代的反應。把兒童放在九〇年代的社會和放在五〇年代的社會裡，人物的表現一定不同。如果我們要塑造兒童人物，除了注意年齡和性格特徵外，若能注意到時代特徵，所寫的人物必將更具真實性，也必將更為生動。

㈡根據人物特性刻畫

研究小說中各個人物的特性後，就要運用寫作技巧把它刻畫出來。林守為先生對刻畫人物，提到一致、突出、生動的要素。一致就是指描寫人物的時候，外在的形象、服裝、言語、動作、表情等，要跟內在的心理、性格、思想統一；以及在一篇文章中，人物特性的前後要一致，不可予人矛盾的感覺。突出就是要使人物鮮明。使人物突出的方法就是抓住人物的某些特點，再三刻畫。人的特性種類很多，像嫉妒、豪爽、儒弱、自大、傲慢、好奇、陰沈、虛偽、機警、狡猾、保守等都是。描寫某一人物時，只能選取其中一種作為基本特性，在故事發展中，要將此特性化在這個人物的一舉一動中。要使人物生動，則必須少做平面描寫，而應多從言語和動作去表現。⑧

林先生的意見，簡明扼要，寫作者如能把握這個原則，對於塑造人物必有幫助。當然，敘述技巧是多樣的。例如使人物鮮明的方法，除了採用動作、對話等方法外，還有心理活動法、襯托法、環境法等技巧。以心理活動的寫作技巧來說，寫作者如果能夠配合情節需要，描寫人物的內心感受，不但不會有冗長、沈悶的現象，反而會使情節更富有懸疑效果。

三、設計生動的情節

情節是什麼？佛斯特在《小說面面觀》中說：「我們對故事下的定義是按時間順序安排的事件的敘述。情節也是事件的敘述，但重點在因果關係上。『國王死了，然後王后也死了』是故事，『國王死了，王后也傷心而死』則是情節。在情節中時間順序仍然保有，但已為因果關係所掩蓋。」（七五頁）。從這兒可以知道，事件按照因果關係排列的就是情節。

情節的作用是呈現主題、展示人物性格，及吸引讀者閱讀。因此寫作兒童小說，設計情節的時候，要注意生動，不要平鋪直敘，看了開頭便知結尾，人物乾巴巴的。要使情節生動，應該注意以下幾點：

1.懸疑性：設計情節，要多明示或暗示讀者將要發生什麼事情，使讀者產生探求答案的欲望。在明示方面，一般兒童小說採用製造衝突的方法。例如人物跟人物的衝突、人物跟社會的衝突、人物跟自然界的衝突、人物跟自己的衝突。在暗示方面，可以採用預示法而不馬上說明，以引起讀者的好奇。例如接到一封重要的信，不馬上打開信看內容，卻去描寫發信人的事等。

2.新奇性：設計情節，要注意新穎和奇特，以引起兒童的閱讀興趣。新穎就是情節新鮮，有獨創性。新穎的反面就是陳舊。有些小說的情節流於老套、雷同。例如撿到錢，送交警察局，得到讚揚，這種情節如果一再出現在各種小說中，豈不是陳舊不新鮮嗎？讀者讀到它，不是都覺得似曾相識嗎？

奇特就是情節特殊，有出乎意料的事件。例如以前面通俗、平凡的撿到錢送交警察局的情節，如果改為撿到錢送交警察局，卻被當做小偷處理；或是撿到一大包錢送交警察局後，錢卻被偷了。這種反常、出乎意料的事件，不是很奇特嗎？

3.曲折性：情節曲折不單調，也是生動的要領。為了使情節曲折，可多用頓挫和轉機的方式設計。頓挫就是使情節的發展遇到障礙。障礙消失，情節往順境發展，就是轉機。曲折的情節，常常是頓挫、轉機多次相互循環，然後推到高潮。曲折而不複雜，緊湊而富變化，也是生動的要領。

4.必然性：設計情節能依照人物的性格發展和事理的邏輯關係，不會產生突兀，這也是生動的基本要領。如《湯姆歷險記》中的湯姆，性格天真、活潑、好奇、淘氣、講義氣，因此書中的許多事件，便由這個性格產生。例如指出謀殺命案的凶手，便是講義氣的自然表現。至於《金銀島》中船長中風而死的情節，作者在前面反覆描寫他有可能中風的症狀，然後才讓船長中風。這種合乎事理發展而設計的情節，也是生動的條件。

5.偶然性：偶然性就是設計情節的時候，出現使人意外，引起驚奇、興奮、注意的事件。任大霖指出，《金銀島》在情節發展的過程中，有許多偶然性的應用。例如當海盜在旅館中找到畢爾船長，送去「黑牒」，原本將要發生激烈的戰鬥，船長卻突然中風而死，使文件落在傑姆手中。又如海盜千辛萬苦找到藏寶的地方，不料寶藏已經被人挖走。⑨這些都是情節生動的要領。

四、布置合適的環境

在兒童小說中，環境是人物活動的場所，故事情節的推展要地。因此刻畫人物，展現情節，就要布置合適的環境。

小說中的環境，可以分為社會環境和自然環境。社會環境就是指小說人物所處的時代背景，例如故事的發生時間、當時的眾人思想、風俗習慣、禮儀、社會生活等。自然環境是指小說中出現的自然景物，例如風景、屋子、天氣、一石一木等。撰寫兒童小說，若要布置合適的環境，就必須深入研究故事中人物的社會環境和自然環境。林鍾隆先生寫的兒童小說——《阿輝的心》，敘述阿輝的母親離家到台北幫人煮飯，不能留在家鄉跟阿輝住在一起。這個情節的社會環境就是民國四十幾年的台灣社會背景。當時台灣工業還不進步，鄉下沒有什麼工廠可收留鄉村勞工，因此有些生活困難的婦女，只好拋家離子到台北替人煮飯。阿輝被送到堂舅家住。書中出現的稻田、水圳、竹林、廟宇和紅磚屋，都是符合當時社會的自然環境。如果不考慮合適的環境設置，那麼寫歷史小說花木蘭，故事中出現跟現在一樣，有女兵、有坦克車的描寫，那不是很好笑嗎？

布置合適的環境後，在敘寫時還要注意技巧，最好是採用自然呈現法，在抓住環境的特色後，採用簡潔方式，透過人物的活動和情節的演進，自然呈現出來；不要為介紹環境而介紹環境，寫得像舞台上繪製的布景，缺乏真實感；也不要為了介紹環境而使故事停頓下來，影響兒童閱讀的興趣。

五、活用敘寫技巧

兒童小說的敘寫技巧很多。例如敘述語態、敘述觀點、語言處理等。

在敘述語態上，兒童小說跟童話一樣，也有評論式語態、描寫式語態、表達式語態的不同。這三種語態各有特色，我們可依不同需要而採用。不過，兒童小說的敘述，主要是表達式的語態。作者可多採人物自我表現法，利用對話、動作、心理活動表達；也可用他人襯托方式，採用正襯、反襯、側襯呈現；或者用環境暗示。⑩

在敘述觀點上，寫作兒童小說要採用什麼觀點，也是應該考慮的一件事。敘述故事從裡面講起，也就是採用故事中參與不平凡事件的角色為觀點人物，透過第一身的眼睛及官能感受，敘述一切事件的，叫做內部觀點。內部觀點有主角第一身觀點、配角第一身觀點、旁觀者第一身觀點、第一身複數觀點。敘述故事從外面講起，也就是敘述者置身於他所訴說的故事之外，沒有參加那些不平凡的事件；這種屬於第三身故事的敘述觀點，就是外部觀點。外部觀點有全知觀點、第三身人物觀點和客觀觀點。⑪

在語言處理上，兒童小說由於閱讀對象已是國小五年級以上的兒童，因此語言不必像童話作品那麼淺白，不過語言的簡潔，也是應注意的要項。至於語言的準確、生動、有味，仍是應努力去達到的。

第四節　兒童小說作品欣賞

一、欣賞兒童小說的方向

欣賞文學作品的方法有許多種。我們可以從傳統法中的作者、內容、形式方面深入研究，也可以從心理學、社會學、主題學、表象學入手。現從傳統法中的作者、內容、形式等方面，說明於下：

1.作者方面：兒童小說是由寫作者創作的，因此作者所處的時代、作者的生平、作者的思想，都會直接或間接影響作品。因此了解作者的各方面情形，對於了解作品方面，有很大的幫助。

2.內容方面：欣賞兒童小說內容，可以從它的主題和題材著手。主題是作品的中心思想，也就是作品的靈魂；題材是表現主題的材料，也就是作品的血肉。欣賞兒童小說，可以從小說中的人物、情節、環境等題材，推論出作品的主題來。

3.形式方面：欣賞兒童小說的形式，就是研究作者如何應用各種技巧，把小說中的主題和人物性格、情節、環境等題材表現出來。因此作者如何刻畫人物、設計情節、布置環境？如何敘述？語言用得是否妥當？觀點人物是誰？都是欣賞兒童小說應注意的項目。

二、兒童小說欣賞舉例

優秀的兒童小說作品很多。例如以美國來說，馬克吐溫的《湯姆歷險記》、《頑童流浪記》和《乞丐王子》，亨克爾的《苦狗流浪記》，狄雍的《六十個父親》；英國史蒂文生的《金銀島》、狄福的《魯賓遜漂流記》、路易斯夫人（*Mrs. Hilder Louise*）的《飛船》；德國吉卜林（*J. L. Kipling*）的《怒海餘生》、薩諾的《愛的一家》；法國馬洛（*Hecfor Henri Malot*）的《苦兒流浪記》和《孤女努力記》；義大利亞米契斯的《愛的教育》；日本椋鳩十的《奮鬥在天空》、坪田讓治的《孩子們的世界》；我國黃海的《奇異的航行》，李潼的《再見天人菊》、《少年噶瑪蘭》，陳郁夫的《蝙蝠與飛象》，林鍾隆的《阿輝的心》，謝冰瑩的《小冬流浪記》……都是不錯的作品。現在試舉法國都德（*Alphonse Daudet*）創作的〈最後一課〉欣賞於下：

最後一課

都德著‧胡適譯

這天早晨我上學去，時候已很遲了，心中很怕先生要罵；況且昨天漢麥先生說過，今天要考我們的動靜詞文法，我卻一個字都不記得了。我想到這裡，格外害怕，心想還是逃學去玩一天吧。你看天氣是如此的清明溫暖，那邊竹籬上有兩隻小鳥唱得怪好聽，野外田裡，普魯士的兵士正在操練。我看了，幾乎把動靜詞的文法都丟下腦後了。幸虧我膽子還小，不敢真的逃學，趕緊跑上學堂去。

我走到市政廳前，看見那邊圍了一大羣人，在那裡讀牆上的告示。我心裡暗想：這兩年我們的壞消息，像敗仗啊、賠款哪，都從這裡傳來；今天又不知有什麼壞新聞了。我也無心去打聽，一口氣跑到漢麥先生的學堂。

平時學堂剛上課的時候，總有很大的聲音。開抽屜、關抽屜的聲音，或先生的鐵戒尺聲音，種種聲響，街上也常聽得見。我本意還想趁這一陣亂響的當兒，混了進去，不料今天我走到的時候，裡面靜悄悄的一點聲音也沒有。我朝窗口一瞧，只見同班的學生都坐好了，漢麥先生拿著他那塊鐵戒尺，踱來踱去。我沒法，只好硬著頭皮，推門進去，臉上怪難為情的。幸虧先生還沒有說什麼，他瞧見我，只說：「孩子，快坐好！我們就要開講，不等你了。」我一跳跳上了我的坐位，心還是拍拍的跳。

坐定了，定睛一看，才看出先生今天穿了一件很好看的暗綠袍子，挺硬的襯衫，小小的絲帽。這種衣服，除了行禮給獎的日子，他是從不輕易穿的。更可怪的，今天全學堂都是肅靜無譁的。最怪的是，後邊那幾排空椅子上，也坐滿了人。這邊是前任的縣官和郵政局長，那邊是赫叟老頭子；還有幾位我卻不認得了。這些人為什麼來呢？赫叟那老頭子，帶來了一本初級文法書，攤在膝頭上，他那副闊邊眼鏡，也放在書上，兩眼睜睜地望著先生。我看這些人滿臉愁容，心中正在驚疑。只見先生上了坐位，恭恭敬敬地開口道：「我的孩子，這是我最後的一課書了！昨天柏林有令下來，說，阿色司和洛林兩省，現在既已割歸普國，從此以後，這兩省的學堂，只可教授德國文字，不許再教法文了。你們的德文先生明天就到，今天是你們最後一天的法文課了。」

我聽了先生的這幾句話，好像當頭一個霹靂。我這時才明白，剛才市政廳牆上的告示，原來是這麼一回事。這就是我最後一天的法文課了。我的法文真該打呢，我還沒有學作法文呢，我難道就不能再學法文了？唉！我這兩年為什麼不肯好好地讀書？為什麼去捉鴿子，打木球呢？我從前最討厭的文法書、歷史書，今天都變成了我的好朋友了。還有那漢麥先生也要走了，我真有點捨不得他。他從前那副鐵板的面孔，厚沈沈的戒尺，我都忘記了，只是可憐他。原來他因為這是末了一天的課，才穿上那身禮服。原來後面空椅子上的那些人，也是捨不得他走的。我想他們心中也在懊悔不曾好好學些法文，不曾多讀些法文的書。咳！可憐得很。

我正在癡想，忽然聽得先生叫我的名字，問我動靜詞的變法。我站起來，第一個字就回錯了。我那時真是羞愧無地，兩手撐住桌子，低下頭不敢抬起來。只聽得先生說道：「孩子，我也不怪你，你自己總受夠了。天天你們自己騙自己說，這算什麼，讀書的時候多著呢，明天再用功還怕來不及嗎？如今呢？你們自己想想看，你總算是一個法國人，連法國的語言文字都不知道……」先生說到這裡，索性演說起來了。他說我們法國的文字怎麼好，說是天下最美，最明白，最合論理的文字。他說我們應該保存法文，千萬不要忘記了。他說現在我們總算是做人的奴隸了，如果我們不忘我們祖國的語言文字，我們還有翻身的日子。

先生說完了，翻開書講今天的文法課，說也奇怪，我今天忽然聰明起來，先生講的，我句句都懂得。先生也用心細講，好像他恨不得把一生的學問，就在這一天中全都給我們。文法講完了，接著就是習字。今天的習字本也換了。先生自己寫著「法蘭西」「阿色司」「法蘭西」「阿色司」四個大字，放在桌上，就像一面小小的國旗。同班的人個個都用心寫字，一點聲息也沒有，但聽得筆尖在紙上颼颼地響。我一面寫字，一面偷偷地抬頭瞧瞧先生。只見他端坐在上面，動也不動；兩眼瞧瞧屋子這邊，又瞧瞧那邊。我心中怪難過，暗想先生在這裡住了四十年了，他的園子就在學堂門外，這些枱子、凳子，都是用了四十年的舊物。他手裡種的胡桃樹也長大了，窗子上的紫藤也爬上屋頂了。如今他這一把年紀，卻要在明天離開此地！我彷彿聽見樓上有人走動，想是先生的老妹子在那裡收拾箱籠。我心中真替他難受，先生卻能硬著心腸，把一天的功課，一一做去，寫完了字，又教了一課歷史；歷史教完了，便是那班幼稚生的拼音。坐在後面的赫叟老頭兒戴上了眼鏡，也跟著我們拼那 Ba, Be, Bi, Bo, Bu,（ㄅㄚ ㄅㄧ ㄅㄟ ㄅㄛ ㄅㄨ），他的聲音哽咽住了，聽去很像哭聲。這一回事，這末了一天的功課，我一輩子也不會忘記的。

忽然禮拜堂的鐘敲了十二響，遠遠地聽見喇叭聲。普魯士的兵操練回來，踏踏踏地走過我們學堂。漢麥先生立起身來，面色都變了，開口：「我的朋友們！我……我……」先生的喉嚨哽住了，不能再說下去，他走下座，取了一條粉筆，在黑板上用力寫了三個大字——「法蘭西萬歲」。他回過頭來，擺一擺手，好像說：「散學了，你們去吧！」（《古今文選》精裝本第一集，七十三～七十四頁）

〈最後一課〉是法國名作家都德的小說，經胡適先生翻譯後，收錄在上海亞東圖書館出版的《短篇小說》裡。國語日報古今文選編輯，將這篇小說編入文選裡，並加註釋。

公元一八四〇年，都德生於法國南方的尼姆地方，少年時代生活困苦。十七歲時到巴黎，二十歲時以寫故鄉風土人物一躍成名，三十歲時遇普法戰爭。普魯士是舊德意志聯邦的中心王國，在德國北部。普王在俾斯麥宰相輔佐下，兼任德意志聯邦皇帝。法國與普魯士因為爭歐洲霸主不和，當時西班牙內亂，想迎普魯士王族為君主，法國皇帝拿破崙三世起來阻止。公元一八七〇年七月普法戰爭開始，法軍失敗，拿破崙三世被俘。第二年一月二十三日，巴黎被普國攻陷，法國只好求和，賠款五十億法郎，並割阿色司、洛林兩省給普國。〈最後一課〉就是都德在這個背景下寫出來的。

這篇小說敘述被占領區下的一個小學生，上學遲到，幸而沒有被老師處罰。他在學堂中發現幾件跟往常不同的事。老師穿著禮服上課、全學堂肅靜無譁、教室裡還坐了好幾個大人。後來老師說今天是最後的一堂課，阿色司省割給普國，從此大家只能學德文，不能學法文了。這個小學生才懊悔不曾好好學法文。老師語重心長地述說法國文字的優美，以及不忘祖國語文才有翻身的日子。老師把握短短的時間，教文法課、習字、歷史、拼音，一直到十二點鐘，普魯士軍隊操練回來，才難過地放學。

欣賞這篇小說，我們可以挖到許多寶藏。從題材和主題來說，它給我們許多啓示。小說中敘述一個小學老師在敵人占領下的地方，從事最後一次的教學。他盡心竭力地要把法國語文傳授給學生。此處的法國語文題材有多層意思，除了指法國的語言、文字外，還兼指所有的法國文化，更象徵國家。重視法國語文也就是珍愛法國文化，不忘本。由此暗示主題，期望淪陷區的人民，不要忘了自己是法國人，忘了自己民族的文化；也期望所有法國人，記住割地的慘痛，光復失土，讓淪陷的法國人重回國家懷抱。

欣賞這篇小說，由法國人對法國語文的重視，我們也可以聯想到自己的語言文字。我們中國曾受外來民族的侵略，失去了一部分國土，甚至短時期曾失去全部疆域。可是我們中國人總是不忘珍惜自己的語言文字。例如清末，台灣割給日本，台灣民眾仍說中國話，仍暗中學習漢文，用中國字來出版文章。像連橫的《台灣通史》，不就流傳在日據時代的台灣嗎？台灣各地的詩社也都用中國字作詩。日本人曾想消滅中國語文，於是在士林芝山岩設立日語講習所，打算訓練台灣人，作為推行日語的先鋒。結果招生半年才找到二十七個人。這一年士林的人民和芝山岩的學生，聯合台灣民軍包圍芝山岩，燒了日本書，殺了日本人，使得日本的日語政策緩和下來。又如蒙古人占據中國，中國人仍說中國話，用中國字，這使得蒙古官吏不得不用中國文字來傳遞訊息。由此可見語言文字對一個國家的重要。都德利用法國語言文字的題材編寫小說，提醒淪陷區的人珍愛法國語言文字，回歸法國。此一題材在普遍中見特殊，頗具廣度和深度；主題鮮明、積極、正確。

這一篇小說的主角是漢麥先生，配角是小學生。漢麥先生的個性是嚴厲、負責任、愛國、有遠見；小學生的個性是好玩、天真、富觀察力。作者在刻畫這兩個人物時，採用了多種技巧。例如，刻畫漢麥的嚴厲是採動作法，如說他板著鐵板面孔、拿著戒尺；又採對話法，敘述他指責孩子平時不用功，現在淪陷異國，身為法國人，卻連法國語文都不會。刻畫漢麥的負責任，首先採用小學生的心理活動，敘述要考動靜詞文法來襯托。接著採用漢麥的自我表現法，除了穿上禮服，表現堅守、重視最後的教學，以及精神訓話，敘述語言文字的重要外，並在短短的半天中，以行動方式，實際教學文法、習字、歷史、拼音等功課。

從結構的安排來說，它也是可圈可點的。作者在開頭提出一個小學生怕上學的懸疑問題，及敘述市政廳前圍了許多人在看告示，不知又有什麼壞消息。這兩個問題都能引起讀者的閱讀興趣，是簡潔而吸引人的開頭。中段進入一連串相關的情節。首先是老師原諒了遲到的小學生，解決了第一個懸疑問題。其次情節向前推進，課堂內出現了反常的情形；老師穿禮服上課、全學堂肅靜無聲，以及教室後面的空椅子上，坐了好多位前來聽課的大人，有前任的縣官、郵政局長，也有一個失學的赫叟老頭子。老師介紹今天是最後一次上法文課，因為柏林有令下來，阿色司和洛林兩省割給普國，因此禁止上法國語文。這兒的情節中，解除了前面提到的反常懸疑，也解答了市政廳前告示的疑惑。小說接著進入第三個情節，敘述小學生上課回答不出老師的問題，引起老師的操心，強調法國語文的美好，以及做奴隸也不可忘了祖國文字。然後老師努力地教導法文。這兒的情節連貫很自然，設計也合需要，不是平鋪直敘的方式。結尾中，敘述中午十二點鐘響起，普魯士兵操練回來，上課得結束了，老師難過、激動得說不出話來。結尾有力又有韻味。全篇結構裡，採用連環型方式把相關的情節串連起來。在連串時，除了前後連貫，一氣呵成外，也能注意呼應。例如開頭寫怕考動靜詞文法，後文即交代老師考動靜詞的變法；開頭寫普魯士的士兵在操練，後文交代他們操練完畢回營；前文寫一羣人閱讀牆上的告示，後文寫柏林下令，阿色司和洛林兩省學堂，只可教德文，不能教法文，照應了前面牆上告示的伏筆。

這篇小說中的主角是漢麥先生，配角是小學生。故事中透過小學生第一身的角色，利用他的眼睛及其他官能來敘述漢麥。例如漢麥先生穿一件暗綠袍子、挺硬的襯衫、小小的絲帽。這些敘述就是由小學生的眼睛看出來的。再如結尾中，漢麥先生回過頭來，擺一擺手，好像說：「散學了，你們去吧！」這個敘述也是根據小學生所看和所想的。全篇小說採用配角第一身的專一觀點敘述，效果集中，可見觀點人物選得不錯。

〈最後一課〉，作者以最小的空間、最少的人物、最短的時間及最經濟的手法，描寫了法國戰敗，淪陷區內人民不放棄「教」與「學」法文的情形。全篇文章不僅意義深遠，可以啓發全世界的人，而且寫作技巧高明，可供後人學習。

自我評量題目

一、兒童小說是什麼?它跟成人小說、童話有何不同?

二、從兒童小說的內容和性質來說,它的類別有幾種?能否舉出作品說明?

三、兒童小說有什麼特質?請舉例說明。

四、兒童小說的寫作原則是什麼?

五、兒童小說要使情節生動,應注意哪幾點?其內容為何?

六、兒童小說的敘述語態有哪三種?能否舉例說明?

七、如何欣賞兒童小說?請找一篇短篇兒童小說自行欣賞、分析。

八、請根據兒童小說寫作原則,創作一篇兒童小說。

註釋

①見《兒童文學研究》，六十九年版，頁二八六。
②見《兒童文學論》，六十六年版，頁六十九～七〇。
③見《兒童文學》，七十七年版，頁一六三～一六四。
④見《兒童文學理論與實務》，七十七年版，頁一一〇。
⑤見《兒童文學創作與欣賞》，六十九年版，頁二九三～二九六。
⑥見《兒童讀物研究》第一輯，五十四年版，頁一四四～一四九。
⑦見《兒童小說創作論》，七十六年版，頁九十九～一〇二。
⑧見《兒童文學》，七十七年版，頁一七二～一七三。
⑨見《兒童小說創作論》，七十六年版，頁一六五。
⑩見《童話寫作研究》，七十九年版，頁一五六～一六八。
⑪見《童話寫作研究》，七十九年版，頁一九九～二一〇。

參考文獻

(一)

1. 任大霖著 **兒童小說創作論** 上海：少年兒童出版社 一九八七年七月。
2. 吳鼎著 **兒童文學研究** 台北：遠流出版社 民國六十九年十月。
3. 佛斯特著 **小說面面觀** 台北：志文出版社 民國六十五年三月。
4. 林文寶著 **兒童文學故事體寫作論** 台東：台東師院語教系 民國七十九年元月。
5. 林守為著 **兒童文學** 台北：五南圖書出版公司 民國七十七年七月。
6. 林飛等著 **兒童文學大全** 廣西：人民出版社 一九八八年十一月。
7. 林鍾隆等著 **兒童讀物研究** 台北：小學生雜誌社 民國五十四年四月。
8. 祝士媛著 **兒童文學** 台北：新學識文教出版中心 民國七十八年十月。
9. 許義宗著 **兒童文學論** 台北：自印本 民國六十六年。
10. 張清榮著 **兒童文學理論與實務** 台南：供學出版社 民國七十七年八月。
11. 陳正治著 **童話寫作研究** 台北：五南圖書出版公司 民國七十九年七月。
12. 葛琳著 **兒童文學創作與欣賞** 台北：康橋出版社 民國六十九年七月。

㈡

1. 卡斯特奈著　林清譯　**愛彌兒捕盜記**　台北：牧童出版社　民國六十六年一月。

2. 李潼著　**再見天人菊**　台北：洪建全教育文化基金會　民國七十六年十一月。

3. 狄福著　**魯賓遜漂流記**　台北：聯廣、光復、偉文　高雄：大眾　台南：王家等出版。

4. 狄雍著　張劍鳴譯　**六十個父親**　台北：國語日報社　民國六十一年七月。

5. 林鍾隆著　**阿輝的心**　台北：小學生雜誌社（現改由台中滿天星兒童詩刊社印行）　民國五十四年十二月。

6. 林葛琳著　**少年偵探**　台北：純文學出版社　民國六十九年四月。

7. 亞米契斯著　**愛的教育**　台北：東方、偉文、聯廣、光復　台南：王家、世一　高雄：大眾。

8. 拉撒魯斯著　**來自外太空的滴滴**　台北：國語日報社　民國六十八年八月。

9. 馬克吐溫著　**湯姆歷險記**　台北：東方、文化、聯廣、光復、偉文　高雄：大眾。

10. 馬克吐溫著　**頑童流浪記**　台北：偉文、文化等。

11. 黃海著　**大鼻國歷險記**　台北：聯經出版社　民國八十一年十一月。

12. 鄂力．耐特著　方明改寫　**來喜回家**　台北：國語日報社　民國五十三年一月。

13. 椋鳩十著　曾澄洋譯　**奮鬥在天空**　台北：國語日報社　民國六十八年十二月。

14.奧爾柯特著 **小婦人** 台北：東方、偉文、大千、聯廣等 高雄：大眾。

15.謝冰瑩著 **小冬流浪記** 台北：國語日報社 民國五十一年十一月。

第9章 兒童戲劇

學習目標

——研讀本章後，學習者應能達成下列目標：

一、說明兒童戲劇的意義。
二、說出兒童戲劇的特質。
三、認識兒童戲劇的分類。
四、了解兒童戲劇的編寫原則。
五、領悟兒童戲劇的欣賞方式。
六、能嘗試為兒童編寫劇本。

摘要

兒童戲劇是專門爲兒童編寫的，它是一種寓教於樂的綜合表演藝術，其中包含語文、音樂、美術、韻律、設計、建築、燈光、音效……等多種藝術，能使台上演出者與台下觀賞者都能同時感受、體驗的藝術表演。就教育而言，它更是一種人格教育的訓練，從團隊精神到分工合作，都提供了兒童學習和觀摩的機會。它的教育方式，是潛移默化的，讓兒童在欣賞或演出時，能深入體會故事中的詳細情節。這種現場而真實性的演出，可以使兒童在無傷害的情景中成長，同時對劇中人的一切遭遇感同身受。

兒童戲劇就其形式，可分爲傳統戲劇和創造性戲劇；傳統戲劇必須具有戲劇四要素，那就是劇本、舞台、演員和觀眾，但對創造性戲劇而言，則較爲開放，劇本可以是團體傑作，舞台可以是教室、操場，至於觀眾和演員，也可以打破界限，共同欣賞，共同演出。至於表演方式，可以由人扮演，也可以利用紙偶、布偶或其他傀儡來表現。

兒童戲劇因爲對象是兒童，所以在寫作時，必先了解兒童心理、兒童需要、兒童程度和社會未來等因素，才能執筆。因此兒童戲劇不能說教、不能太長、不能沒有趣味，更不能不吸引兒童。

我國文化資產非常豐富，如何透過戲劇表演做有系統的傳遞，使我國文化能傳承久遠，兒童能快樂健康，這就是我們提倡兒童戲劇的目標之一。所以創作兒童需要的劇本和改編自傳統寓言、神話、小說、故事……等文學作品的劇本，正是我們今後努力的方向。

第一節　兒童戲劇的意義

兒童戲劇是戲劇中的一個分支，其功能與成人戲劇一樣是表現人生、指導人生、美化人生的一種綜合藝術，只是它的對象是兒童，是專門為娛樂兒童、指導兒童而創作的。因此它在表現上必須以適合兒童心理、配合兒童經驗、切合兒童需要為目的，俾能使兒童在愉快、趣味的包裝下，達到潛移默化的教育功能。

一、兒童戲劇的定義

兒童戲劇是一種綜合藝術，是占有時間和空間的藝術，是肢體語言表現的藝術，是兒童現實生活、幻想和人際間衝突的舞台表演藝術。它和成人戲劇一樣，具有戲劇四要素，即劇本、舞台、演員和觀眾。劇本是將演出的故事以對白方式呈現，其中包括分場、分幕、場景、時間人物等說明；舞台則指表演的空間場所；演員則是扮演劇中人的表演者；觀眾則是一羣好奇取樂的人。有了這些條件，在導演的詮釋指導下，才能完整地演出。兒童戲劇與成人戲劇在內涵上有許多不同，其定義如下：

㈠兒童戲劇是動態的故事

兒童戲劇必須要有一個故事，這個故事可以取自生活，也可以取自童話、寓言、神話、小說、幻想……等，最重要的是把書中靜態的故事，藉舞台、演員、道具、燈光、設計、場景布置……等，在舞台上表演給小朋友欣賞，讓小朋友在活潑、生動、自然的氣氛下，吸收故事精華，從而領悟故事中人物的遭遇、情感，而與個人的感情、經驗融為一體。它是以一種動態方式敘述故事，讓兒童以個人的眼睛、感受去了解故事的情節內容經過和結果。因此戲劇是表演、是呈現，是經驗的傳授。

㈡兒童戲劇是反映兒童生活的活動

從生活中取材的戲劇，是反映生活的。兒童戲劇是取材自兒童生活的：兒童和成人一樣，有七情六慾，在成長過程中，也往往不能事事如意；在父母呵護下，又不能自主和自由行動，然而在他們心中，卻樣樣好奇，事事想嘗試，因此在嘗試中，也往往是挫折、痛苦的來源，而戲劇活動卻適時地提供了一個最安全的環境，供他們活動。

㈢兒童戲劇是一種模仿行為

兒童戲劇是一種模仿的行為，模仿的對象是現實中人或動物的思想、行為和活動。在戲劇設計中，以衝突和衝突的解決為主，因此沒有衝突，則不能成戲。戲劇既然是指導人生，其目的就是在教導人們如何面對現實、面對衝突、解決衝突。因此戲劇中的善惡、是非、必然分明，而這些善惡、是非也必然來自現實生活。所以戲中人是在模仿現實社會人生，而觀眾也從戲劇中得到啓示，學習模仿。演戲是單一模仿，而看戲則是多樣模仿。

四兒童戲劇是幻想的

兒童戲劇亦可取材自幻想和未來世界。例如：童話、寓言、神話和科幻故事。只要故事能愉悅兒童、啓發兒童智慧的，都可選用。

在兒童世界中，幻想是他們的專利，幻想可以使他們生活得多采多姿，趣味無窮，又可使他們腦筋靈活，事事推陳出新。

五兒童戲劇是一種遊戲

兒童戲劇是一種遊戲，是供兒童欣賞、娛樂的。兒童無論做任何事，經常是抱著「好玩」的心理，包括看書、上學都是一樣。兒童戲劇的進行，常需要台上台下打成一片，更需要熱熱鬧鬧，以激起兒童的興趣和共鳴。

戲劇對兒童而言是遊戲，無論是角色扮演、化妝、表演故事，道具設計，都是好玩的；其中最吸引兒童的，也就是能讓兒童參與，能讓兒童上台玩玩。近年來，兒童戲劇更走上創造性路線，讓兒童從活動中去學習與人相處、表達情緒、學習語言、發展潛能，可說是與教學、輔導、遊戲融為一體，使兒童在遊戲中自我成長。

㈥兒童戲劇是啓迪兒童智慧的

兒童戲劇是取材自生活的，因而在欣賞或參與後，均能有所啓示。戲劇以寓教於樂的方式，讓兒童在輕鬆愉快的遊戲中成長；沒有現實生活的壓力，沒有危機四伏，又可以達到經驗轉移的功能。因此兒童能輕易地從別人身上學到經驗，學到判斷是非，學到如何趨善避惡。同時，戲劇是綜合藝術，無論從語言、舞台設計、服裝、道具、音樂、燈光等方面，都可以提供兒童美感經驗，刺激兒童思考，啓發兒童智慧。因此良好的戲劇表演，必然給予兒童良好的教育，啓發兒童智慧。

㈦兒童戲劇是表現生活的綜合藝術

戲劇取材來自現實生活，而舞台上的表演，則將生活濃縮於一舞台上。為了逼真、為了傳神、為了滿足觀眾的欣賞口味，必然盡心設計。所以無論是劇本的編寫，舞台的布置，演員的挑選，化妝、服裝、道具的運用，音效的處理，燈光的設計……無一不是精心傑作。兒童戲劇中，更要強調熱鬧和幻想，因此很多道具更是美術、勞作和幻想的結晶。這些設計無論在色彩和造型上，都要多采多姿，才能吸引兒童。假如是兒童的戲劇活動，更可以藉此機會訓練兒童自行設計道具，讓兒童能盡情發揮他們個人的幻想和創造能力。

兒童戲劇是專為兒童而設的，它可以是成人演給兒童看的，也可以是兒童上台演的，更可以是一種戲劇活動，讓兒童自演、自娛。所以兒童戲劇是一種最富教育性、娛樂性、藝術性的活動，也是最能為兒童接受、歡迎的一種文學藝術活動。兒童戲劇具有多方面的教育價值，茲分析如下：

二、兒童戲劇的價值

㈠娛樂價值

娛樂是文明社會中的必須品；兒童和成人一樣，也需要娛樂，而兒童的娛樂，就是遊戲。兒童戲劇對兒童而言，就是一種遊戲；這種遊戲是經過設計、安排而與教學活動合而為一的。所以它是讓兒童在遊戲中有計畫地學習。

㈡教育價值

兒童戲劇是最自然而又為兒童喜愛的活動，它的教育方式最為平易近人，並且深受兒童喜愛，其教育價值如下：

1.語言教育：戲劇表演除了啞劇和舞劇外，其他各種戲劇均需以語言表演。在舞台上說話，是需要講求膽識、條理、音量、態度、表情和肢體語言等表達方式的。兒童戲劇的表演活動，除了舞台上的話劇外，尚有人偶戲、木偶戲、傀儡戲、皮影戲、紙影戲和創造性戲劇活動……等，這些戲劇表演活動，都可以訓練兒童的膽識和說話，讓兒童在觀眾面前不害羞、不害怕，大膽地說出劇中人的對話，因此，練台詞就是一種語言訓練。而劇本中的對話，都是經過設計、安排的，無論在修辭、用字、造句上，均較精簡，兒童可以從中學習對話的方式、態度、語氣和感情的表達。為了達到戲劇效果，老師可以要求學生發音準確、說話流暢、態度自然。所以戲劇教育與語言訓練是密不可分的。

2.人格教育：健全的人格教育是健康國民必備的條件。真誠、樂觀、活潑、進取、積極、幽默、吃苦、耐勞、合羣、守分是一個健全國民應備的優點，而戲劇教學應是最好的訓練方法，茲分析如下：

(1)合羣合作：戲劇表演的成功，在於分工合作。一齣戲的演出，除了看得見的幕前人員表演外，幕後工作更是重要。從劇本的編寫、舞台的設計、布景、燈光、音樂、音效、道具、服裝、化妝……等，無一不需要人員幫忙，即使是台前演出，若無配角，也無法突顯主角的重要。所以，一齣戲絕不是一個主角可以完成的。因此從教育觀點而言，戲劇活動是最能發揮羣性的活動，只有靠大家分工合作，才能完成這項工程。就連最基本的對話，也要在互相體諒合作下才能排練。

(2)同理心：在戲劇活動中，任何角色都是在扮演別人，因此在扮演過程中，人往往可以學會從別人的角度看事情，從別人的角度體會別人的心情，無形中，更可以學會體諒和關懷。

同理心就是能設身處地為人設想，也是人際關係中不可缺少的主要因素。在戲劇表演中，兒童可以從欣賞的角度去觀察人際間互動的關係，從別人的經驗中學習成長，認識是非。

(3)見賢思齊：見賢思齊，見不賢而內自省，這是自我成長必備的條件。在兒童戲劇中，主題正確，是非分明，善有善報，惡有惡報，這對成長中的兒童是非常重要的提示。趨善避惡是人之通性，在兒童戲劇中強調溫馨、講求好人有好報，更引導兒童趨善避惡，使兒童在潛移默化中懂得見賢思齊，學習做好人。

㈢藝術價值

在兒童戲劇活動中，無論是說話、表情、動作、舞台、設計、服裝、道具、化妝、燈光、音效……等，無一不是藝術，無一不追求美感。平日生活可以馬虎隨便，但在舞台上，則需一一設計，除了個體的美觀外，更要講求整體的協調、和諧。所以一齣戲的完成，無論是演員的舉手投足、語言、表情，甚至舞台上的大小道具、一花一木，無一不是精心設計，原因是除了傳真外，更要強調「美」的感受。

兒童戲劇活動是讓兒童親身經歷、接受藝術薰陶，藉此活動訓練兒童對音樂、美術、勞作做深一層的認識和運用。

藝術教育是不可以忽略的，尤其是兒童戲劇活動，都是在有經驗的成人設計和引導下實施，讓兒童在無傷害的環境中獲得經驗、發掘潛能、啓發智慧、陶冶性情，達到健全人格的發展。

三、兒童戲劇的分類

兒童戲劇的分類，就其形式可分為傳統式戲劇和創造性戲劇兩大類。傳統式戲劇脫離不了劇本、舞台、演員和觀眾四要素，而創造性戲劇則多加了創意和活動，甚而打破舞台限制，走入觀眾羣中，與觀眾打成一片的表演方式。若以表現方式分，又可分為「人戲」和「傀儡戲」。「人戲」是以「人」為演員，在舞台上扮演著各種不同的角色，敘述故事中的情節。傀儡戲則以各種不同的傀儡，包括木偶、布偶、布袋戲、紙影、皮影……等在大舞台或小舞台上表演不同的角色、不同的故事。若就欣賞者的不同年齡層次來分，可分為家庭劇場、幼兒創造性肢體活動、創造性戲劇活動和兒童戲劇等四種。兒童戲劇內涵豐富，茲分別敘述如後：

(一)就形式分

1.傳統式戲劇：是指一般傳統戲劇的形式，具有戲劇四要素：一篇完整的劇本、一個可供表演的舞台、一羣演員和一羣看戲的觀眾。這四個條件完備後，在導演的匠心設計安排下，讓他們聚集在一起，各司其職，讓演員在特定的舞台上表演劇中故事，供觀眾欣賞。傳統戲劇又可分為：

(1)話劇：在舞台上以對話方式傳達劇情。

(2)舞劇：在舞台上以舞蹈方式表演，傳達故事內容。

(3)歌舞劇：在舞台上以歌舞方式傳達劇情。

(4)默劇：故事表達以動作和表情為主，以音樂及音響效果為輔。

(5)偶劇：由人操縱木偶、布偶、傀儡等演出。

(6)廣播劇：以音響效果、人物對話讓聽眾在想像中欣賞故事情節。

(7)電視劇：利用電視傳播的戲劇。

2.創造性戲劇：創造性戲劇就是將創造性活動融入戲劇活動中，無論是劇本的編寫、演員的表演，均可突破傳統，與觀眾打成一片，融為一體。

(1)創造性戲劇的特點：

①劇本：打破個人創作的侷限，可與演出者共同討論、共同創作。

②舞台：打破舞台限制，可靈活利用各種場所，如舞台、廣場、教室，甚至家庭中的客廳。

③演員：不一定是訓練有素的演員，可以是學生，也可以是觀眾，在劇情發展需要下，也可以共同參與演出。

④觀眾：不一定是純粹的觀賞者，也可以是戲劇的參與演出者。

(2)創造性戲劇的分類：創造性戲劇的分類，可按兒童年齡程度分為四個階段——

①家庭劇場的親子遊戲：從零歲到四歲，可以在父母親陪伴下做戲劇活動，它是一種角色扮演的遊戲活動，可運用布偶、手偶、手影做道具，與親子同樂。

②幼兒創造性肢體活動：從五歲至六歲可利用創造性肢體活動訓練幼兒體能、刺激兒童想像、學

習簡單語言的表達，以及與人相處的團體活動。

③創造性戲劇活動：七歲至八歲的兒童，已懂得與人相處，肢體發展亦已能自由自主，並能與同儕和諧相處，共同參與活動。此期兒童在語言的表達上亦能順暢成句、模仿學習和想像能力均已達到嫻熟且運用自如。因此他們的想像力豐富、活動力強，正可以藉活動刺激思考，學習團隊適應，遵守活動規則，達到寓教於樂的目的。

④兒童劇場：九歲至十二歲的兒童，行動自如，觀念亦已養成，可塑性最大，正可以藉有計畫、有組織、有設計之兒童戲劇方式訓練團隊精神及合羣、合作之觀念。同時對於語言表達、膽識的訓練，亦可以加強。

創造性戲劇活動最適合運用在教學上，從家庭到學校，可按照幼兒不同程度，不同需要而加以引導，家長和學校老師都是最佳的導演。

㈡就表現方式分

1.由人表演的：一般的舞台劇、電視劇、電影大都由「人」扮演；這些表演者，在舞台上經由編劇設計、導演指導，扮演著故事中的人物，敘述著故事中發生的一切事情，讓台下或幕前的觀眾忘情地欣賞。由人扮演的兒童劇又可分為——

(1)由成人演給兒童看的：由成人演給兒童看的戲劇有三種，一種是直接由人扮演人的古裝、時裝戲。另一種是由人扮演動物或其他超現實的人或動物，以童話或科幻的方式來表演。第三種是由人扮演「人偶」，以偶戲方式呈現的戲劇。

⑵由成人與兒童同台演出，供兒童欣賞的：由成人和兒童同台演出的方式，也和成人演給兒童看的情況相同，可以演出時代劇、古裝戲、童話劇和科幻劇。

⑶由兒童演給兒童看的：讓兒童當演員，扮演劇中人物，在舞台上或是在團體活動中演給兒童看的。這些兒童也都是要經過訓練、指導才能順利上台。

綜合言之，成人演戲供兒童欣賞，對兒童而言，這是娛樂，也是學習。兒童可以從戲劇表演活動中，體認故事中的意義、分辨善惡、了解是非及得到樂趣。至於兒童演給兒童看的戲劇，除了以正式方式在舞台上演出外，亦可利用操場或教室，在團體活動中或課堂上演出。

兒童的戲劇活動對兒童而言，是一種最好的學習活動；兒童可以在扮演別人時，學習以別人的方式去思考問題，更可以藉表演活動訓練合羣、合作和團隊精神。如果道具都是兒童自行設計的，則更可以作為美術勞作課之實際延伸應用，因此由兒童自行扮演的戲劇活動是一種值得推廣的學習活動。

2.由傀儡表演的：由傀儡表演的戲，是由人在後面操縱的。這些傀儡戲亦可分為由成人操縱和兒童操縱兩種。由成人操縱的有木偶、布偶、皮影和布袋戲。其實在學校中，我們亦可教由小朋友來操縱，讓小朋友學習。茲將各種傀儡戲介紹於後：

⑴木偶戲：這是一種大型木偶，高達兩尺，由成人在後台舞台上牽動拉線，讓木偶在前台表演。

⑵布袋戲：這是中國式的布偶，又名掌中戲，利用手上的三隻手指操縱，隨著故事的情節內容，由操縱者說出對話，演出故事。

(3)布偶：是目前流行於各幼稚園中的絨布偶，造型活潑而多樣化，色彩鮮明，深受兒童喜愛。百貨公司、市面上均有銷售。

(4)皮影戲：皮影戲是流行於中國民間的一種地方戲，在台灣則以南部地區如台南、高雄、屏東較為流行。所用傀儡多為牛皮或豬皮製成，以鏤空方式在皮革上雕刻。演出時，以燈光照射白幕，將皮製傀儡緊貼幕上，觀眾則在相反方向欣賞。

(5)紙影戲：製作與皮影戲相同，目前流行於國小的一種偶戲，深受兒童喜愛。

(6)手偶：是利用雙手表演的偶戲，演出者在白手套上繪出各種造型的玩偶，然後利用雙手，配合故事，敘述表演。

(7)手影：用手掌、手指在燈光前，以投影方式在牆上設計出不同的動物或人的形象，以娛樂兒童的遊戲。

㈢就創作手法分

1.幻想劇：利用象徵手法，將故事表演出來，內容包括童話劇、神話劇、寓言劇、科學幻想劇等。

2.寫實劇：運用寫實手法，從現實生活或歷史故事中取材，無論在事實、情節、人物、場景上均合乎常理。

(四)從幕的多寡分

1.獨幕劇：只有一個重要場景，故事發生都在同一舞台上。

2.多幕劇：有多個場景，以落幕多次更換。

兒童的戲劇活動方式很多，以上所舉均為現有者，在科技昌明的今天，尚有多種利用燈光效果在舞台上表演的戲劇，如台灣杯子劇團的黑光幻影，只見台上光影竄動，自成美景。藝術是創新的，兒童戲劇的變化也最能跟上時代，許多劇團均能利用科學發明，以燈光、音效、特殊布景、人物造型等來製造氣氛，以吸引兒童觀賞。

第二節　兒童戲劇的特質

兒童戲劇和成人戲劇一樣，有故事、有衝突、有危機、有轉機，以表演方式代替敘述，以對白推動故事發展。兒童戲劇與成人戲劇最大的不同就是觀眾不同、教育目標不同、活動方式不同。兒童戲劇是專為娛樂兒童、教育兒童而創作的，它可以是兒童觀賞的作品，也可以是兒童自娛娛人的活動。以下就以一般性的兒童舞台劇做分析。

一、具有教育意義

兒童戲劇是一種寓教於樂的藝術，從故事的取材到劇中人的表演，均可取自現實生活和兒童的奇思妙想。它的表現方式多采多姿，但在實質的內涵上，卻是反映著兒童的生活和幻想。所以劇中的人物，無論是真實的、幻想的，也都儘量設計成兒童喜愛或熟悉的造型，以吸引兒童。因此，用戲劇教育兒童是最容易為兒童接受的。

兒童戲劇可以作為輔導兒童的工具。在兒童觀賞戲劇後，可以引導兒童探索劇情，了解劇中人物的表現、故事的主題和事情發生的前因後果，讓兒童從劇中人的身上學習如何面對現實、如何解決問題、如何趨吉避凶。因此兒童劇不是單純的娛樂，而是具有教育意義的藝術活動。

二、具有趣味性

兒童做任何事，都是抱著好玩的心態。兒童戲劇的編寫，更需要配合兒童的心理需求，才能受到兒童的喜愛。兒童戲劇的表現方法，可採用童話的表達方式，以擬人化的手法，趣味化的設計，新潮、科幻的處理手法來吸引兒童欣賞。兒童喜歡的趣味，在於誇張、失誤、手腳失措和非常規的表現行為。例如：大而誇張的道具、趣味的主角造型，誇張的語言、表情，甚而色彩鮮豔、造型奇特的舞台設計，都能引起兒童的喜愛。

三、要有溫馨圓滿的結果

兒童好奇、純真、善良，同時也有一顆容易感動的心，兒童在劇情的引導下，很容易被劇情感動，而忘了自己是在看戲。因此劇中人的一言一行、一舉一動都直接吸引著兒童。看戲時，兒童常會有忘我的舉動，如遇有緊張處，會忍不住大叫；悲傷時，也會與劇中人同聲一哭。因此兒童戲劇的編寫必須要有溫馨、圓滿的結局，才能滿足他們的心理感受，否則壞人得了好報，好人得了壞報，是會令兒童失望的，甚至也會產生是非混淆的判斷，對人生產生懷疑。

四、台上台下可以融為一體

成功的兒童戲劇是最容易引起兒童共鳴的。在戲劇進行中，台上的演員可以與台下的觀眾對話，可以徵詢觀眾的意見，讓觀眾幫助他們解決問題。一般而言，成人戲劇較少採用此種方式。

兒童戲劇是活潑生動的，沒有一定的標準規格，只要能喚起兒童觀眾的喜愛共鳴，都是可以接納的。編劇、導演均可採用各種新奇、創意的手法來吸引兒童。兒童戲劇除了台上台下的對話外，有時亦可讓台下觀眾上台參與演出；當然台上演員亦可跑到台下觀眾席，與兒童在一起，使兒童產生意外的驚喜。

兒童戲劇具有很大的彈性排演空間，它可以是純表演，也可以是兒童們的共同遊戲。它是生活的、誇張的、想像的、驚喜的。綜合言之，它是娛樂的，也是教育的。

第三節　兒童戲劇的編寫原則

兒童戲劇的編寫，除了對戲劇本身的認識外，最重要的是對兒童的了解。因為各年齡兒童有不同的需求，性別不同的兒童也有不同的喜好，除了從心理學中去探求兒童發展的實況和心理需求外，最重要的是去接觸兒童、了解兒童的需要。

目前由於升學壓力過重，父母要求過高，社會交通、環境的髒亂，在在都容易造成兒童心理上許多不平衡。學校班級人數過多，父母忙於事業，兒童更有許多無法開釋的心結困擾，因此兒童戲劇可以從實際生活中取材，為兒童說出他們的心事，協助他們解開心中的死結，帶給他們歡笑，讓他們能從娛樂中放鬆自己，面對困難，解決問題，達到自我成長的目標。

為兒童編寫劇本時，應注意以下原則：

一、劇情簡單，主題正確

兒童戲劇具有多重的教育功能，因此兒童戲劇的編寫，不可不慎重。對於主題方面，必須能導引兒童走向樂觀、積極、進取、善良的境界，同時要求是非分明。在劇情的設計上不宜複雜，也不宜過度曲折離奇。因為兒童經驗不足，理解程度有限，只要故事有趣，兒童就能接受。所以簡單的劇情，配上活潑的動作、表情、對白，兒童才能看得懂和產生興趣。若是處處都要兒童思考、分析、判斷，那就不是每一個兒童都能做得到的了。

二、不能說教

兒童戲劇雖然具有教育功能，但在編寫劇本時，卻不能以說教方式進行，必須注意寓教於樂的原則，要以趣味、誇張的表演方式來推動劇情，同時在重點片段，更要加強表演效果，從動作與對話中呈現主題，才能吸引兒童。

三、衝突不宜過多

戲劇是以衝突、危機為主要骨幹，但在兒童戲劇中，衝突是不宜過多的，以免造成兒童過度緊張，影響心理發展。因此在童話故事中，永遠沒有解決不了的事，凡是碰到危機時，必然有仙子、仙女或強者來協助解決，目的就是在減少心理威脅。在戲劇中，一切以現場表演方式進行，因而衝突是現場的、立即的、直接的。由於兒童的情緒容易衝動，所以更要注意。

四、劇本不宜太長

兒童戲劇的演出不宜太長，通常是在半小時到一小時之間，最好不要超過一小時，尤以約四十分鐘最為恰當。因為兒童的集中能力較弱，耐心不夠，也不可能坐太久，所以，為了適應兒童的實際需要，在編寫劇本時，必須注意時間的安排。

兒童戲劇在於精簡、清楚、緊湊、活潑，若是冗長、瑣碎，兒童是不容易耐心看下去的。

五、要具有遊戲性

兒童戲劇的表演，最好能安排兒童所熟悉的遊戲，以達到生活化、趣味化的目標。由兒童生活中取材的作品，最能引起兒童的共鳴；在戲劇中安排兒童熟悉的遊戲，更具有共鳴性和遊說的效果。

兒童戲劇不能說教，因此編劇者必須費心去發掘兒童問題，並尋找問題解決方法。兒童戲劇就是把事情的現況表演出來，讓兒童了解事情發生的前因後果，知所警惕。兒童生活中的衝突很多，若能掌握其共通性，以模仿兒童的活動，製造衝突、危機，就容易引起兒童的興趣和激起兒童的共鳴。

六、要熱鬧感人

熱鬧是兒童劇應有的特色，因此兒童戲劇的排演，可用擬人化的手法表演故事。除了男、女主角外，可以設計不同造型，其餘的花草樹木也都可以由人扮演，以增加熱鬧氣氛。兒童充滿幻想，在他們眼中，萬物都是人，演戲和看童話一樣，是新奇有趣的。為了吸引兒童，達到戲劇熱鬧的效果，可以儘量運用想像和誇張的設計，使舞台多采多姿，以吸引好奇的兒童。

七、要有創意性

反映生活、反映現實，但並不表示要完全的事實，在寫實的範圍內，仍可以有想像發展的空間。在兒童戲劇中，為了突顯某些事物和人，也可用誇張、創意的設計，刺激兒童想像。在兒童戲劇中，一切動物、植物均可用擬人型態出現，因此它們的造型，就可任憑編劇、導演，甚至演出者自行設計。當然，愈是新奇美觀的造型，愈能引起兒童的喜愛。

創意設計除了角色的造型外，服裝、道具也是創意設計重要的一環。假如以教育為目標的兒童戲劇表演，在服裝和道具上，更可以利用紙張剪裁設計，讓成人或兒童發揮更大的想像空間，設計出新奇而獨特的造型。

在舞台設計方面，又可按照劇本中的要求，發揮更大的想像空間，無論是寫實劇、幻想劇，能在舞台上演出的，畢竟只是片段，在這片段的精華中，如何顯示出劇本的精華重點，仍是要看編導者的匠心獨運。美侖美奐、活潑、生動的布置，是兒童最喜愛的。如何在換幕、換景中別出心裁，更是兒童戲劇的突破。

兒童看戲是基於好玩的心理，但成人為兒童編劇，往往會站在成人的立場，希望兒童能有所收益，而非純娛樂。二者的立場雖然不同，但為了討好兒童，認識兒童的心態，必然要將故事趣味化，以及將戲劇主題包裝妥當，才能使兒童從接納、喜歡到認同，最後才能達到真正戲劇教育的目標。

第四節　作品欣賞

要能深入欣賞戲劇，必須先了解戲劇的編寫原理、作者的創作動機和表現手法，才能做出客觀、公正的評論。以成人立場來欣賞兒童戲劇，則更需要探索兒童心理、程度、經驗、喜好和兒童生活，同時還要具備兒童教育的理念，才能做出客觀、公正的評論。所以在深入了解兒童戲劇的原理、編劇的用心後，才能客觀地提出評論，引導兒童去欣賞。

一、劇本欣賞

揠苗助長　　莊正芬編劇

・錄自童年有夢

〔第一幕〕

時間：春天的一大清早

地點：稻田裡

〔出場序〕

老金：年約六十餘歲的農夫

阿土：三十幾歲的憨厚男子

牛：由兩人扮演，一人為牛頭，一人為牛尾。

犁：由人扮演

稻子：由幾位男、女生扮演

（遠處傳來雞鳴聲，朝陽升起。音樂「農村曲」，老金步向舞台中央）

老金：咳！大家早啊！我呢？叫老金！我的鄰居呢？都叫我阿金伯。唉！我的老伴兒呢？很早就過世囉，只留下一個兒子和我相依為命。我這兒子呢？叫做阿土。唉！講到我們家阿土呀！他別的沒什麼不好，就是沒有耐性，又有點兒懶惰。都三十幾歲的人了，媳婦兒、兒子都有了，還是一事無成。到現在呢？也不知道換了多少工作？想到我已經老了（咳嗽），家裡只能靠他賺錢來過日子，怎麼辦呢？幸好，我們家還有幾甲祖傳的田地，本來是我在照顧的，現在呢，也該交給他了！對了，今天是他頭一回下田，要犁田準備種稻子。咦？（四處張望）我來這兒已經站這麼久了，他怎麼還沒到呢？阿土！阿土啊！快點哪！

（阿土牽著牛，一面拖著腳跟走，一面打哈欠）

阿土：阿爸！時間還早嘛！別人（可指觀眾）都還在睡，我們幹嘛非要這麼早呢？（一面說

話，一面把牽牛繩固定在地上）

阿金：這麼早？太陽都曬到你屁股上了。還早？你再不工作，教咱們一家老小去喝西北風啊！再說「早起的鳥兒有蟲吃」，這道理你懂嗎？

阿土：懂啦！懂啦！（抓抓頭，有點不耐煩卻又無可奈何）咦！我的犁呢？（跑到四處去找犁，阿金搖搖頭，跑到樹下坐）

犁：哈哈！我在這裡！我在這裡！我是農夫的好幫手，沒有我呀！他們就犁不成田囉！你看！阿土現在就在到處找我了！等一下呀，你就知道我怎樣犁田了。（犁調皮地跑到樹旁靠著）

牛頭：唉！我真命苦呀！跟著老金犁田也有十幾年了。每天辛苦工作，拉犁、拉耙的，也只能吃點青草。現在老囉，不中用囉！真不知道哪一天才能休息！

牛尾：說到辛苦，我比你更辛苦，雖然你要被阿金牽著鼻子走，可是你還有得吃，有得喝。我呀！只有挨打、拉屎的分。

牛頭：唉呀！別說了，我們都是苦命牛！老了，不中用了，還要被賣到牛市場。對了！前些日子呀！我們鄉裡面開了一間牛排館。

牛尾：什麼是牛排館呀！

牛頭：牛排館呀！就是專門吃我們肉的地方！我們那些牛兄弟、牛朋友，老了，不中用了，就往那裡送啊！

牛尾：你是說我們老了也要到那裡去囉？

牛頭：是呀！我身上的肉可以做牛排，你呀！就只好燉牛尾湯囉！所以我說呀！不知道那一天我們不中用了，老金就會把我們送到那裡去宰了。

牛尾：我們呀！真命苦呀！一輩子犁田不說，老了還不放過我們，還要拿來祭他們的五臟廟！唉！真不公平啊！

牛頭：是呀！有什麼辦法，誰叫我們是牛？

牛尾：下輩子我不要當牛了。

牛頭：還當牛？下一輩子我可要做人了！

牛尾：對！讓他們那些人嚐嚐當牛的辛苦滋味！

牛頭：好了！好了！別說了！阿土找到犁了，我們也得工作了。不然呀！你又要挨打囉！

牛尾：唉！苦命呀！苦命呀！什麼時候才可以不挨鞭子啊！（牛搖著頭，擺著尾巴在台上繞圈子）

阿金：阿土！來！我先教你犁田！（一手拉牛繩，一手扶犁）

阿金：看清楚了嗎？（阿土點頭）好，換你來！

（阿土一犁，犁歪了，犁完全不受阿土支配）

阿金：來來、慢慢的、要握正、方向要自己控制好，再來做看看。

（阿土邊做，阿金邊指正他，直到阿土能自己犁爲止）

（在阿土犁田犁了一會兒時，阿惠來了，她送來了點心）

阿惠：（自遠處）阿爸啊——阿土（舉高點心）

（當時阿土仍專心在犁田）

阿金：阿土啊！媳婦兒給你送點心來了。（阿土抬頭）

阿土：阿惠——（揮揮斗笠）（看看阿爸，又繼續耍犁田）

阿金：好了！好了！先休息一下吧！

（三人同時走到大樹蔭下，阿惠弄著點心）

阿金：阿惠，你看！那都是阿土犁的。（阿惠看）還真不錯呢？（拍拍阿土的肩膀）不愧是我阿金的兒子，哈！哈！

（阿惠端點心給阿金、阿土後，又幫阿土擦汗、搧涼）

阿金：阿土啊！你能娶到像阿惠這麼好的媳婦兒，算你命好，你可要好好努力喲！別虧待了人家。

阿土：（憨笑）您放心，有阿惠這麼好的太太在背後，我一定會成功的。

（阿惠低頭，顯得害羞的樣子，笑得很幸福）

阿金：哈！哈！哈！

阿惠：阿爸，有什麼需要我幫忙做的嗎？

阿金：不用了，中午送個便當來給我們就好了。

阿惠：好！（收拾那些茶水、點心）（阿土、阿金也回到田中，繼續工作）

阿惠：那我先回去了。

（歌聲漸漸響起，表示時間過得很快，中間有阿惠送飯來，他們犁完，種稻子）

（種稻子部分也是阿金教阿土，稻子由阿土用車子推出來）

（歌聲結束時，太陽也西沈了）

阿金：辛苦了一天總算種完了，阿土啊！咱們收拾回家吧！

（歌聲響起）

（阿土牽著牛）

（燈光漸暗下來，稻子們開始動，但顯得很痛苦）

稻子甲：唉喲！我的腳好痛喔！

稻子乙：唉喲！我的腳趾被扯斷了。好痛，好痛喲！

（每株稻子都在痛苦地呻吟著）

稻草人：誰在吵哇！（大聲）

（一時全部的稻子都嚇了一大跳，全都倒下狀，各種動作出來（即興的），肅靜、聆聽、尋找聲源）

（又繼續談話）

稻草人：誰在吵哇！（更大聲，生氣的樣子）

（全部的稻子又嚇了一跳，這時稻子甲探出了頭，一瞧，原來是……）（用手指頭指著稻草人）

稻子甲：這裡有個稻草人耶！（小聲）

稻子乙：他在這裡做什麼？（小聲）

稻子丙：會不會是阿土派來監視我們的啊！（小聲）

稻子丁：啊——（大聲）

稻草人：你們到底在講什麼呀！

（稻子害怕，只有甲最勇敢地說）

稻子甲：對不起，稻草人先生，由於我們的腳……

稻草人：原來是這樣！沒關係，過幾天你們的腳趾頭都會長出來的，忍耐幾天就好了。

稻子齊聲：哦！（然後又嘰嘰喳喳，你一句，我一句，他一句）

（這時候，旁邊的樹也醒來了）

樹：你們在吵什麼呀！（很老的聲音）

（全部的稻子又都嚇了一跳）

稻草人：別怕！別怕！是樹爺爺的聲音，他在這裡住了快一〇〇年囉！人非常和藹的。你們有問題的話，找他！他一定能幫你們解決的。

樹：哈！哈！阿草說的沒錯，我很樂意替你們解決問題的！也歡迎你們住到這裡來，以後咱們就是鄰居了，大家要守望相助才是！

（於是，大家就聊起來了，非常愉快）

～幕落～

〔第二幕〕

時間：過了幾天的清晨

地點：田裡

布景：同前一幕景

〔出場序：小寶、阿福、阿美—年約八、九歲的小孩〕

阿土

阿惠

農夫甲、乙：年約四十餘歲

音樂：是清晨的美妙和和諧的樂曲，有鳥叫、稻子哼哼唱唱。

（音樂在小寶三人出現後，漸小）

小寶：快呀！阿福、阿美，走快點啦！

阿福：走那麼快幹什麼嘛？你爸爸還走在很後面呢！

小寶：唉呀！我爺爺最常說：「早起的鳥兒有蟲吃」，我們早起一定也可以釣到很多青蛙的！

阿福：那萬一人家青蛙還在睡覺，不讓我們釣，怎麼辦？

小寶：……（生氣）
阿美：你們看，那邊有一隻青蛙耶！
小寶：在哪裡？
阿美：那邊，在那邊啦！（指著台下遠方）
阿福：那哪是青蛙？是癩蝦蟆啦！
小寶：別管那麼多了，我們就在這邊釣釣看。（兒歌）
阿土：小寶！（大聲喊）
小寶、阿福、阿美：爸、阿土叔。
（阿土拿起鋤頭工作）
（小寶、阿福、阿美一邊釣青蛙，一邊玩）
阿美：田裡有好多小鳥喲！
小寶：我們去趕小鳥。（在周圍大叫，很快樂）
（阿惠提著點心、茶水也來了）
阿惠：阿土，休息一下！吃點東西。（走到大樹蔭下）
阿土：唉呀！天氣好熱呀！
阿惠：我來幫你搧涼！（邊搧邊望著田裡的稻子）阿土，最近稻子怎麼樣啦！
阿土：我也不知道，天天都這個樣子呀！

阿惠：阿爸今早還說，叫你好好地耕田，咱們家就靠你了。（溫和）

阿土：我知道啦！（吃完，放下碗筷，起身要做田事）

阿惠：阿土（幫他擦汗）別累著了。

（阿土點點頭，微笑一下就繼續做田裡的工作）

阿惠：小寶，天氣很熱，跟媽媽一起回去吧！

（剩下阿土一個人在大太陽下工作）

阿土：唉！我為什麼這樣命苦呢？有錢人手指頭也沒動一下，就自然有人把錢送上門來，哪像我噢！……（不情願地繼續工作）

突然——（以一種特殊的音樂代表）

阿土：你們哪——光會坐在那裡看，怎麼不幫幫我呢？（跪在地上用手比畫著量稻子的高度。站起，憤怒）搞什麼嘛！我辛辛苦苦地做了那麼多天，你們根本一點也沒長高嘛！哼！（丟開鋤頭，兩手交叉著一屁股坐下）不行！（打自己的頭）我答應阿爸和阿惠要振作的！（慨然舉起鋤頭耙了幾下。又放下）唉！我為什麼這樣命苦呢？人家有錢人手指頭也沒動一下，就自然有人把錢送上門來，那像我噢！……（不情願地再繼續耕種）

（稻子們依舊唱起歌來；快樂地隨歌聲搖動）

阿土：（突然地）不要唱了！（歌聲戛然而止）你們煩不煩哪！（指指稻子，稻子們瑟縮地互望；阿土搖頭。跪在地上用手比畫著量稻子的高度。站起，憤怒地）搞什麼嘛！我辛辛

苦苦地做了那麼多天，你們根本一點兒也沒有長高嘛！哼！（丟開鋤頭，兩手交叉著一屁股坐下）

（農夫甲、乙一面交談一面走出。阿土漸被二人的談話吸引）

農夫甲（以下簡稱甲）：（憂愁地）你看看，再這樣下去怎麼得了！

農夫乙（以下簡稱乙）：是啊！我也……（突然看到阿土）哎？那不是阿金老伯的兒子阿土嗎？

甲：是他是他，喂！阿土，你好啊！

阿土：（站起）兩位好。請問你們剛才在說什麼？

乙：也沒什麼啦，還不是最近天氣不好，雨水又少……

甲：就是嘛！恐怕今年田裡會歉收喔！

阿土：真的？那可就糟了！（憂愁）

甲：對了，聽說阿土你現在開始振作了，是嗎？

乙：嗯，這才對嘛！阿金老伯一定很高興了，對吧？

阿土：（臉紅，搔搔頭）這……真不好意思……

甲、乙：那我們不打擾你了，好好加油罷！老天保佑你！（一面揮手一面退場）幫咱們問候你家人哪！

阿土：（望著甲、乙二人）謝謝，再見！（若有所思）唉，這下子該怎麼辦才好呢？（四處走了一走，苦思，然後停在稻子前面）真可惡！怎麼長得那麼慢呢？你們要害我一家沒飯吃是嗎？嘖！（再想）嗯……有沒有什麼好辦法可以讓它們長高呢？（抓抓頭）等一下，有了！（雀躍）對了，就這麼辦！（阿土把稻子一棵棵拔高，稻子從蹲著變坐著）

阿土啊！阿土！你真是個天才呀！（不勝得意）看，這不就長高了嗎？

（稻子們表情痛苦，無可奈何。阿土則高興得唱起歌來，幕漸下）

～幕落～

〔第三幕〕

時間：第二幕之傍晚

地點：家裡（簡單之家具擺設，於門之對側置一床）

出場序：老金（安閒地坐在搖椅上，拐杖置於一旁）

阿惠（忙於家務）

小寶（自個兒在屋裡或屋外玩耍）

阿土（荷鋤頭，一身大汗）

～幕起～

（老金、阿惠、小寶已先於台上就位。溫暖的橘黃燈光、輕柔的音樂，由強而弱）

阿金：好媳婦兒，你看咱們家阿土呢？最近是不是勤快多啦？

阿惠：是啊！爸爸，真令人高興。不過，我有點擔心他會不會太累了？得想法兒給他補一補才行。

阿金：好好好，乖媳婦兒，你真體貼！（阿惠有些嬌羞）嗯！我看他壯得像條牛似的……（與阿惠談笑）

小寶：（大喊）爸爸回來了！

（阿土出，大搖大擺、得意洋洋。小寶迎上前去）

小寶：爸爸！（撒嬌）

阿土：嗯，小寶今天乖不乖啊？（摸小寶的頭）

小寶：那當然囉！（歡欣貌）（接過鋤頭，拿去放好）

阿金：回來就好，回來就好！累了吧？

阿惠：咦？今天怎麼這麼早就回來了？（一面幫阿土脫外套、擦汗等）還好吧？

阿土：啊——（伸懶腰，一下子整個人倒在床上）好累呀！今天工作得特別辛苦呢！（疲倦貌）

小寶：好！（蹦蹦跳跳地走了）

阿惠：哦？（懷疑。轉向小寶）乖，去倒茶給你爸爸喝。

阿金：好兒子，告訴咱們，今天田裡是不是發生了什麼新鮮事啦？（與阿惠站在床邊）

阿惠：是嘛！瞧你高興的！

阿土：（故作神秘）你們猜呀？

阿惠：哎呀，我們那裡猜得著嘛！

阿金：好兒子，快說來聽聽！（期待貌）

阿土：好——我告訴你們！（坐起）今天啊！終於讓我這個聰明的阿土，想到一個讓稻子長高的辦法了！（得意）

（小寶出，端茶上前給阿土）

小寶：阿爸，喝茶！

阿土：乖。（啜了一口，順手將茶杯置於一旁）

阿金、阿惠：（焦急）到底是什麼辦法？

阿土：你們別急嘛！先讓我喘口氣。事情是這樣的，（比手畫腳）如此……這般……怎麼樣？

（至台中央）我阿土可不土吧？

阿金：（臉色一沈）糟了！

其餘人：怎麼啦？

阿金：乖孫兒，快到田裡去看看，快！

阿寶：好，爺爺。（一溜煙地不見了）

阿土、阿惠：爸爸，什麼……（焦急）

阿金：等他回來，你們就知道了！

（三人在台上焦急地等了一會兒。小寶又一溜煙地回到台上）

小寶：（驚慌地上氣不接下氣）爺爺！它……它們……

其餘人：慢慢講，那些稻子怎麼了？

小寶：它們枯死啦！哇……（坐在地上大哭。阿惠連忙上前哄著，一會兒哭聲暫歇）

阿土：怎……怎麼會這樣呢？（搥胸頓足）不可能！

阿惠：爸爸，我們該怎麼辦呢？

阿金：我也不知道！（望了阿土一眼，皺眉看上）唉——難道是天意？（搖頭）

阿土：阿爸，對不起，都怪我自作聰明，才會落到這種地步。我……（向老金下跪）

阿金：快別這樣，是我沒把你教好。（拉阿土）快起來！

阿惠：是嘛！這年歲不好也不能怪你啊！唉！大家都一樣著急呀！我們都了解你的用心。

阿土：（慨然地）你們放心吧！（拍胸）有我阿土在，絕對不會教你們去喝西北風的！

阿惠：你已經得到教訓了？

阿土：（臉紅）嗯！我已經徹底覺悟了。「揠苗助長」實在是個蠢辦法！從今天起，我要腳踏實地，就是拼了這條命，我也要養活這個家！（激昂）

阿金：這才是我的好兒子！（欣慰地拍拍阿土肩膀）

小寶：（破涕為笑）喔，爸爸萬歲！（拍手嘻笑）

阿金、阿惠：好，看你的囉！

（一家和樂，「四時農村曲」音樂再起）

～幕落～

二、劇本分析

1.故事出處：此篇劇本的故事改寫自《孟子．公孫丑篇上》：「宋人有閔其苗之不長而揠之者，芒芒然歸，謂其人曰：『今日病矣，予助苗長矣！』其子趨而往視之，苗則槁矣！」本篇劇本以兒童劇表現方式處理。

2.故事設計：

(1)阿土為生活而學種田，說出農家生活的辛苦。

(2)介紹牛的辛苦命運。

(3)說明稻子移植後的生長情形。

(4)介紹農家小孩的生活。

(5)點出揠苗助長是傷害生命的舉動。

3.人物設計：

(1)真實人物：阿土、老金、阿惠、小寶、農夫甲和乙、阿福、阿美，分別為本劇主角、配角……等。

(2)道具、布景人物：稻田中有稻草人、稻子、大樹、牛和犁，這些本應是布景和道具的，現均以

「人」來扮演，以增加趣味性和熱鬧感。此外，稻子、大樹、牛頭、牛尾和犁，都同樣可以站在自己的立場來為自己說話，藉此讓兒童了解別人的心事、立場，學習從別人的角度看事情。

4.趣味的設計：

(1)犁的調皮，故意躲藏起來，不讓阿土找到。反映小朋友的頑皮。

(2)牛頭與牛尾的對話，牛頭有得吃、有得喝，牛尾只有挨打、拉屎的分。

(3)稻子們被稻草人的一聲大叫，嚇得東倒西歪。

(4)阿土與稻子們對話，為稻子量身高，稻子則畏縮地蹲著。

5.遊戲的設計：

(1)犁調皮地在舞台上玩躲貓。

(2)小寶、阿福、阿美在舞台上玩遊戲、釣青蛙，以引起台下兒童產生共鳴。

三、表演方式

此齣兒童劇宜由成人與兒童合作演出，或完全由兒童演出均可。若讓成人與兒童合作演出，可讓兒童扮演犁、稻子和劇中的小朋友。成人則扮演劇中的大人、大樹和牛，這樣小朋友就更容易以一種愉快而輕鬆的方式演出。

四、人物造型

1.真實人物：所有真實人物，可依照劇本指示，以時裝寫實方式扮演。

2.道具、布景人物：

(1)犁：可由一人扮演，用雙手走路，雙腳則為犁耙，由阿土手扶著。

(2)牛：由兩人共同扮演，一人為牛前身，一人為牛後身，牛頭可飾以彎角道具，牛尾亦可用道具，牛身則以布袋衣服裝飾，說話時可分開。

(3)稻子：由小朋友扮演，全身穿上綠色長袖長褲、衣服、戴上綠色帽子，初插下時，可用蹲或坐的方式，拔起來時可用長跪方式。

(4)大樹：可用大型道具，大人只需躲在樹後說話。

(5)稻草人：可由大人扮演，伸開兩手，站在田中，因稻子是綠色，稻草人可穿紅衣，戴破笠。

五、音效設計

1.可預先錄製雞鳴、鳥叫的聲音，在第一場開幕時放出，以表現農村的清晨景象。

2.牛頭與牛尾對話前，可先放牛叫聲，點出牛的角色。

3.犁調皮地玩躲貓時，可放些輕鬆的音樂。

4.在小朋友遊玩時，可放些兒歌或輕快的民謠，以表現兒童快樂的氣氛。

5.當阿惠送點心給阿土時，可放些溫馨的音樂，以表現家庭的和睦。

6.在阿土回家報告他白天在田裡辛苦工作後，小寶趕到田裡時，可放些快節奏的音樂，以示緊張。

音效、音響的設計，是一種戲劇氣氛的營造，設計得好，戲劇效果自然好，也容易引起兒童的共鳴。

六、舞台設計

近景可用布景、道具裝飾設計，遠景則可運用繪畫處理。其實任何一齣戲劇的演出，可依劇情實際需要和尊重編劇導演的意見，設計出美侖美奐的舞台。

七、燈光設計

燈光是舞台的靈魂，必須配置得宜，強弱適度，才能突顯舞台效果，所以在舞台上強調清晰、柔和及角色的突顯，每個人物的出現都需要燈光介紹，若要效果好，或是屬於大規模的演出，往往需要聘請專人設計控制，才能突顯戲劇效果。

從以上劇本的分析，到舞台、燈光、音效的設計，都可以引導我們如何去欣賞一齣戲劇。就目前而言，科技發達，能用的工具日新月異，舞台的聲光效果更形複雜，兒童戲劇的表現手法應是更多采多姿，讓人目不暇給。

兒童戲劇的欣賞，其實還有很多方面，無論是小至人物的對話、動作、表情、神韻、配飾、造型，大至舞台布置、道具、色彩，都可以一一欣賞。所謂專業知識愈多，欣賞的範圍、深度愈廣，愈能帶來樂趣。對於兒童，我們不必要求過高，只要他們能了解劇情，懂得趨善避惡，改變思想觀念，獲得實質快樂，就已達到戲劇教育功能。至於成人、老師、家長，則需深一層了解戲劇原理、表現方法和部分專業知識，才能引導兒童欣賞和體會戲劇教育的意義。

自我評量題目

一、兒童戲劇的定義為何？
二、戲劇活動對兒童有何實質意義？
三、創作性戲劇與傳統式戲劇有何不同？
四、傀儡戲有哪幾類？
五、如何在家庭中推動戲劇活動？
六、為兒童編寫劇本可從何處取材？
七、如何將戲劇活動融入教學活動中？

參考文獻

(一)

1.子嬰主編 **寓言童話戲劇** 香港：雅苑出版社 七十三年十二月。

2.方寸著 **戲劇編寫法** 台北：東大圖書公司 六十七年二月。

3.吳靜吉主編 **蘭陵劇坊的初步實驗** 台北：遠流出版社 七十一年十月。

4.杜紫楓著 **演的感覺真好——談兒童戲劇創作** 台北：富春出版社 七十九年七月。

5.岡田正．章監修著 **幼稚園戲劇活動教學** 武陵出版社 七十八年九月。

6.金培文編譯 **面具集錦** 大光文字團契出版社 七十三年十月。

7.姜龍昭著 **戲劇編寫概要** 台北：五南圖書出版公司 七十七年十一月。

8.胡寶林著 **戲劇行為與表現力** 台北：遠流出版社 七十八年八月。

9.胡耀恒著 **西洋的戲劇** 台北：圖文出版社 七十五年三月。

10.孫澈著 **國小戲劇教材與教學** 台北：正中書局 六十六年七月。

11.徐澄清、李心瑩合著 **啓發兒童發展的遊戲** 台北：健康世界雜誌社 七十三年。

12.國小輔導叢書編審委員會編 **青少年兒童戲劇指導手冊** 台北：台北市教育局。

13. 國語日報語文中心編　**兒童文學創作班劇本講義㈠、㈡**　台北：國語日報出版社。
14. 陳杭生著　**教材戲劇化教學研究**　台北：台灣省國民小學教師研習會。
15. 陳芸英著　**中國的戲劇**　台北：圖文出版社　七十五年三月。
16. 曾西霸等著　**認識兒童戲劇**　台北：中華民國兒童文學學會　七十七年十一月。
17. 游乾桂著　**家庭劇場**　台北：桂冠圖書公司　七十七年六月。
18. 游嘉麗編譯　**心理劇入門**　台北：大洋出版社　七十二年一月。
19. 程小危、黃惠玲合著　**兒童遊戲治療**　台北：張老師出版社　七十二年。
20. 黃文進、許憲雄合著　**兒童戲劇編導略論**　高雄：復文圖書出版社　七十五年。
21. 黃美序著　**舞臺劇**　台北：圖文出版社　七十五年三月。
22. 賈亦棣編著　**台北市兒童劇展歷屆評論集**　台北：中國戲劇藝術中心　七十年一月。
23. 簡紅珠主編　**幼兒戲劇活動教學**　新竹：省立新竹師範學院幼教中心　七十六年十月。

㈡

1. 台灣省教育廳主編　**優良兒童劇本選集**　霧峯：台灣省教育廳　七十六年六月。
2. 台北市教育局主編　**青少年兒童劇本**　台北：台北市教育局　七十三年。
3. 台中縣政府文復會編印　**小榕樹**　台中縣：兒童文學創作專集　七十七年三月。